紅孩子

二〇〇七青

走向世界的中国作家

风吹麦浪

红孩 著

文化发展出版社
Cultural Development Press

图书在版编目(CIP)数据

风吹麦浪 / 红孩著. —北京：文化发展出版社，2020.4
　　ISBN 978-7-5142-2969-1

Ⅰ. ①风… Ⅱ. ①红… Ⅲ. ①短篇小说-小说集-中国-当代 Ⅳ. ①I247.7

中国版本图书馆CIP数据核字(2020)第034708号

风吹麦浪　FENG CHUI MAI LANG

红孩　著

出 版 人：	武　赫
策划编辑：	肖贵平
责任编辑：	周　蕾
责任校对：	岳智勇
责任印制：	杨　骏
封面设计：	郭　阳
排版设计：	浪波湾图文

出版发行：	文化发展出版社（北京市翠微路2号　邮编：100036）
网　　址：	www.wenhuafazhan.com
经　　销：	各地新华书店
印　　刷：	天津嘉恒印务有限公司
开　　本：	880mm×1230mm　1/32
字　　数：	220千字
印　　张：	9
版　　次：	2020年7月第1版　2020年7月第1次印刷
定　　价：	68.00元
ＩＳＢＮ：	978-7-5142-2969-1

◆ 如发现任何质量问题请与我社发行部联系。发行部电话：010-88275710

"走向世界的中国作家"文库编辑委员会

主 编
野 莽

成 员
(以姓氏笔画为序)

王池英(美)	立松升一(日)	吕 华
安博兰(法)	许金龙	周大新
贾平凹	野 莽	

不仅是为了纪念
——"走向世界的中国作家"文库总序

野芒

在一切都趋于商业化的今天，真正的文学已经不再具有二十世纪八十年代的神话般的魅力，所有以经济利益为目标的文化团队与个体，像日光灯下的脱衣舞者表演到了最后，无须让好看的羽衣霓裳作任何的掩饰，因为再好看的东西也莫过于货币的图案。所谓的文学书籍虽然也仍在零星地出版着，却多半只是在文学的旗帜下，以新奇重大的事件，冠以惊心动魄的书名，摆在书店的入口处，引诱对文学一知半解的人。

这套文库的出版者则能打破业内对于经济利益的最高追求，尝试着出版一套既是典藏也是桥梁的书，为此做好了经受些许经济风险的准备。我告诉他们，风险不止于此，还得准备接受来自作者的误会，此项计划在实施的过程中不免会遭遇意外。

受邀担任这套文库的主编对我而言，简单得就好比将多年前已备好的课复诵一遍，依照出版者的原始设计，一是把新时期以来中国作家被翻译到国外的，重要和发生影响的长篇以下的小说，以母语的形式再次集中出版，作为中国当代文学的经典收藏；二是精选这些作家尚未出境的新作，出版之后推荐给国外的翻译家和出版家。入选作家的年龄不限，年代不限，在国内文学圈中的排名不限，作品的风格和流派不限，陆续而分期分批地进入文库，每位作者的每本容量为十五万字左右。就我过去的阅读积累，我可以闭上眼睛念出一大片在国内外已被认知的作品及其作者的名字，以及这些作者还未被翻译的本世纪的新作。

有了这个文库，除为国内的文学读者提供怀旧、收藏和跟踪阅读的机会，也的确还能为世界文学的交流起到一定的媒介作用，尤其国外的翻译出版者，可以省去很多在汪洋大海中盲目打捞的精力和时间。为此我向这个大型文库的编委会提议，在编辑出版家外增加国内的著名作家、著名翻译家，以及国外的汉学家、翻译家和出版家，希望大家共同关心和参与文库的遴选工作，荟萃各方专家的智慧，尽可能少地遗漏一些重要的作家和作品，这个方法自然比所谓的慧眼独具要科学和公正得多。

遗漏总会有的，但或许是因为其他障碍所致，譬如出版社的版权专有，作家的版税标准，等等。为了实现文库的预期目的，在全书的编辑出版过程中，出版者会力所能及地逐步解决那些障碍，在此我对他们的倾情付出表示敬意。

2018年5月12日改于竹影居

目 录

风吹麦浪 / 1

望长安 / 9

溪水边 / 21

绕城 / 30

茉莉花开 / 40

最后一个知青 / 67

我们都去哈瓦那 / 86

河殇 / 98

西皮流水 / 114

红头绳 / 126

囚徒 / 141

马牙枣 / 150

随风飘送 / 163

梨花处处开 / 178

光熙门 / 197

芳草地 / 213

手脚冰凉 / 227

爱琴海 / 246

红孩：大运河之畔的文学世界 / 270

红孩著作出版目录 / 279

风吹麦浪

菊子终于回到家乡了。她当下要做的，就是扑进一望无际的麦田，帮助父母去割麦子，去割那金黄色的像波浪一样的麦子。她会在田野里大喊：麦子啊，我那清风吹过的金黄色的麦子！她现在什么也不怕，什么也不需要怕，她觉得这时的菊子才真正的叫菊子。

3年前，菊子从河南驻马店跑到北京来。一起来的还有两个初中同学。他们说好了一起去做护工，村里的一个姐姐先前已经在北京干了快5年。每月能挣4000多呢。菊子本来是想上高中的，可她父亲得了椎间盘突出的毛病，不能再出去打工了。她还有个上初二的弟弟，全家的希望全放在她身上了。

菊子想，不上学就不上学，到北京城里闯闯也挺好。临出门，娘给了她2000块钱，说你到北京好好干，挣多挣少搁一边，别把身子累出毛病。这女人啊，一辈子受累的日子长着呢，你得慢慢地受。菊子抱着娘的头哭了，说娘你放心，我会照顾好自己的，你们就好好过吧，我会按月给你们寄钱来的。

可是，菊子没想到，她到医院找村上的姐姐联系工作时，姐姐说最近找工作的人很多，都排着队呢，再等等看吧。菊子问，要等多长时间呢？姐姐说，不好说，估计等你兜里的钱花完了就差不多了。菊子没有告诉姐姐她带了多少钱出来。本来娘给了她2000块钱，临出门，她又拿出1000块钱悄悄塞给了弟弟，说家里光景不好，说不定急时用得着。看着姐姐一步步离开家门，弟弟跑着送到车站，他冲着远去的姐姐喊道："姐姐，过年一定要回来啊。"

医院的地下一层有三间房，一间是护工管理中心，一间是男宿舍，一间是女宿舍。宿舍有三十几平米，分两排支着四张床，几件破铺盖有一搭无一搭地在那堆着。这是供那些闲下来等活的人休息用的，菊子刚来，还没有资格睡这样的床。她和另外两个姐妹只能拿一些医用的纸盒子压平铺在楼道里睡，白天还要把那些纸盒子叠起来放在一个没人注意的角落里。菊子想到，自己在别人的眼里或许就是一块说有用也无用的纸板子，她要在这个城市里生存下去，她只能把自己压平，或者被别人压平。

大约过去20天了，村里的姐姐找到菊子，说你手里还有多少钱？菊子说还有500元。姐姐说这样吧菊子，你拿出200元，给护工管理中心的经理送点礼，东西不在多少，主要是一份心意。菊子问，买点啥好呢？姐姐说，经理小姨子的孩子刚出生，你买点奶粉吧。菊子听了姐姐的话，在去商场买奶粉的同时，还顺便给姐姐买了一条羊毛围巾。姐姐见菊子实诚挺会办事，就去找经理替菊子要工作。经理说你来巧了，刚好有一个脑中风的住院，正缺人手。

毕竟来医院一段时间了，对医院的科室、食堂、卫生间、小卖部甚至是太平间，菊子都很熟悉。按照协议，做一天护工工资150元，其中要拿出50元交给公司。等半年后，如果各方面都熟练了，就可以涨到170元。菊子算过，如果自己省吃俭用，一个月可以挣到3000多元，一年就是3万多，这样即使爹不出去打工，家里的日子也能过得去。这样想着，菊子的心里顿感阳光灿烂。

脑中风患者叫大力。四十多岁，比菊子的父亲小不了几岁。这样的病人脑子明白，但不能行动，每天除了输液就是在床上躺着。按说这是一个不太复杂的病人，可菊子遇到了大问题。她要给大力接大小便。大便虽然脏，但忍忍也就过去了。可小便怎么办？她必须把便壶放到男人的裆下，为了不尿湿床单，她只能用手去按住男人的生殖器。这让菊子很难为情。虽然小的时候，她和弟弟玩耍，不小心也碰到过弟弟的小鸡鸡，可那毕竟是弟弟啊。菊子羞红了脸，她到四楼找村里的姐姐，说她想换一个病人。姐姐问，病人家属欺负你了？菊子紧闭着嘴唇不说话。姐姐又问，你不会伺候病人？菊子还是紧闭着嘴唇。姐姐急了，说你再死鱼不张嘴我就不管你了。菊子没办法，只好说了实话。姐姐一听，扑哧笑了，说我以为多大的事呢！干咱们这工作的，谁也回避不了这个问题。你看那些年轻的小护士，不同样得给病人光着屁股打针，有的病人尿不出来，她们就用导尿管从男人的鸡鸡里穿进去。你就把他们当成是你自己的亲人，你是要面子还是要亲人的死活啊！

　　姐姐的话让菊子确实开窍了很多。她回到病房，想都没想就把便壶塞到了大力的裆下。大力尿得很顺利。菊子抽出便壶，用湿纸巾在大力的鸡鸡上还蘸了蘸。她看了一眼大力，大力没有说话，但从眼角流下感动的泪水。菊子也哭了，她为自己的勇敢哭了，她仿佛觉得从今天起她已经不是从前的菊子了，她已经是长大的菊子了。

　　护工的日子是难熬的。医院的一天像一年，一年像一个世纪，那怎么办？熬着呗。菊子唯一的乐趣就是在打饭时，可以跟其他护工，包括与她同来的两个姐妹搭讪几句。有时病人家属来探视的间歇，她们可以到外边透透气，到路边报摊买张报纸，到医院小卖部买点零食。她们从不到医院的食堂吃饭，那里的饭菜又贵又没滋味，菊子学着老乡的样子，找两个罐头瓶子，一个装腌萝卜，一个装辣椒酱。每天早中晚，她们就在馒头、米饭、腌萝卜、辣椒酱的混搭中度过，偶尔有病人定的饭菜吃不了，她们就搭着吃。说来也怪了，干了一个多月的菊子本以为自己要瘦了，可到秤上一称，还胖了两斤。

菊子领工资了，3000多。她拿出2500元邮寄给家里。她还打电话告诉爹妈，自己在北京挺好的，睡得好，吃得好，体重增加了两斤多。国庆节长假，病人大都回家过节去了，几个护工商量互相照看，其余的人分批去遛公园逛商场。菊子和同来的两个姐妹，首先想到的是去天安门、人民大会堂，然后去鸟巢，不过他们没有去长城，也没去吃烤鸭。去长城时间太长，去吃烤鸭太贵。去天安门和人民大会堂最好，不用门票，广场上的花也多，好看，可着劲儿地照。菊子从手机上发照片给弟弟，说北京就是好，过几年你考大学，哪儿都不要去，就来北京，姐供你。弟弟回信，也发来一组照片，他和妈妈正在玉米地里掰玉米，那玉米吐着红红的须子真诱人啊。这让菊子有点想家了。

过了元旦，菊子就该20了。在北京的半年护工生活，使她的脸色白净了许多，她也学着城里人的样子，开始打扮起来。和她同来的一个姐妹，已经和一个男护工有点意思了。这让菊子多少有点春心萌动。想到自己才20，家里还需要多挣钱，这个念头马上就打消了。大力住了两个多月院，已经能说话了，只是有些结巴，走路当然还是困难的。医生说，中风病人能好到这个程度已经很不错了。要想好起来，关键是回家后要加强锻炼，这需要耐心和耐力，也许一年，也许两年。大力一家很感谢医院的大夫护士，也很感谢菊子。大力的家人在结护工费时，特意多加了500元。经理对菊子说，你这小姑娘表现不错，本来按公司规定，这多余的奖励给你百分之七十，公司留三十，现在我决定，500块钱全都奖给你。菊子说谢谢经理，等有时间我请您吃饭。

经理不是河南驻马店人，但也不是北京人，据说是院长的一个亲属。时间长了，护工们跟经理经常开玩笑，有些女护工甚至开比较荤的玩笑。在护工管理中心，人们听到最多的话就是"一天多少钱？"这要是病人家属问，没人敢胡说八道。要是病人家属不在，护工们在一起闲聊，他们就会学着病人家属问，一天多少钱啊？这话如果男人之间或女人之间说说没关系，可是如果男女之间说就成了问题了。即使菊子这种单纯的女孩子也是明白的。

在医院的100多名护工中，夫妻护工能有二十几对。他们跟单身的护工不一样，他们除了在工作上互相照顾外，也需要适时的夫妻团聚。经理考虑到这个问题，曾经提出每周六周日晚上把男女宿舍腾出来供夫妻团圆用。可经过一两次，其他的护工不干了。说床和床铺经过男女折腾后，再睡怎么想都不对劲。无奈，经理只好取消了自己善意的决定。至于这些护工是到小旅馆开房还是到公园的座椅上去解决，那只好随他们的便了。

菊子本想做一个安分的人，可她的这点想法还是被经理打破了。那天，菊子抽空到地下一层和几个护工商量去商场的事，正好碰上经理的小舅子来找他姐夫借钱。经理说，你整天在外边闲逛，也不正儿八经弄个营生，没事就到我这儿来借钱，说是借其实跟抢差不多。要不你也到医院来当护工算了。小舅子一听姐夫在挤对他，脸上有点挂不住，就把姐夫给骂了。姐夫大小是个经理，当着十几个护工的面不肯示弱，结果就跟小舅子打了起来。谁料，小舅子手狠，抄起板凳就给姐夫开了瓢。这事多亏发生在医院，要是在别处，经理不知要多流多少血。

打架的时候，菊子被吓坏了，她不知该怎么办，呆呆地看着经理倒下去。等经理的脑袋血流出来了，菊子一下被惊醒了，她不知道哪里来的力气，不顾一切地冲过去，拦腰抱住了小舅子，她大声叫喊着，来人啊，出人命了！这时，所有的护工都如梦惊醒了，大家一起动手把小舅子捆了起来。然后,他们又架着经理向急救室跑去。

经理的头部被缝了8针,本来保卫科要把经理的小舅子送到派出所的。可是,小舅子的一句你们院长是我表姐夫又让人们退却了。保卫科长给院长打电话,把详细的情况讲给院长听,院长听后说纯属瞎咧咧,我哪有这样的亲戚,你们不要考虑我的面子,该送到哪里就送到哪里。院长虽然很生气,可保卫科长还是多了一个心眼,他跑到急救室问已经缠好绷带的经理,你小舅子跟院长到底有没有关系。经理说,有,肯定有,只不过绕的弯比较大,考虑到我老婆的泼劲儿,你们还是放了他吧。保卫科长说,放了他?那你的医药费、误工费谁出?经理连声说,我自己出,我自己出。

人们都说经理活得窝囊。其实经理不是非要窝囊,他这个小舅子蹲过监狱,心狠手辣,前几年经理因和女护工搞不正当关系被媳妇知道了,结果让弟弟来把他揍了一通。既然在人家手里有短,腰自然就直不起来。今天经理对小舅子突然来了脾气,主要是莫名看到了菊子,他内心才油然说出压抑很久的话。这些事情,菊子自然无法知道,但有的护工隐隐约约听到一些,碍于人家是经理,也不好多议论。

经理住进了病房。毕竟是本院的,医护人员都熟悉,护工们更是争先恐后地要负责陪护经理。经理说,我现在只是有些头晕,过几天就会好的。他看了看菊子,说就你留下吧,过三天就没事了。菊子这是第一次近距离跟领导在一起,她说话做事处处留着小心。经理留住菊子,其实并不是要菊子帮他做多少事,他就是想找个人陪他聊聊天。这么多年了,他虽然承包了医院护工管理中心,钱也挣得不少,可他仍感觉不到一丝幸福。

一天后,经理头部疼痛好些了,菊子给他喂完粥,他对菊子说:"你来医院也快一年了,难得能休息几天。我专门让你照顾我,就是想让你休息休息,你放心,我给你的护工费一天200。"

菊子一听200,赶忙说:"经理,我咋能要你的钱嘛。你平常对我好,我都不知道咋报答呢!"

经理说:"你这个妮子就是会说话。说,想吃点啥,我让食堂多送几个菜。"

"吃啥都行。我柜子里有腌萝卜,还有辣酱、榨菜。"

"不吃那个没营养的,哥请你吃带肉的。"经理说着,用笔在病号饭卡上画上:红烧鸡块、糖醋排骨,还特别写上"2",也就是双份的意思。

菊子本来想说,我吃腌萝卜、辣酱已经习惯了,可经理的一声哥让她心里暖暖的。如果拒绝经理的好意,就会让经理没面子,经理没面子,脸色就不好看,在接下来的日子,他们将无法面对。

肉菜准时送来了,经理和菊子互相推让着吃。经理也是苦出身,他对菊子说,他是60年代出生,家里很穷,只有在春节时家里才能吃上一顿肉菜。在很小的时候,他就发誓,长大一定要挣很多的钱,一旦有钱了,第一件事就是买一缸的肉,让全家人天天有肉吃。

听到这里,菊子哭了。经理说,你为什么哭呢?菊子说,我也想挣很多的钱,让我爸妈天天有肉吃。经理说,现在日子都好过了,谁家也不在乎天天吃肉了。菊子说,我在乎,我上中学时,有个同学他爸爸是乡长,他们家天天有肉吃。经理听菊子这么一说,不由得叹了一口气,说你还是个气娃呢。

这个夜晚,菊子没有梦到她给家里买了多少肉。她梦到了5月底,村后的麦地一片金黄,她和父亲、母亲推着一辆装满麦秸的牛车,怎么走也走不出麦田。最后,她只好坐在麦田里无助地哭起来。

等她醒来的时候,她发现她的头正枕在经理的胳膊上呢。她下意识地看了一下自己的上衣,发现整齐如初,她不知道经理什么时候把她弄到他的床上的。经理说,刚才他上厕所时,发现她正在做梦哭着呢,他就把她抱到床上。不过,他没有一点邪念,他只是出于一种怜爱。菊子相信经理说这话是真的,可她要对自己负责,她要对自己的清白负责,假如这事被长舌妇看到了,她在这个医院将永远没有栖身的地方。也就在这一瞬间,菊子突然觉得,她要尽快离开医院,如果她跟经理再这么处下去,一定会出什么乱子。她毕竟是个情窦已经绽开的姑娘了。

天亮了。菊子给经理打好了饭,她借故到外边打了一个电话,然后她神色慌张地走回病房,她对经理说:"对……不起……经理,我得……得马上回家,我爸的病犯了!"

经理说:"别急,告诉我什么病,或许咱们院能治!"

菊子说,不麻烦您了,我必须今天走,就现在走,晚上就能到家。说完,菊子几下就把铺盖卷好,义无反顾地冲出病房,好像她家里真的发生了什么大事。看着菊子远去的背影,经理很想喊一声,你的账还没结呢。可他终于没有喊出声,他知道,即使喊了,菊子也不会听到。

(原载2015年6月26日《文艺报》)

望长安

生活在大城市的人，对于到美术馆看一次画展，如同普通人去了一次肯德基。此刻，麦穗站在美术馆二楼，看着那幅名为《望长安》的油画，她的心开始摇荡起来。是啊，已经两年没有回西安了，她太想站在钟楼上看看西安的美景了。

麦穗是河南驻马店人，她今年25岁，还没有结婚。她在来北京之前，曾在西安待过两年，她的工作是在一家足疗店做技师。时下，足疗店在中国遍地都有，最早的好像是良子那家，是河南新乡人创办的。麦穗最初干足疗这活儿，也觉得别扭。可她必须得干，道理很简单，为的是挣钱。她家是农村人，父母都在家务农，她有个弟弟前几年考上了北京农学院，很快就要毕业了。

说起来，麦穗在当地算个有文化的人，她起码上了两年高中。如果不是因为一次交通事故，或者说是因为她过于偏科，说不定能考上大学。麦穗画画是自学的，她也曾到县文化馆美术老师那里学过几天，后来学着学着她就不去了。她爸问她，你咋学着学着就半途而废了？麦穗说，那老师的学费太高，我不想再花你们的钱了。麦穗妈听了女儿的话，就说，不学也中，咱们一个农村娃娃，学那瞎耽误工夫。

母亲的话，并没有改变麦穗。麦穗不想跟文化馆老师学画画了，不是因为学费高，而是在一次画画中，老师借指导她的作品时，总是摸着她的手不放，最后那次，他甚至提出要给麦穗画一张人体肖像。麦穗不答应，说老师我是来向你学画山水的，不是出卖色相的。老师一听急了，说你这个娃咋能这么侮辱老师，老师说给你画肖像，并没说让你全脱了画裸体,你小小的年纪,思想咋这么复杂,我看你还是别学画画了,你没这个天赋。麦穗说,不管我有没有天赋,我就是死也不会再跟你学了!

麦穗决定自学。她拿着画笔,背着画架,没事就到田野里写生。她喜欢故乡的田野,她尽情地画家乡的麦浪,她甚至对黑狗狂吠、鸡婆打架都产生了浓厚的兴趣。村里人看到这个姑娘不好好上学,成天地到处画画,就说这姑娘中了邪。麦穗心里好笑,说你们这些人都咋了嘛,难道只有城里人才有资格画画,我就画我的乡村。看着女儿的执着劲儿,麦穗的父亲内心里也很着急,他担心这孩子真的得了什么魔怔,将来能不能挣钱另说,如果得了精神病,那可就没治了。

某一天,麦穗从报纸上看到一则小品文,她觉着有意思,就克隆里边的内容考村上的人。她问村长:有一个浴缸,里边盛满了水,旁边放着一个水瓢一个脸盆,你用什么方式把里边的水尽快弄没?村长想都没想,说,用脸盆往外扤,脸盆扤得多。麦穗又把同样的问题问自己的母亲,母亲说,用水瓢往脸盆里扤,免得把水溅得四处都是。等母亲回答完,麦穗看了看答案,她又去问村上的姐妹,结果村上的人,答案几乎与村长和母亲的回答差不多。这时,麦穗意识到,这个村上的人都有病了。这样一个简单的问题,人们怎么就没想到把池子里的水塞给拔掉呢!当她把答案告诉所有的人时,人们都说这个不算,因为农村人家里没有浴缸,人们不知道还有个水塞。麦穗说,咱们乡下人见的世面少,就要多到外面走走,不能看到什么新鲜事物,都认为人家有病。其实,有病的不是别人,就是我们自己。

麦收结束后,麦穗作出了决定,她要去西安了。西安有全国出名的西安美院。而河南就没有河南美院。她原想先到美院看看,看有没有自己学习的机会,譬如能参加一个不要钱或少要钱的班。可她到美院一看，里边那么大，她问像她这样的人能有机会到美院学习不，一个教授模样的人说，你要是真有心到美院学习，你就参加高考。每年年底前后，学校都要进行专业艺考，如果你拿到了专业合格证，再参加高考的文化课考试，两个成绩相加够了一定的分数，才能被美院录取。麦穗问要参加专业课考试都需要哪些准备，教授说，你最好参加校外的考前培训班。麦穗问，那得花多少钱？教授说，那得看什么水平的，如果一般的三五千就行。要是更好的，两三万的也有。麦穗听罢，吐了下舌头，说这价格像吃人，她可上不起。

西安是个适合人居的城市，衣食住行都很方便。麦穗从老家出来，妈只给她一千块钱，说你到西安路费是够了，到那儿先看看，如果能落下脚，你就多待几天。实在待不住，你就抓紧回来。到美院转悠了两天后，麦穗的兜里只剩下六七百块钱。她白天只吃两顿饭，一顿是吃一碗臊子面，另一顿是吃一个肉夹馍外加一个白吉馍。晚上，她就到环城公园去转，好在是夏天，困了就在长椅上躺一宿。两天后，她感觉身体出奇的疲劳，她预感到再这么下去，身体很快就要生病的。她必须尽快找一个工作，只要有了工作，就可以在这个城市安定下来。

麦穗在西安的街上转悠着，她的双眼不住地在各种店铺前打量，她知道有很多店铺经常会贴出招工的启事。有几家小餐馆，在玻璃窗上贴着招聘洗碗工、饺子工月薪1500元+提成的启事。在看到的三家招工启事中，有两家将启事写成了"启示"，麦穗觉得可笑。可笑过之后，她又觉得自己过分了，你一个连工作都没有流落街头的女孩子，你有啥资格去笑话别人？你还是务实一点，赶紧找个工作吧。

下午四五点钟，是太阳最毒的时候。这时，天气忽然阴了下来，远处传来了雷声，间或还有闪电划过。要下雨了，路上的人们纷纷加快了脚步，麦穗却不着急，她依旧慢慢地转悠，仿佛她就是这个城市的一片落叶，任风把她吹到任何一个角落。她甚至想，暴风雨来得更猛烈些吧，把连日来附在自己身上的晦气全部冲刷掉。

雨开始噼里啪啦地落下来。麦穗来到雁塔路秋林公司附近，本来，她可以走到超市里去躲雨，然而，她的腿却鬼使神差地将她带进一家足疗店。足疗店的领班，见来了一个女孩，说你要做什么项目。麦穗说我——我——，领班上下仔细看了看麦穗，说你是来找工作的吧？麦穗见领班长得还比较善良，就顺便嗯了一声。领班问，你有足疗经验吗？麦穗说，没有。领班又问，你是一个人，还是几个人，我们这一般都是老乡带老乡的。麦穗说，我就一个人，只要时间宽裕一点就行。领班说，我们这儿中午12点上班，一上钟就要干到晚上一两点。如果你想干，就留下，我找个有经验的姐姐带带你。

麦穗决定在足疗店留下来。好处是，这里有住处，中午、晚上还给提供一顿饭。再有，上午时间自由，如果不太累，她可以经常到美院等艺术场所去参观学习。领班告诉她，一个月她有两天休息时间，没有固定工资，做一个活儿按五五分成。如果活儿多，一个月能挣五六千呢。麦穗觉得，以她的现状，干这活儿是比较合适的。

足疗店里的女孩儿有十五六个，分别来自甘肃、河南和湖北，名字都起得很甜，如小红、小草、小花什么的。足疗店里有个约定俗成的规矩，每个人对外都不说自己的真实姓名，有些连具体的省市也不说。人们之间更喜欢叫工号，譬如56号、66号、88号、99号。麦穗是6月麦子成熟时所生，她选择了自己的生日15号。

足疗店，听起来像中医保健，其实店里的女孩没有几个懂中医的。她们所做的无非是让客人放松一下。当然，老板也会弄几张经络图让她们看，实在看不懂也没关系，能记住任督二脉几个专业术语就行。麦穗毕竟学过几天美术，对人体有着特殊的认识。她在按摩的时候，有意地将人体按素描去领会。几天下来，竟然开始有回头客。

到足疗店做保健的男士居多，他们一般在下午两三点，也有一部分喜欢半夜来，这些男人大部分都是聚会后酒足饭饱消磨时间来的。店里的女孩对这样的男人又喜欢又惧怕。喜欢，是他们在消费上比较大气，很少计较，你说加几个项目就几个项目。惧怕呢，是他们借助酒劲儿，往往手脚上不老实，他们喜欢趁机占女孩的便宜。店里的女孩，很少是小姑娘，大部分都结过婚，即使没结过婚，也跟男人睡过觉。他们知道男人喜好什么，对于男人一般的挑逗她们也不太急，有个别的索性还和男人一起打情骂俏。

麦穗在店里的女孩看来还是个雏儿，甚至有点一本正经。遇到男人的有意骚扰，她总是不接话口，或者干脆不做了，让店里换一个技师。有一次，一个小老板来店里，她提出让麦穗在他胸口上亲一下，他愿意多付给100元小费。麦穗说，我们店里没有这种服务，如果需要，我可以给你吹吹耳朵，每只20元。小老板一听，急了，说你出去，换人，老子在别处吹牛皮都有人响应。麦穗说，那好，你就找吹牛皮的吧。我不会。

麦穗的态度，显然令小老板不满意。他煞有介事地骂了几句，便穿上衣服悻悻地走了。领班见状，直给小老板说好话，小老板说，就你们这服务态度，早晚得关门。你告诉那个小丫头，我就喜欢吹牛皮，我一天不吹牛皮都不行。领班连连说，您吹您吹，下次来专门找个靓妹帮您吹。

现如今，在都市里，洗浴中心、足疗店比书店多。麦穗最近在一则微信里看到，北方某大城市现在拥有各种足疗店8000余家，从业者达20万人，每天服务对象达上百万人，其年产值比全国图书零售市场销售额还要高。这让麦穗很惊讶。她联想到西安，西安会不会也有几万个足疗妹呢？如果有，那她就是她们当中的一个。她还想到，一个足疗妹对这个城市的发展实在无足轻重，或者说她的存在对这个城市一点感觉都没有。想到此，她就觉得生活是多么的没有意义没有滋味，说的重些，是没有知觉。

麦穗来西安一个多月了，这个月她用自己的劳动挣到了五千多块钱。她拿出五百块钱在城里的书画市场买了几本画册和画布，她要利用闲暇时间画画了。看到她拿起笔认真画画的样子，店里的姐妹们都很好奇，她们觉得成天给人捏脚的手还能画画，真是乐死个人。麦穗说，咱们不要小看自己，捏脚怎么了，捏脚也能捏出艺术呢。一个小姐妹说，就你清高，捏脚的手臭烘烘的，本来过去有感觉，现在时间长了，啥感觉也没有了。还有一个小姐妹说，15号，你要画得好，就给我们每个人画一张。另一个女孩说，你啥意思？听说画家画画都要画裸体的，你想让15号给你画裸体啊！我才不呢，要画就画你，你比别人胸大，性感！

女孩子们在一起，总是像树林子的鸟儿一样，叽叽喳喳。时间长了，人们开始接受麦穗画画了。足疗店老板见麦穗画得倒也有模有样，就说，你给各房间都画一张吧，说不定有人喜欢呢。麦穗觉得这是一次展示自己才华的机会，她要抓住这个机会，即使只有十几个房间，可她要像举办画展一样去构思每一幅画。

麦穗虽然在农村长大，可她却天然喜欢油画。她觉得油画色彩鲜艳，不压抑，特别喜欢俄罗斯的风景画。她常把自己想象在自己的画面里，尤其是那幅《风吹麦浪》：一个美丽的少女，穿着红色的连衣裙，在麦浪里翩翩起舞的样子。

麦穗花了两个多月的时间，她终于完成了自己的创作计划。看着自己的作品，悬挂在或明或暗的房间里，她感到很自豪。有几次，前来店里的客人都说墙上的油画有创意，老板便骄傲地说，那是我们15号技师画的。于是，客人便将麦穗叫来，跟她内行外行地交流一通。久而久之，麦穗渐渐有了些名气，人们再来店里做足疗，只要是点15号的钟，她的价格就要增加百分之五十。

某一天，麦穗从和客人聊天中得知，西安一家美术机构要搞一场俄罗斯油画展。她找到店长，说过几天她要请三天假。老板问她干什么去，麦穗也不隐瞒，说要参观一个画展，有可能她可以做义工。老板说，说好就三天啊，要不客人来了看不到你，会影响店里的生意呢。

西安毕竟是历史文化名城，底蕴深厚，不管举办什么样的文化活动，只要有人张罗，呼啦啦准会聚来无数的人。这一点，即使像北京、上海、广州、深圳那样的大城市也很难做到。麦穗在西安的两年时间里，光看的各种画展就有二十几次，至于图书发布会、诗歌朗诵会也至少有十几场。麦穗现在的打扮很文艺，店里的老板很担心留不住她。

麦穗来西安的第一年很少回河南老家，只是春节回去了一趟。她没告诉爸妈她在足疗店上班，她说她在一家文化公司，主要业务是帮助别人策展。爸妈种了一辈子地，地里种什么长什么他们搞得清楚，女儿在城里搞什么策展，他们怎么也闹不清是怎么回事。反正，他们觉得女儿的着装打扮洋气了，兜里也有钱了，心里便踏实了。当然，看着麦穗春风得意地回来，村里也有人背后甩闲话，说麦穗在西安傍上了大款。麦穗说，谁愿意怎么说就随她说吧，我又不是新闻发言人，没有向她们一一澄清的义务。

能有机会零距离地观看俄罗斯油画，是麦穗梦寐以求的事。在西安举办俄罗斯油画展的三天里，麦穗像过节一样高兴，她每天很早就去，直到当天闭馆她才回到店里。第三天下午，她很有幸听到从北京来的黄教授关于俄罗斯油画的学术报告。这个黄教授年近七旬，鹤发童颜，讲起话来声若洪钟，使你觉得对他的观点不能有任何质疑。麦穗喜欢这样的老师，她想，要是能在黄教授身边那将是多么幸福的事。可惜，在这个能容纳二百人的学术报告厅里，她太渺小了，不光是她坐在最后一排的原因，她终究不是什么大学老师，也不是什么市里省里的美协会员，她连美院的大学生都不是，她只是个热爱美术的普通农村女孩。

报告结束的时候，掌声自然是热烈的、雷鸣般的。人们鱼贯而上，走上台纷纷请黄教授签名加微信号，还有的迫不及待地跟黄老师合影。看着闹哄哄的场面，麦穗悄悄地走出会场，她不想把自己变成歌星粉丝一样的人，她要的是黄教授的观点。至于观点以外的东西，她觉得那都是风，随着时间的流逝，都将成为泡影。

麦穗走在含光路上，她发现时间尚早，就在一家咖啡厅停了下来。她要了一杯奶茶，一个鸡肉三明治，一袋薯条，悠然地吃起来。她一边吃，一边看手机里的俄罗斯油画，她确实觉得这三天收获蛮大的。麦穗开始琢磨，她来西安已经两年了，手里攒了十几万块钱，下一步她是到西安美院报个进修班学习呢还是继续做足疗技师。她觉得，如果专门学习画画，她的这十几万有个一两年就会花光的。到头来，如果学习大有长进，画能有人买，那还可以接受，如果没人买，那岂不是赔了夫人又折兵？

正当麦穗胡乱琢磨的时候，足疗店老板给她打来电话，问她在哪里，说有一重要客户点名要见她，要跟她聊聊画画的事。麦穗感到突然，在西安这个城市里，能写会画的人成千上万，怎么会有人要点名与我看画聊天呢？她对足疗店老板说，你让客人稍等，我半小时后就到。

西安的夜色是璀璨的，夜市要晚上十一二点才会关闭。麦穗想到刚来西安的日子，那时的西安也该是迷人的，可那时的她无论如何是发现不了这座城市有多么美妙的，因为这里的一切跟她一毛钱关系都没有。现在不同了，经过两年的打拼，她渐渐熟悉起西安了，她开始融入西安了，她有心情去像画工笔一样欣赏西安了。

麦穗开始长大了。人长大不在于年龄，而是其心里的成熟度。

麦穗回到足疗店，一进门，店老板就把她领到一个三人间，说有个学者模样的人在等她。麦穗进得屋里，抬头一看，只见面前坐着两个人，一个是下午讲座的主持人西安知名画家西蒙，另一个是那个被掌声如潮地从北京请来的黄教授。麦穗感到很吃惊，她不由颤抖地叫了声，黄教授您好！黄教授见麦穗进来，从沙发上站起来，握住麦穗的手，上下打量了一下，说你就是麦穗，我刚才看到墙上你画的《风吹麦浪》很喜欢，就打听这个作者麦穗是何许人也，没想到是店里的一个女孩。我感到很惊奇，就让他们把你找回来，我们好好聊聊。麦穗说，您坐下，我给您打盆热水，一边给您按摩一边聊。黄教授摆摆手说，不啦不啦，你就坐在我旁边聊，多长时间都没关系，我给店里出费用就是了。

黄教授下午讲完课，回到宾馆休息了一会儿，主办方问黄教授晚上还要不要接见西安的画家，黄教授说不必了，他想自由地在西安街头走一走。主办方便让他的学生西蒙陪同。西蒙问教授，您想看看西安什么？教授说，我已经五六年没来西安了，不是不想来，每次来，我都有些犹豫，这里有我许多的往事。西蒙说，您这么多年，从来没跟我说起您的往事，今天您不妨说说看。教授摇摇头道，不说也罢，不说也罢。

在南稍门夜市，教授在一个卖泡馍的店前停下，他对西蒙说，

望长安　17

咱就在这儿吃吧,来碗泡馍,弄几个小菜,再来一瓶米酒。西蒙说,是不是简单了点?教授说,我看挺好,来西安,就要吃各种小吃,否则,就等于没来西安。西蒙知道教授的脾气,这老头脾气好的时候,怎么着都行,要是犟起来,用北京话说,那就爱谁谁。

在夜市吃完,西蒙问教授累不累,教授说,多少有点累,不过一想到明天上午就要回到北京,他还是想在西安城里城外转转,再来,说不定又要好几年呢。这样,西蒙陪教授东走走西转转,转来转去就来到麦穗所在的足疗店前面。西蒙问教授,如果累了,咱们到里边做个足疗吧,解解乏。教授抬头看了看霓虹闪烁的足疗店招牌,犹豫了一下说,也好。进得店里,正赶上店老板在前台值班,老板问他们二位做什么项目?西蒙说,简单点,做个中式足疗就可以。老板说,我们没有双人间了,只有三人间。西蒙说,我们出三人的钱,别的客人就不要安排了。老板说,听您的,便冲里边喊道:18号、26号,两位,普通中式足疗。

黄教授在北京很少做足疗,他长期画画,悟出了一套养生功。别看他七十岁的人了,在旁人看来,也就五十几岁的样子。他和西蒙走到足疗店房间里,本能地坐到沙发上,等着技师过来打水按摩。等坐稳后,借着昏暗的灯光,黄教授看到眼前的墙壁上有一幅油画,画面是风吹麦浪,有个女孩在当中起舞。这一下引起了他极大的兴趣。他站起身仔细观察后,确认这不是高仿画后,不由地问刚走进房间里的18号技师,这画是谁画的?18号技师说,是15号画的。黄教授听罢觉得好奇,追问道,是你们的15号技师画的?18号技师说,对呀,就是她画的,每个房间都有她画的画。黄教授一听,兴趣颇大地问,麻烦你,让15号技师来一下,我想见见她。

麦穗的到来,让黄教授很激动。他问麦穗,你是哪里人,跟谁学的绘画？麦穗小心翼翼地说，我是河南驻马店人，来西安两年了，我画画是自学的。黄教授说，刚进门时，你好像认识我？麦穗说，下午我去听您的报告了。黄教授哦了一声，说原来如此。他问，我讲的你能听明白吗？麦穗说，大致知道一些，也有许多听不明白的。黄教授说，你告诉我你为什么要画《风吹麦浪》？麦穗说，俺是农村人，不管俺到城里怎样生活，俺还是喜欢夏天里风吹麦浪的景象。那里，好像是我的根，每次晚上做梦想起来，我就想哭。

麦穗的话让黄教授沉默了良久。他稍后缓缓地说，姑娘，不瞒你说，我也画过《风吹麦浪》，如果你愿意，我想把你带到北京，我愿意把你留在我的工作室，你不用担心，在北京所有的费用我全包。

对于黄教授的邀请，麦穗从心里是求之不得的。可她不明白，黄教授为什么如此慷慨呢？她略微有些犹豫。黄教授见状，说不急，我把电话留给你，如果你想去，随时可以给我打电话。西蒙也说，去吧麦穗，我们都巴不得想到教授身边学习呢！

一周后，麦穗告别了西安，她到北京去找黄教授了。

黄教授在北京的工作室位于机场附近的798艺术园区，有大大的一层楼，分别为两个画室，一个教学室，还有一个200平方米的展厅，每天到这里学习、谈生意的人很多。麦穗的到来，令黄教授很高兴。他让麦穗跟在他的身边，除了做一些服务的事情，主要跟着那些学生一起画画。黄教授的学生有大学里的研究生，也有从全国各地来的进修生。麦穗觉得，她在这里如同刘姥姥进大观园，一切都是陌生的，又是非常有意思的。

黄教授让麦穗和几个进修生合住在一栋居民楼里。每天她们都在一起学习生活。转眼一年过去了，麦穗觉得自己来北京真的长了许多见识。特别是她的画也有了长足的进步。一天，她在跟同学交流时，一个同学无意中告诉了她黄教授的秘密：黄教授家有40幅《风吹麦浪》的油画，每年画一幅，那些画从来不拿去展出，也不卖，就在家里存放着。麦穗听后感到很惊奇，她猜想那画背后一定有很传奇的故事。她们猜想，那画可能是黄教授画给她初恋情人的，那情人或许是一个插队知青，他们就在麦浪里好上的。要不，就是给她女儿的。他在农村过去有过一个私生女，因为种种原因，他回城了，再也没有见到那离别多年的孩子。现在的电视里不总是这样编吗？

麦穗相信这人世间有些故事是编也编不出来的。她也曾把自己和黄教授设计成种种关系，可到最后她都不能确认成立。即使她讲给教授听，教授也不会按他的想象去承认，每个人在心里都有属于自己的秘密。

麦穗在北京幸福地生活着，快乐着。不觉两年了，教授问她有什么想法吗？麦穗说，我想西安了，那个城市最早接受了我，我很想画几幅关于西安的画。教授思忖了一下说，既然你那么想画西安，你就画一幅《梦长安》，正好参加我在中国美术馆举办的师生画展。等画展结束后，你就回西安。听说西蒙正组织几个画家要到丝绸之路采风呢，不妨你也一起去。麦穗怯怯地说，我有这个资格吗？黄教授说，有，当然有，真正的艺术从来不是老师教出来的。路，都是自己走出来的。我等你回来。

看着黄教授慈祥的目光，麦穗想，我当然要回来。我还没有完成学业呢，更何况，黄教授在她心中的谜一直没有解开。说不定，在去丝绸之路采风的路上谜底就会揭开。她想象着，她期待着。

2016年12月31日北京西坝河
（原载2017年2月6日《西安晚报》）

溪水边

儿时的玩伴大毛早晨在群里发出信息：村东头的吴奶奶走了，我们再也听不到老人家给孩子讲鬼故事了。

大毛发来的信息让我感到很凄然。他所说的吴奶奶是个孤老太太，她家住在村东头，紧邻公路。在公路与她家之间，有一条叫作兰溪的水渠，能有四五米宽。小的时候，我们一帮小伙伴常猫在兰溪里抓鱼，那种鱼应该是鲫鱼，一指多长，用油焖着吃，或者给花猫吃都是不错的选择。每当我们捉到小鱼，路过吴奶奶家门口时，吴奶奶就会伸手跟我们要上几条。起初我们是不愿意给的，也说过有本事你自己到溪里去捞呀那样的混账话。吴奶奶听罢，只好祈求般地说，你们就给我几条吧，不是我要吃，我给猫儿吃。见我们还不肯，她就说，你们给我小鱼，我给你们讲鬼故事听。

吴奶奶讲的鬼故事虽然吓人，可我们很愿意听。吴奶奶家养了好多猫，家猫、野猫、流浪猫，具体有多少只，恐怕连她自己也说不清楚。我和大毛到吴奶奶家看过，发现她家里除了养猫，还养着几只黄鼠狼。黄鼠狼并不怕人，白天都隐藏在一堆柴草下边。我们好奇地用木棍去敲打柴草堆，黄鼠狼便机敏地一溜烟跑走了。这时候，吴奶奶就会大声地呵斥我们，你们不许这样，如果惹翻了黄鼠狼大仙，家里会遭报应的。吴奶奶的话我们一点都不在意，心想，一个六十几岁的孤老太太能知道什么，她的话肯定是骗小孩的。

吴奶奶的话或许是有道理的。有几次，我们在吴奶奶家折腾完黄鼠狼后，当天晚上大毛和二鬼家的老母鸡就被黄鼠狼给拖走吃掉了。大毛说，黄鼠狼抓鸡的声音，是世界上最恐怖瘆人的，其凄惨的叫声能把人的尿给吓出来。我回家把这话跟我父亲讲了，父亲说，没那么邪乎。真有一天黄鼠狼偷咱们家鸡，你看我怎么收拾它！

我相信我父亲是个大英雄。我看过他在村子场院上给好几百社员讲政治形势的样子，他高挽着两个蓝袖筒，站在几块土坯搭成的讲台上，口吐莲花般一讲就是一两个小时。社员们听得聚精会神，连撒尿那样的大事都给忘记了。可是，我万没有想到，在一个漆黑的冬夜，父亲的英雄形象一夜之间在我心中蒸发了。

那天深夜，大约十一时的光景，我在月色中，从玻璃上隐约看到有个人影在我家院墙上一晃，接着，便传来我家大黄狗的狂吠。我看了看一旁熟睡的父亲，心里盘算要不要唤醒他。父亲是村上的贫协主席，兼着治保主任，他的出现，一定会令那个在院墙外鬼鬼祟祟的贼人吓得抱头鼠窜。可是，父亲他睡得死沉，鼾声如雷。无奈，我只好强忍着怦怦乱跳的心，静静地观察接下来还会发生什么动静。十几分钟过去了，那个人影又出现了，大黄狗愈加狂吠不止。母亲似乎感觉到了什么，她摇了摇父亲的后背，压低声音说，他爸，快醒醒，大黄都叫半天了，外边是不是有什么人？父亲这次显然也被吓了一跳，他撩开被子趴在窗前往外查看。母亲见状，喊道，还看什么看，赶紧出去呀！父亲迟疑了一下，说，别急，看清楚再说。母亲急眼了，抄起炕边的笤帚，快步走到堂屋，一把推开房门，冲着院里喊道：有贼啦！快来人抓贼啊！

院里没有贼。有贼，不是人，是一只黄鼠狼，那凶狠的家伙用嘴巴死死咬住一只老母鸡的脖颈，在拼命地往墙头上爬。母亲这时已不知所措，她一边呼喊一边将手中的笤帚投向黄鼠狼。黄鼠狼并不怕母亲，它继续撕咬着老母鸡，还不失时机地放了几个臭屁。母亲气急了，她跑到屋檐下，拿起一把铁锹，冲向黄鼠狼。这时，黄鼠狼有点被震慑了，嘴里叼着一撮鸡毛，狼狈地窜墙而逃。母亲拾起奄奄一息的老母鸡，不禁失声痛哭起来。直到此时，父亲才趿拉着拖鞋走出房门，他冲母亲笑着说，看一只黄鼠狼把你吓得，我还真以为来了贼呢！看到自己的男人关键时刻不挺身而出，反而说着风凉话，母亲的火不打一处来，吼道：住嘴吧你！谁家男人像你似的，遇到事让老娘们儿往前冲，这辈子跟你算是倒霉到家了。

从那个惊心动魄的夜晚后，我和大毛几个小伙伴再也没有到吴奶奶家去骚扰黄鼠狼。黄鼠狼真的很有灵性呢！

吴奶奶并不完全是一个孤老太太，他的侄子吴三宝就住在她的西院。吴三宝从小游手好闲，去年因偷盗农场果园的苹果被公安局抓走劳动改造三年。吴三宝的女儿吴晓雅跟我们年龄差不多，人长得漂亮，不过我和大毛不大喜欢和她玩。这不赖吴晓雅，那时候我们正热衷看印度电影《流浪者》。电影中法官说过的一句话对我们影响很大：法官的儿子永远是法官，贼的儿子永远是贼。印象中，好像有一个小男孩曾当着吴晓雅的面说过这句话，吴晓雅说她没看过电影，她才不相信法官会说出那么混账的话来。我没到过吴晓雅他们家，她妈长得像水葱，成天的在男人间浪来浪去。不过，村里的男人一般不敢招惹她，即使吴三宝被劳教的日子。

吴晓雅对我或者我们家是仇恨的。她认为她父亲被公安局抓去劳教，是我父亲给告的密。她不止一次地瞪我，那眼神儿里有怒火，恨不得把我烧死。我也不止一次地告诉吴晓雅，他父亲的事跟我父亲一毛钱关系都没有。吴晓雅说她才不相信呢，她好几次看到警察到我们家串门儿。为这事我问过我父亲，吴三宝被抓是不是你告的密？父亲说，才不是呢，是吴三宝自己跳铁丝网到果园里偷苹果，让护青的工人给发现了，他不但不认错，还用镰刀把一个护青的工人给砍伤了。结果，工人到公安局报了案，吴三宝他是咎由自取，罪有应得，我看关他三年还是轻的，最好无期，省得出来再干坏事。

父亲的话我没有告诉吴晓雅。我觉得吴晓雅挺可怜的。有几次我和大毛到兰溪去摸小鱼，吴晓雅就像跟屁虫似的悄悄地尾随在我们后面看。大毛说，吴晓雅老跟在咱们后边，多碍事啊。我说没事的，她看她的，你抓你的。大毛说，吴晓雅长得跟她妈一样浪，我打老远一见到她心里就狂跳不止。我看了看大毛，他也看了看我，我加重语气说，大毛你不要脸，你肯定学坏了。大毛说，我告诉你一个秘密，不过这秘密只有咱们俩知道，你要答应我保密，我才能告诉你。

大毛告诉我，有一天在村后的场院里，他发现吴晓雅的母亲和村上的瘸姑爷在稻草垛里抱在一起。他不明白，以吴晓雅母亲的模样，什么样的好男人找不到，怎么就偏偏和瘸姑爷好上了呢？他最感兴趣的还不是这点，他觉得最让他激动得想大叫的是看着那稻草垛一颤一颤发出的沙沙声。也就是从那一刻起，他开始幻想某一天能带着吴晓雅一起也钻进那稻草垛里去享受那一颤一颤的美好。

我总觉得大毛要出事。大毛早晚一定出事。

第二年的秋天，天气凉得早，虽然才是初秋，兰溪的水却出奇的凉。放学后，我和大毛、吴晓雅路过兰溪，兰溪的水明显比平日湍急了许多。我们找到一处浅流，溪水中间露出几块石头，我和大毛几下就蜻蜓点水般过去。等我们到了对面坡上，回头看吴晓雅还在原地打转转，我和大毛喊，吴晓雅你倒是过来啊！吴晓雅望了望我们，又看了看溪水中的石头，说，我——我怕！大毛不屑地说，你怕个毛啊，你用脚尖轻轻一点石头，另一只脚马上踩过去，两三下就过来了。大毛说得很轻巧，可吴晓雅就是不敢过。她看了看远处的木桥，说，我还是从桥上过吧。我说，吴晓雅你等等，我帮你过来。

没等我走向溪边，大毛跑着去接吴晓雅。他一只脚踩在石头上，同时伸出手准备拉吴晓雅的手。吴晓雅犹豫了一下，哆嗦着身子走向溪水里的鹅卵石，第一块还可以，可当另一只脚踩到石头后却脚下一滑，身子一下歪向溪水，这时，大毛已经顾不得鞋子湿了，他一脚踏进溪水里，顺势将吴晓雅抱在怀里，或许是吴晓雅的体重太沉了，大毛脚下一出溜，他们二人都倒在溪水里，吴晓雅用手一个劲儿地拍打着水，喊救命啊，救命啊！见状，我也顾不得脱鞋，跳到水里，将他们二人拖起来，嘴里不停地劝慰着，没事的，不就弄湿了衣服，回家洗洗不就行啦！

吴晓雅从大毛的怀里挣脱出来，泪水打湿了她的脸颊。她低头看看自己略微隆起的胸脯，又抬头看看愣呵呵的大毛，忽然莫名地不由得笑了。我和大毛都蒙了，按常理，吴晓雅应该哭闹才对，可是她居然笑了。我问吴晓雅，你为什么笑？吴晓雅得意地说，我喜欢让大毛抱，那感觉酥酥的，你体会不出来。吴晓雅的话让我无地自容，我不知道该如何面对这个和我年纪相仿也就十一二岁的女孩。大毛听吴晓雅这样一说，也感到很突然，他既不相信自己的耳朵，也不相信自己的眼睛，他不禁问了一句，吴晓雅，你说你喜欢被我拥抱的感觉？吴晓雅用手把前额的头发往旁边一顺，说，对呀，我就喜欢你拥抱的感觉，你不是一直想拥抱我吗？你如果喜欢，我天天让你拥抱。你来呀，来呀！

吴晓雅的举动让我大跌眼镜，不，我还没有戴眼镜。我心里不由问自己，这是吴晓雅吗？一夜之间她怎么变成这个样子了？我感到失望，近乎绝望的失望。

兰溪，你还是那条欢快的一路叮咚作响的兰溪吗？

溪水边　25

平淡的日子过得就是快。转眼过去一个多月了，我和大毛、吴晓雅的关系也发生着微妙的变化。过去，我们经常一起上学，放学，一起到兰溪边去玩耍。现在不行了，我们几乎不再同一个时间、地点出现，吴晓雅和我见面不再说话，我和大毛哥们儿之间也有了隔阂。而大毛和吴晓雅也根本不在一起，他们之间也几乎不说话。我一直想和大毛深入地沟通一下，可大毛总是故意回避我。

我们三个人始终没有把那天发生在兰溪的事说给任何人听。

我们快上初一的那一年，吴晓雅的父亲吴三宝被提前释放了回来。他这个人游手好闲惯了，他不会像村里的其他男人那样去弄块地种种，他喜欢给别人找项目，跑供销。村上的人说，吴三宝天生就长着能把死人说活了的嘴。不到一年的时间，吴三宝发迹了，他不仅自己翻盖了房子，还买了一辆汽车。不过，吴三宝没有找小蜜，不是他不想找，是他没那个欲望。这话不是别人说的，就出自吴晓雅的母亲。

自从大毛告诉我吴晓雅的母亲和村上的瘸姑爷好上后，我就有意无意往村后的场院跑。我想亲自看一看，吴晓雅的母亲跟瘸姑爷究竟是怎么样的好法。可是，我一连去过数次，一次也没有看到吴晓雅的母亲和瘸姑爷。我觉得，这事出在大毛身上。她当初太喜欢吴晓雅了，他想得到吴晓雅，又不知怎么做才好。他做梦都想着吴晓雅像她妈那样浪，那样，他就可以接近吴晓雅了。

事情终究会有它的结果。我们上中学的第二年夏天，我和大毛几个男孩在兰溪里脱光了屁股在洗澡。忽然，有个伙伴冲我们喊，警察，警察！循声望去，只见我父亲和派出所的几个警察从警车上下来直接往吴三宝家走。我想叫我父亲一声，可又怕被警察听见，只好默默地等着他们出来。也就五六分钟的样子，吴三宝被警察扣上了手铐，垂头丧气地从家里出来。吴晓雅和她妈哭号着，不要把人带走。警察才不听这一套，几下就把吴三宝推进了警车，然后和我父亲打了个招呼，便呼啸而去。

吴晓雅真的急疯了，她不顾一切地撕扯着我父亲的衣服，嘴里喊道：你让我爸爸回来！我父亲任凭吴晓雅和她妈妈的谩骂、撕扯，他只是劝慰着：三宝事惹大了，我也没什么办法。

我们不敢在兰溪里再游泳了。我们悄悄地穿好衣服，各回各的家。回到家，吃过晚饭我问父亲，吴三宝怎么又被抓起来了？父亲说，吴三宝在瘸姑爷回村的路上把人打了，好像是用菜刀把瘸姑爷的一条胳膊给砍断了，人躺在医院里不知死活。我说吴三宝干吗下手这么狠呢？父亲说，据吴三宝交代，是他发现自己的媳妇背着他和瘸姑爷好过。他是听村里人议论时知道的。这个吴三宝，倒有几分血性。可我搞不明白的是，他为什么不用菜刀砍自己的老婆呢？我父亲说，这里边有深层的原因，你现在小，等你长大了再告诉你。

父亲的秘密不到一个月就被村里人说出来了。吴三宝被劳教的那三年，她媳妇拉扯着吴晓雅过那份穷日子也不容易。瘸姑爷是城里人，在一家皮鞋厂工作，因为身体原因，在城里很难找到媳妇。后来，经一个远房亲戚介绍，与我们村上的一个姑娘好上了。姑娘虽好，但不能生育，瘸姑爷还不能往外说。一天，吴晓雅的母亲在半路上遇到瘸姑爷，随便搭讪了几句后，她就知道了八九不离十。于是，她就告诉瘸姑爷，她有办法治疗那女人不育的毛病。瘸姑爷信以为真，便有意无意去吴晓雅家，三番五次，吴晓雅的母亲便和瘸姑爷好上了。他们这样做，有几个好处，一是遮人耳目，没人相信吴晓雅的母亲会看上瘸姑爷。二是瘸姑爷每月可以从工资奖金里给吴晓雅娘儿俩贴补。三是吴晓雅的母亲使用女人的风骚猛浪满足了瘸姑爷的生理

溪水边　27

要求。当然，也满足了吴晓雅母亲长时间的性饥渴。起初，瘸姑爷有点惧怕吴三宝，说这事如果让吴三宝知道，那三青子还不得把他的另一条好腿打瘸。吴晓雅的母亲说，你不用管，你别看吴三宝人高马大，他那方面早就不行了。这几年他亏欠我的多了去了。

话是这么说，但吴三宝毕竟是有血性的男人。他对吴晓雅的母亲可以不用，但绝不允许别的男人占用。这有点吃不到葡萄说葡萄酸，可谁又考虑过葡萄的感受呢？

吴晓雅和她的母亲在村上没法再生活下去了。吴晓雅的舅舅在深圳开了一家公司，正缺少人手，这样，吴晓雅的母亲就带着女儿到深圳去了。我和大毛与吴晓雅毕竟是一起长大的玩伴，我们两个知道吴晓雅和她母亲要去深圳的消息后，我们都有点魂不守舍。大毛说，吴晓雅走了，我可怎么办？我说，她毕竟才初二，说不定过几年还会回来的。大毛说，将来吴晓雅长大了，她要和别的男孩好上，那我可就哑巴吃黄连有苦没地方说去了。

我一度想给吴晓雅买一份礼物，或者给她写一封信，说明他父亲的事跟我父亲没有直接的关系。要不就干脆挑明，父亲是父亲那辈子的事，我们只管我们的友谊。我承认，我的内心是一直喜欢吴晓雅的，其程度要超过大毛。

吴晓雅终于走了。她们是什么时候走的，只有吴奶奶家的黄鼠狼知道。据说，吴晓雅她们走的前一天晚上，吴奶奶一个人在昏黄的灯光下坐了一夜。她反复地只重复一句话，我的雅走了，我的雅走了。

多年以后，当吴晓雅以香港某公司驻北京办事处负责人的身份重新回到村上看吴奶奶时，我们才见了面。这时，我已经在中央某新闻单位做了近二十年的记者。在一次电话交流中，我问她，你还记恨我父亲吗？吴晓雅说，过去的事情责任都在我父亲，你父亲带警察抓我父亲，那是他的工作。他不去，换别人也得去。我又问，你当初在兰溪为什么希望大毛拥抱你？吴晓雅说，因为我恨你。我说，是因为我父亲吗？吴晓雅说，不是，我恨的是明明你有条件跑在大毛的前边，你为什么不敢伸出手救我？

吴晓雅的话，让我险些把手中的电话扔掉。我做梦都没有想到，三十余年来，她的内心里一直深埋着这样一个情结。此刻，我真想对她喊：我们重新回兰溪吧！然而，我只是张了张嘴巴，终于没有喊出来。事实是，真实的兰溪在多年的公路施工中，早已被渣土填平。而我梦中的兰溪，将永远是梦中的兰溪。

2016年7月3日西坝河

（原载2016年第10期《四川文学》）

绕城

郑云是个盲姑娘，十八岁那年她的眼睛突然失明了。有人说，她是因为高考失败了，离录取分数线只差两分。但她母亲郑嫂却说，才不是呢，我家云儿高考成绩比录取分数线还高出两分呢。人们相信郑嫂的话，郑云是个聪明的女孩，她们一家搬到芳草这个小区时，这个小区正在进行整体楼层粉刷，据说要开奥运会了。

郑云所在的这个城市，属于郊区的卫星城，也就是所谓的县城。姑且就称其为潞城吧。潞城是个老城，有文字记载的可追溯到2300多年前，好像比如今的都城还要早。郑云小时候，跟他父亲到潞城买过年货，印象中这城关一带还有残破的城墙，城墙上的老砖乌黑乌黑的，上面涂抹着一层墨绿的青苔。郑云没有上去过，她父亲也没有上去过，从老远看着有几个老头，带着几个小孩儿在那上面放风筝。郑云双手搂着父亲的后背，坐在自行车的后架上，不断地回头看天上的风筝，风筝有四方的屁帘儿，也有花色的蝴蝶，更有长长的蜈蚣。郑云对父亲说，哪天咱也到城墙上放风筝吧。父亲双脚用力地蹬着自行车，头也不回地说，咱不到城墙上放，要放就到咱村后的麦田里放，那地方多豁亮，不比城里强！父亲的话让郑云很扫兴，她就是觉得那城墙上面好。当然，这话她是说给自己听的，她没敢说给父亲。

郑云的父亲是个生产队干部，他最初带郑云到潞城的时候，还没当村支书。等他当村支书时，郑云已经上了初中。记得上初中二年级，家里的经济条件好些了，父母一咬牙，就给郑云买了一辆自行车。此前，家里有一辆半旧的自行车，父亲给了郑云哥哥。哥哥比郑云大两岁，他从小就不跟郑云在一起玩。他们上的中学是同一所学校，哥哥比郑云高两级。郑云上初一，哥哥上初三。郑云上初二，哥哥上高一。父亲把自行车交给哥哥时，母亲对哥哥说，你放学时等会儿妹妹，省得走路，来回十几里呢。哥哥虽然嗯了一声，但很少骑车带着郑云。每次放学，他都以别的同学搭车为借口，将郑云冷冷地丢在一边。郑云虽然生气，可她人小志大，非要发誓自己挣钱买一辆属于自己的自行车。

郑云有一个愿望，她要骑着自行车，沿着潞城古城墙绕上一圈，看它到底有多长。当时，年幼的郑云，还不知道什么叫马拉松，更不知道马拉松全长多少公里。

潞城的城墙早已经不完整了。郑云经过半年多，到附近的工厂、电台去捡废铜烂铁，竟然也攒足了三十多块钱。为了这钱，她可是费尽了心思。电台在村子的东北角，里边住着工人，还有一个排的解放军。电台很大，一个人在军事警戒区外边走，得走半个多小时，里边还有两个大鱼塘。夏天，附近村里的孩子会翻过院墙到鱼塘里游泳，偶尔还有人会抓几条鲤鱼回来。有一次，郑云的哥哥在游泳时，小腿居然被一只螃蟹给钳住了，疼得哥哥叫了半天。后来，哥哥把那只螃蟹，还有其他几只带回家上锅蒸了，全家人美美地吃了一顿。为了挣钱，郑云也到过鱼塘附近，她不是为了捞鱼，而是那里有一根高高的铁塔，足有一百多米高，上边有很多的天线，还有固定铁塔用的钢丝斜拉线，每年，电台里的工人都会对铁塔的线路进行检修。在检修时，就有可能将废弃的铜线扔在地上。这废弃的铜线，对于电台的工人实在算不得什么，因为电台里有的是，可对于郑云就如获至宝。那铜线虽然都是些比火柴棍长不了多少的东西，而且散落在周围十几米的半径内，然而，郑云一旦发现，就会有惊人的喜悦，她知道，这离她的自行车梦越来越近了。

一天，郑云放学路过电台，她照例去里边捡废铜烂铁。在一个垃圾堆旁，她看到有个妇女刚把一纸篓废品倒在上边。以往，总会有人路过这里，顺便在垃圾上翻一翻。郑云这次正赶上没有别人来，她喜出望外，等那个妇女走出十几米后，快步走到垃圾前，用一只小手在上边翻弄着。她看到有几张废弃的烟盒，是香山、礼花、牡丹、恒大那种大品牌，郑云很激动，她知道哥哥他们那些男孩喜欢用烟盒比大小，玩拍烟盒游戏。这些烟，在农村是很少有人抽得起的，村里人最爱抽的是用月份牌纸卷的叶子烟，个别有钱的只能买买春耕、战斗、大生产，至多是买春城、八达岭那种烟。郑云把烟盒小心翼翼地塞进书包里，她又接着翻。猛地，她看到在乱纸中有几个塑胶套，这些套大小一样，像橡胶手套上剪下来的，可又没有剪的痕迹，敞口的一圈好像里边有个硬硬的东西在支撑着。郑云觉得这玩意儿有意思，她举在手里，将手指伸进去，滑溜溜的，正好戴在手指上。郑云想，这电台里边的人就是古怪，这么好的指套咋就随便扔了呢。她甚至想，电台里的人会不会发报时手指都戴这种指套呢。想到此，郑云便觉得自己的手很神圣。她决定把这垃圾里的塑胶指套都捡回去，明天她要在同学面前炫耀，她有好多发报指套哩。

转过天来，郑云把指套带到学校。她是在第二节课后，上体操的空隙透露给同学的。她开始只是拿出一个让同桌王小虎猜这是干什么用的。王小虎拿过来，小心看了看，又拉了拉，说这东西挺好玩，不过不怎么实用，如果要是有三个那么长，就可以做弹弓用了。郑云一听，瞪了王小虎一眼说，你说啥，这金贵的东西咋能做弹弓用？亏你想得出。于是，郑云把指套又拿给好友张娜看，问张娜这东西干什么用最好？张娜拿过来，照样拉了拉，说一圈圈剪开，接在一起，可以做成皮筋。如果扎小辫，便宜是便宜，可就是不好看。张娜的话被班长马强听到了，马强说，你可拉倒吧，我看这玩意儿可以吹成气球，不信拿过来我给你吹。说着，马强就张着嘴对着那指套吹起来，吹了半天，憋了个满脸通红，也没鼓起来。张娜说，吹牛皮不上税，看把你能耐的！马强觉得丢人了，就凶巴巴地对郑云说，你说说，这东西究竟是干什么使的？郑云看了一眼这几个搞笑的同学说，实话告诉你们，这指套不是一般人能戴的，听我爸爸说，电台里的发报员在发报时才能戴，看过电影《永不消逝的电波》吧，里边李侠发报时就戴的这个。马强一听，仿佛电影里的镜头真是如此，右手不由挠起了自己的后脑勺儿。"你说的不对，电影里的李侠发报时根本没有戴指套！"王小虎好像觉察到什么，他冲郑云喊道。郑云说，信不信由你，我爸爸是村干部，他到电台里亲眼看到的。

郑云的话在班里算不得什么，但在村里担任治保主任的爸爸说话人们多少还是相信的。尽管同学们还是有点半信半疑，好在郑云也比较大气，她把带在身上的指套都分给了同学。同学们感到很神圣，这些指套毕竟经过发报员的手指曾经把无数的信息传到祖国各地了。

关于指套的秘密是在高中二年级时被马强揭发出来的。马强有一天拿着一个没有启封的塑料袋把郑云、张娜、王小虎几个人叫到学校一个角落里，神秘地说："今天告诉大家一个秘密，上初中的时候，郑云不是拿来好些个指套让大家猜是干什么用的吗？我们当时说这指套是干这个干那个用的，其实都不是，你们猜是干什么用的？"张娜几个人瞪着眼睛齐声说："不知道。""我给你们三天时间你们也猜不出。"马强把塑料袋举到大家面前，将塑封打开，拿出一个方方正正的塑料片说："你们看看这上面写着什么？"郑云倍加小心地接过来，举到眼前一看，只见上面清晰地写着三个字：避孕套！"避孕套，避孕套！"张娜他们几个兴奋而又紧张地叫道。"对，就是避孕套。我实话告诉你们，初中时郑云送给我们的就是这个！""避孕套是防止女人怀孕的，马强，你哪儿弄的这个？""马强你学坏了！"同学们愤怒地看着马强，好像马强干了多么见不得人的事情。见此情景，马强扑哧乐了，说："大家别紧张，实话跟你们说，我们家有的是。别忘了，我妈是干什么的，村妇联主任，专管女人的。""马强，你丫别得意，你告诉我，你会使用这玩意儿吗？"王小虎最看不得马强的嘚瑟劲儿，就主动拿话刺激他。马强并不示弱，说："你要是个姑娘，我就戴给你试试！"话说到这个份儿上，双方哪有不急的，结果马强和王小虎大打出手，弄得头破血流。几个女孩都给吓哭了。

  在这次秘密被揭穿之前，郑云已经骑上自己的新自行车好几年了。如她所愿，新车买后不到一星期，她就骑着车偷偷将潞城城墙绕了一圈。那时，她已经知道什么叫全程马拉松，什么叫半程马拉松。以她的估计，绕这潞城城墙一圈，其距离正好是半程马拉松的距离。她为此很激动，在她的同学里，还没有人像她这样，能骑车绕潞城一圈。现在，听马强一说，她当年从垃圾堆里见到的所谓的只有发报员才有资格使用的指套竟然是男人不让女人怀孕的避孕工具时，她感到自己过去的一切是那样的肮脏，那样的见不得人。特别是想到，马强当初当着同学的面，还张大嘴巴去吹别人使用过的那个东西她就感到更为恶心。她还想到自己的新自行车，虽然买车的钱她只是从卖废铜烂铁的钱里凑出三十块钱，可是那三十块钱里肯定有垃圾堆里的东西变卖的收益，而那些东西一定是与那些肮脏的避孕套混在一起的。郑云不敢深想了，她觉得她是这个世界上最尴尬的人。

从那以后，郑云的神情开始恍惚了。在班里，她的成绩本来是在前茅的，经过这件事，她的成绩开始急剧下降。老师问她怎么回事，她只是说自己不在状态。老师问她怎么不在状态，她说不在状态就是不在状态。那个时候，老师的男人正在下岗，她自己还满脑门的官司，哪有精力再去关心一个学生。

郑云高考，到底是高出分数线两分还是低了两分，学校没有正式通知，郑云的父亲也没有查问。高考后不久，郑云就意外地失明了。最为不幸的是，在郑云失明后的第二年，已经担任了村党支部书记的父亲因为心脏病复发，不到五十岁就去世了。他哥哥常年在外打工，只有春节时才回来住几天。这样，郑云的生活就只有靠母亲艰辛的劳动来供养。

郑云和母亲来到芳草小区，是经一个亲戚介绍来的。那个亲戚在小区担任居委会主任，她对郑云妈说，你在村里干活也挣不了几个钱，不如到城里。郑云妈说，我一个农村妇女到城里能干啥？主任说，你在小区里可以打扫卫生，闲时还可以做小时工。至于郑云呢，可以让她到盲人按摩学校学习一下，拿个技师证，正好小区附近有个盲人按摩店，我去给说说，反正是干活吃饭。辛苦自然要辛苦点，起码可以自食其力不是？听主任这么一说，郑云妈觉得挺好，就带着郑云由乡下来到城里。她们住在小区的一个半地下室，一个月八百块钱房租，夏天不热，冬天也不太冷。

芳草小区是个老小区，20世纪90年代建的，都是板楼。小区里有十五栋楼，楼与楼之间都有通道，过去私家车稀少时，这通道显得还挺宽，人们出入很方便。最近十年，人们都跟疯了似的，家家户户都买汽车，把楼与楼之间的通道憋屈得连喘气的地方都没有。郑云妈每天凌晨六点钟早早起来就要到小区里扫地，一般要干两小时。大约八点钟，她就会收拾好，然后到街上的早点铺去买油饼油条鸡蛋豆浆小米粥，有时也去高级点的庆丰包子铺，或者到爆肚满买份儿面茶。郑云的盲人按摩店要上午十点钟上班，她先吃早点，然后打扮一下，起先她是由妈妈陪着去店里，后来小区里铺了盲人专用通道，她就自己摸索着去。郑云上班后，郑云妈一般要休息一会儿，大约十一点，她就要为小区里的客户做小时工。小时工的活儿不固定，有的是做饭，也有的是打扫卫生，平均每天下来，也能挣个一百多块钱。到了晚上八九点钟，郑云妈总会出现在盲人按摩店，等女儿把钟上完，她们就互相搀扶着一路说笑着往家走。郑云妈心疼女儿，晚上的饭一般做的要丰盛一些，偶尔也到饭馆改善一下。到了母女俩都休息的日子，她们也会到附近的公园去逛逛。最让郑云开心的，是潞城里的电影院增设了盲人电影，她几乎每月都要去看一两场。

郑云还有一个梦想，她要上潞城的城墙看一看。小时候，她陪父亲到城里买年货，她是多么羡慕那些在城墙上放风筝的城里孩子呀。上中学时，她曾到南门的城墙上迎风站立过十几分钟，那时，她发现这城墙并没有小时候看的那么高那么神圣，她想到了万里长城，那城墙说不定更高。如今，已经双目失明的她，不再奢望去长城了，她只想像初中时那样，能够沿着城墙再绕一圈。她为此不怕辛苦，她可以步行，也可以像曾经在电视上看到的马拉松那样去跑。

对于女儿的梦想，做妈的能不知道吗？不过，郑云妈理解不了女儿，为什么会有这样的梦想？何况，现在的城墙随着城市的改造已经荡然无存了，有的只是一小段遗址，在东南角还有一座孤零零的箭楼，也不知道还能撑多久。郑云妈想，如果女儿非要绕城走一圈，不妨雇个出租车，或者三轮车，不就是多花几个钱嘛！可是女儿不同意，她说步行或者小跑才有感觉。郑云妈说，等你有了感觉，我这老胳膊老腿非累散架了不可。

日子一天天过着。梦想也一天天在期盼着。

某一天午后,盲人按摩店来了几个中年人。他们好像是喝了酒,来店里消磨时间的。从他们的交谈中,郑云听出,这郊县潞城要改成京城的区了,虽然是一个字的变化,那可是农村向城市化的大飞跃啊!郑云还得知,为了庆祝县改区,挂牌那天,城里要搞一场万人马拉松比赛,地点就围绕老城墙进行。交通部门专门测量过,这绕城一圈,刚好是半程马拉松的距离。郑云兴奋极了,她给客人按摩出奇地卖力,仿佛她就要跑马拉松了。

郑云把城里要搞马拉松的消息告诉了妈妈。她说,她要报名参加马拉松。母亲一听吓了一跳,说孩子你脑子不是在发热吧?郑云说,发什么热?我是认真的。我一定要参加马拉松!您一定要给我报名。女儿的话让母亲的眼泪差点流出来,她假装认真地说,你听好了丫头,如果名报上了,你可不许给我跑倒数第一。郑云说:"我才不会呢。不过,您得陪着我跑!""让我陪着你跑?"郑云妈吃惊地看着女儿,她没有说下去,是啊,在这个世界上还有谁能愿意陪着女儿奔跑呢!

自从有了参加马拉松的想法,郑云和母亲每天开始锻炼。早晨,郑云和母亲一起早起,母亲扫街,郑云就在盲道上来回小跑。晚上下班,她们先到小区操场上跑个一小时,然后才回家。这样,不知不觉她们坚持了一个多月。她们感到身体比过去明显强壮起来。她们期待马拉松早日到来。

马拉松比赛的日子终于来了。比赛的前一天,郑云跟店长说,她今天要早点回家,明天要参加马拉松比赛,她希望店里的人明天早晨都要去为她加油助威。店长说,必须的!晚上,母亲和郑云在老北京饭馆吃了打卤面,特意要了一份儿红烧排骨。回家后,母亲说,咱们今天早点休息吧,养足精神明早好跑马拉松。郑云说,天还早,我给您揉揉身子吧。母亲说,你累一天了,还没累够?你如果真有劲儿,明天就给我全使出来!郑云说,我没问题,我就怕您关键时刻掉链子!

夜色降临了。母亲和郑云都进入了梦乡。天快亮的时候,郑云做了一个梦,她梦见了自己又回到初中时到电台垃圾堆里捡指套的事。她把那些指套戴满十个手指,在父亲的指挥下,她坐在发报机前嘀嘀嗒嗒地发报,那感觉美极了。正在她兴奋得想笑时,忽然发报机房的门被人撞开了,几个警察模样的人冲过来对她大喊,举起手来,你是个坏女人!郑云茫然不知所措,乖乖地将双手举起来,颤颤地说,我不是坏女人。警察哪里听她辩解,上去一把揪住她的右手,使劲地摇了摇说,你说你不是坏女人,谁信呀,你们看,好女人谁戴着避孕套发报!你今天必须老实交代,这避孕套是哪儿来的!

"小云,小云!"母亲在郑云的耳边叫着。

郑云用力地睁开眼,她感觉有一道光亮从窗外射来,尽管那是从半扇窗射进来的。她猛地坐起身来,对妈妈喊道:"妈妈,几点了?"

"刚六点,来得及!"

母亲说着,将一条热毛巾搭在女儿的头上。从半夜,她就发现女儿在说胡话,开始她认为女儿是在做梦,后来她用手一摸女儿的额头,才发现女儿有点发烧。她给女儿喂了一粒退烧药,在药物的作用下,郑云光做梦了,其他一点也不知道。此刻,时钟已经是上午八点钟。马拉松比赛七点三十分就开始了。母亲没有告诉女儿。她怕女儿急坏了。

二十分钟后，母亲为郑云买了早点，郑云匆匆吃完，说，妈妈，咱们出发吧。郑云妈说，出发。妈妈带着郑云来到潞城东关，那里是马拉松的起点也是终点，此时已是人头攒动。郑云妈悄悄问一工作人员，来晚了还能比赛吗？工作人员说，不可以。郑云妈又问，明天还有比赛吗？工作人员看了一眼郑云妈，说大姐您没毛病吧？郑云妈说，我没毛病，不过我女儿是个盲人，她一直想参加马拉松，我们为此准备了一个多月呢！工作人员顺着郑云妈手指的方向看去，只见郑云正在做着赛前准备呢。

工作人员看着一脸虔诚的郑云妈，似乎想到了什么。说大姐我给你出个主意吧，不过你得配合一下。郑云妈问，怎么配合？工作人员说，我们找一个没人的空场，我喊预备，然后放一枪，你们就跑，跑得实在跑不动了，咱就算结束。您看怎样？郑云妈说，这主意不错，我们今天遇到活菩萨啦！

一切按计划进行。在潞城大运河广场上，郑云和她母亲弓着腰准备起跑。嘭！随着一声枪响，郑云妈拉着郑云开始跑起来，10米、100米、200米，虽然她们跑得不是很快，可郑云妈还是不间断地告诉女儿，她们已经到了新华大街、西门、八里桥、北关，不远处就是燃灯佛塔！郑云说，她知道这些地方，她告诉妈妈，她昨晚还梦到了爸爸，爸爸在教她发报，至于后来警察闯入的事，她一个字也没有提。她明白，如果总记住那个该死的指套，她就不会跑完这个绕城马拉松了。她现在最关心的，就是和母亲这样手拉手永远地跑下去，跑下去，直到永远。

2017年12月8日西坝河

(原载2018年第7期《上海文学》)

茉莉花开

叶紫从潞城市委大院走出来的时候，太阳已经落尽最后的余晖。墙角的几株茉莉花悄悄绽放，散发出浓郁的花香。虽然已是仲夏，可叶紫还是觉得浑身有些发冷。她走到停车场，来到自己的那辆本田汽车旁，不由回头看看市委办公大楼，她发现三楼东侧最边上的那间办公室的窗户上有个人影在注视着她，或者说准备在目送她。她知道那是组织部的副部长老沙。

老沙不是本地人，三年前他从部队转业到潞城。以前，他在北京某总部机关担任副师职干事。按说，副师职算个挺高的职务了。这要是在野战部队，就是大官。可是在总部机关，副师职真的算不得什么。从副师到正师，虽然只是半个槛，可要是迈上这个台阶，还就不是你想解决就能解决的。这不，眼看再过一年就能解决了，又赶上部队精简，老沙思量很久做了个决定，转业。老沙过去的老营长，在十几年前就转业到潞城了，担任市长。老沙找到老营长，问能否在市里给安个差。老营长说，在潞城安排个副处级岗位不难，但要弄个正的，就得等几年。不过，按政策，可以保留正处级待遇。老沙问，具体什么岗位，老营长说那得和市委王书记商量。就这样，半年后老沙如愿来到了潞城。

潞城紧邻大运河，在明清时期，是江南到北京的大码头，漕运十分繁荣。叶紫的母亲翠花原本是京城雍和宫一带人，1974年响应号召来到潞城在城关杨庄插队。杨庄是城郊，很少种植小麦、水稻，主要种植玉米和蔬菜。杨庄往北走三四里地，就是北苑公共汽车站。那里有312路和342路两趟公交车，往西可以到北京的大北窑和小庄。只要到了这两个地方，再倒两次车，就可以到雍和宫了。从北苑往东，可以到东关，东关就是大运河的西岸。那地方很荒凉，过了东关大桥，再往东，全都是庄稼地。潞城的人，向来把东关以东的人看作农村人，这跟上海人把苏北人看作乡下人是一个道理。相反，潞城人把北苑往西的人，就都看作北京人。事实是，从1954年，潞城才从河北划到北京。潞城与北京的界地在朝外的定福庄，那里有一块潞城界碑。由此往西属北京管辖，往东归潞城管辖。

和翠花一起到杨庄插队的知青有8个，他们是高中同学。五男三女。在班里，翠花曾经是宣传委员，或许是受她父亲的影响，翠花喜欢群众运动，更喜欢喊口号，她认为这一切都是革命行动，都是英雄主义。翠花到杨庄后，很快就很农民们打成一片，白天一起种菜，晚上一起学习。翠花喜欢被围在人群当中，听她抑扬顿挫地朗读人民日报社论。两年后，她就当上了村党支部副书记。

杨庄有个抗美援朝老兵，村里人都叫他老林。老林是1948年底解放北平时当的兵，那年他二十岁。到朝鲜的时候，他已经当上班长了。他打仗是否勇敢，枪法如何，人们无从知晓。等抗美援朝结束了，当别人胸前别着大红花，挺胸抬头，器宇轩昂回到潞城，却发现老林什么也没有，灰头丧气的。村里人传说，老林在朝鲜犯错误了。至于具体犯了什么，谁也不知道。多年以后，据在潞城市委档案局工作的人透露，当年从朝鲜战场回来的兵们，大都有了安置，有的进了机关当了干部，有的到工厂当了工人，只有老林和一个负了重伤的人被安排到了原来的村里。老林当然不能和那个伤兵比，人家是伤残军人，每月有固定的生活补贴。老林什么都没有，他只可以就地改造。村里的人不明白，老林在朝鲜战场究竟犯了什么错误。

叶紫到村上才几天,就知道村里有个老林。一天,村上开批斗会,有两个地主一个富农。本来,这种批斗会也就喊喊口号什么的,因为平时这两个地主一个富农也没多大民愤。可是,这天老林不知从哪来了股邪劲,他冲过去给其中一个地主打了两个嘴巴,说那地主在他小时候曾经放狗咬过他。说着,他撩起裤脚,指着腿上的牙印说,这就是被地主家的狗咬的。老林的控诉,激起老百姓的愤怒,人们纷纷举起拳头,高呼千万不要忘记阶级斗争。翠花见状,也高举起拳头,带着知青一通高呼。那一刻,翠花感到热血澎湃,血脉贲张,显然,她已然是革命队伍里的一员了。从此,她将和老林们战斗在一个战壕,要打垮一切敢来冒犯的敌人。

老林家住村子的南边,准确说住在村子的外边。到他家,得过一条河,河虽然不宽,上边照例还是要架一座小桥。说是小桥,无非是将几根原木用铁丝捆住,两头扎在土堆里,大人从上边走颤颤巍巍,只要注意,一般是不会摔到河里的。而小孩子要是从桥上走过,就多半会掉到河里。杨庄的人是不轻易带孩子到村南的。

一天中午,翠花收工回来,路过村南的小桥。当时,前面的几个知青都轻盈地走了过去,谁也没想到,单等翠花过来时,一根圆木突然从中间断了,瞬间将翠花折进了河里。河水不是很深,但也足可以齐胸,如果要是在水里站直了,是不会出大事的。问题是,翠花是横斜着掉到水里的,水中有很多杂草,她一惊吓,再那么一折腾,不由就呛了几口河水,弄得她顷刻间感到世界的末日马上就要到了。翠花没有喊救命,她只是啊啊地大叫着。前面的知青听到翠花的喊声,先是一惊,接着大家便不由分说扑通通跳进水里。或许是由于事发突然,翠花被救上岸来已经浑身痉挛。知青们在她人中、胸前胡乱地按摩、击打,可翠花还是那样痉挛着。正在这时,正巧老林从自家的院落里出来,他听到人们的骚乱呼喊,便急忙跑过来。知青们见老林来了,本能地让开一条缝,老林看了一眼翠花,说赶紧把姑娘抬进屋里。几个男知青两手相交,做成人体担架,将翠花放在上边,一路跟头流星地奔老林家去。

翠花躺在老林家的土炕上。老林毕竟是当过兵的人,家里虽然没有什么像样的家具,倒也收拾得井井有条。翠花是事后才看到的。翠花被抬到炕上,感觉天旋地转,隐约只觉得有几个人在身边说着什么,然后就安静了。在她迷迷瞪瞪的当口,她看到有个身影在她眼前晃动,可她又看不清是什么。猛然间,她感觉到自己的额头被什么狠狠地蜇了一下,然后就昏昏沉沉地睡着了。大约过了一个时辰,翠花醒了,仿佛做了一场梦。人们都围了过来,嘘寒问暖,知青小范告诉她,多亏了老林,他只用一根大针,在翠花的额头上猛刺了一下,接着又说了一些咒语,翠花就好了。至于究竟说的什么,老林不说,别人永远也不会知道。

翠花很感谢老林的救命之恩。从那以后,翠花在村子里除了几个知青,就多了一个可以信赖的人。村里人都承认老林有本事,但又都跟他保持一定距离。这其中的原因,想必就是他在朝鲜战场上犯了错误。至于那个错误是什么,又没人能说得清。几年后,翠花为此也曾到公社革委会去查,也没问出个子丑寅卯。村里人也有人好奇地问过老林,说以你的聪明,在朝鲜战场战斗了几年,回来怎么着也得弄个一官半职,最低当个公社革委会副主任啥的。老林说,好汉不提当年勇,一个人一辈子能干什么能吃几碗干饭,老天爷早就安排好了,想入非非是没有用的。

杨庄虽然在潞城的城关,属于近郊区,可在七十年代,人们也是很少见到汽车,尤其是小汽车。村里有个在附近双桥农场工作的干部，自从当上了副场长，偶尔回家，要坐着一辆半旧的吉普车回来。村里人对那个副场长很羡慕，都说那个副场长是高干。传说的最邪乎的是，农场的场长过去是毛主席的警卫员，跟农垦部部长王震是老乡，级别好像十三级。既然场长是十三级，那么副场长也至少是十四五级，相当于潞城市委领导那个级别。翠花见过那个农场副场长，架子不大，每年春节前后他都要请村上的几个干部到家里吃一顿饭。或许是人家官当得挺大，村里人也不好向他张嘴乱说什么，更不要说求他办点什么事。翠花为了村里几个困难家庭找过副场长，希望他能在农场招工时给安排几个名额。副场长嘴上答应着，可就是不具体办。时间长了，村里人觉得这个副场长缺乏人情味，也就不大爱理他了。至于他那辆吉普车，村里有淘气的孩子，曾经不止一次地给撒过气。副场长知道这是村里人有意见，后来索性就不经常回来。即使回来，也是来去匆匆，屁股没有把炕沿坐热就走了。

农场副场长叫杨生，村里比他辈分高的，或者跟他属发小的，都叫他生子。生子和老林是发小，小时候一块玩藏闷儿，摔泥巴，还一起去潞城赶过集。北平解放那年，老林和杨生都报名去参军，杨生或许比老林多念了两年书，在征兵结束后，老林被派往朝鲜，而杨生则被留在区武装部。从当兵时间看，既然是同时报名参的军，又是一个村出去的，老乡加战友，关系自然就不一般。按常理，老林去了朝鲜前线，回来属于最可爱的人，不论当兵还是转业，都可以人前显贵，起码不输给生子。可是，老林回来偏偏犯了错误。老林回到村上，生子也从武装部下放到村里，当了民兵连长。生子问老林究竟犯了什么错误，老林说，他也说不清楚。生子说，你不够朋友，我们俩什么关系，你拿我当外人。老林说，我真的不知道我犯了什么错误。不信，你可以去问其他的战友。生子说，我才不去问呢。不过，纸里包不住火，早晚都得让人知道。

六十年代初，成立人民公社不久，生子先是到城关公社当了文书，后来便找了一个机会调到西邻的双桥农场，先是在组织科当干事，后来当了科长，直至当了副场长。生子官运亨通，这对于回到村里默默劳动的老林来说，是极大的讽刺。村里人没事就爱拿老林开涮，说老林你白雄赳赳气昂昂跨过鸭绿江了。听到这话，老林什么也不说，只是嘿嘿一笑，仿佛他什么也不在乎。

老林的日子就像麻雀一样，白天打食，晚上睡觉，虽然没有什么惊喜，也没什么灾难。本来这世界就这么运动着，就挺好，可老天爷却不让你安生，非要折腾你，弄你个鸡飞狗跳，人仰马翻。1964年，村里搞四清，从北大人大来了几个大学生，帮助搞社教。在编辑村史时，出了问题。有个叫韩杰的大学生专门找老林，希望老林把他在朝鲜的事情说清楚。韩杰说，写一部村史，如同司马迁编一部《史记》，来不得半点虚假。这是百年大计，千年大计，要经得住历史的检验。所以，你必须得一五一十地说清楚。老林说，我没有什么问题，我当兵去朝鲜前线，是经过政审合格的，是响应党中央毛主席号召去的，我回来也是响应党中央毛主席的指示回来的。韩杰说，我没问你两头，我问你的是在朝鲜的整个经历，有没有犯过什么错误？老林说，我是清白的，关于我的一切，你们可以到我们部队调查，我可以把连长营长团长师长的名字都告诉你。韩杰说，看来你不老实，以你的经历，你如果没犯错误，上级怎么会让你回村务农呢？老林说，这好解释，咱就是一个农民，文化程度不高，既然仗打完了，咱也就完事了，回村务农有什么不好。韩杰说，看来你不肯说实话，那就把你同那些四类分子放一起，慢慢改造，看你能坚持多久。

北京郊区的民风向来淳朴，老百姓不要说偷摸打架，就是骂个人都会觉得有辱斯文。杨庄毕竟是在潞城的边上，天子脚下，人们做什么事还是讲究点章法的。当其他地区出现打砸抢的时候，杨庄却风平浪静。人们习惯文斗，对村里的几个四类分子，轮流的批斗，不管那些罪名成立不成立。老林虽然没有明确是四类分子，但也不能像没事人似的往好人堆里整，每当开批判会，村上的领导就让老林陪着。对于坐土飞机那样的惩罚，老林实在觉得是小儿科。在朝鲜战场，有次为了设伏，他们在雪地里整整趴了三天。有了这样的经历，还有什么刺激不可以忍受的呢？

老林的内心或许是波澜起伏的，只是他从来不愿或者说始终无法表达出来。一个人如果选择沉默，那就是他最好的表达。村里人批斗老林，好像是理由充分，事后又觉得亏欠点什么，时间长了，人们便把非正常的事情也看作正常了。这样的日子，老林不知要熬多久。

村里人觉得老林很神秘。"文革"中，一天从北京城来了一辆小汽车，那是一辆伏尔加苏联轿车，车里边坐着一个老干部，还有一个秘书。他们把车先停在村部，村里的领导接待完后，由支书带着来到老林家。老林还没收工回来，支书对老干部说，张部长，老林还在地里干活，我现在就去把他找回来。张部长挥了挥手，说，不用了，我到地里找他吧。支书一听，感到很紧张，说这可不行，地里坑坑洼洼，要是给您摔个好歹，我们无法向党交代。张部长一听笑了，说，我哪有那么金贵，小时候我也没少在农村的地里跑。

张部长的真实身份是市委农村部的副部长，行政级别十二级，是正儿八经的高干。他在朝鲜战场，曾经是老林那个团的副团长，在一次战斗中，他率领一个突击连攻击敌人的阵地负伤，老林冒着枪林弹雨背着他冲过封锁线，才来到志愿军后勤卫生所。如果那次再晚一两个小时，说不定他就牺牲了。他很感激老林，他一直想报答这个憨厚的战士。等从朝鲜战场回来，老张被安排到北大荒农场支边，他在一个农场担任副场长。一年在全国农业战线英模表彰会上，他的发言引起北京市一位主管副市长的重视，便找农垦部部长王震商量，希望能把老张调到北京担任农村工作部副部长。王震是个痛快人，既然北京需要这个人才，那就放，反正北大荒有的是农业人才。张部长是个有心人，他不论到哪里，他都想方设法寻找那个当初冒着生命危险抢救自己的战士"小林"。

老林种庄稼是一把好手。他喜欢玉米地，夏天，他常一个人躺在玉米地里睡觉。今天，他在玉米地里浇水。沟渠里的水，取自通惠河。通惠河从北京东便门东流，一路流经十几里，到杨庄北面的八里桥，经燃灯佛塔下面，汇入东面的大运河。老林从小在通惠河抓鱼摸虾，练就一身水下功夫。他在朝鲜战场抢救张副团长，就曾经凫过一条河。当时望着那河水，张副团长用尽力气告诉"小林"，把我放下吧，不然两个人都得淹死。老林说，不行，要死咱们一起死，你要是死了，我一个人活着，那成了什么人，将来我会后悔一辈子的。老林说完，用绳子把自己的胳膊和张副团长的胳膊绑在一起，一步一步游向对岸。

张副团长被安置在后勤卫生所后，老林就回了部队。从此，他再也没有见到张副团长。他听说张副团长病愈后，被调往后勤部队。再后来，就失去了联系。在那样的战争岁月，救治与被救治，是经常发生的事，人们是无心记住的。

支书陪张部长来到了玉米田边。正值七八月间，玉米疯长，已经有一人多高了，成片成片的，一眼望不到边。支书不见老林的影子，便把两只手握成喇叭状，冲着玉米地里喊：老林！张部长也随着！喊了几声，不见动静，支书就说，兴许他到别处遛弯儿去了。张

茉莉花开　　47

部长说，没关系，那就到他家门口等，他总不会中午不吃饭吧。

老林和张部长在玉米地里没有碰面，也就差一袋烟的工夫。这天中午，老林见日头快到正午了，他一点也不觉得饿。或许是从小在通惠河抓鱼捞虾有瘾，他没事就喜欢到村西的通惠灌渠里钓鱼。钓鱼的工具很简单，将家里常用的缝被褥用的大针，在火上烤红，弯成钩状，找一根五六米长的尼龙绳，在距鱼钩一尺远的地方绑几块牙膏皮，再往上四五十公分绑一小塑料瓶当鱼漂，这样，就可以钓鱼了。鱼饵很方便，地里有的是蚯蚓，随便挖一铁锹，就有十几条，等到了七八月间，就逮蚂蚱，蚂蚱不但可以当鱼饵，饿极了，也可以烤着吃。据说蛋白质含量还不低呢。

张部长见到老林，老林的裤脚卷得高高的，手里用麦秆穿着五六条鲫鱼正得意地往家走。离家还有二十几米的时候，他一抬头看到了村支书，心头不由紧张了一下。这么多年来，大凡支书找他，几乎都是挨批斗的事，虽然他早有心理准备，但也还是有些忐忑不安。"哎，老林，你怎么才回来，等你老半天了！"村支书招呼着。"哦，我去河边钓鱼去了。您这是——"老林见村支书旁边还有两个陌生人，便迟疑地问道。这时，村支书上前将老林拉到张部长面前，说："张部长，您看看这是谁？"

张部长上下打量着老林。转眼十几年未见，岁月的沧桑让昔日活泼的"小林"变得成熟，甚至是黯淡了，但仔细看，还能找到过去的影子。张部长不由深情地叫道："小林！小林。"多么熟悉而又陌生的称呼，在部队，不知有多少人都这么叫他，老林感到是那么的亲切。自从部队回来后，他再也没有听到有人叫他小林了，人们都习惯叫他老林，或者直接叫他正式的名字林百顺。老林仔细地看了一眼张部长，问："您是——？"张部长一听，眼泪都快下来了，他猛地一拳打在老林的前胸，说，"伙计，我是张副团长啊！""你是——张副团长？"老林吃惊地看着对面这位首长，曾经的战友，此刻的他，百感交集，双眼噙满了泪花。两人不由紧紧地拥抱在一起。

村支书和两位老战友一同走进了老林家。老林说，咱当兵的，穷，回来也没什么钱，好得有个窝住吧。老首长，你可别笑话我。张部长四下看了看，院子里除了有个鸡窝、猪圈，正面是三间土坯房，也实在没有啥。不过，院子里种的西红柿、黄瓜、豆角和辣椒倒长得郁郁葱葱的，特别是甬路旁的几株茉莉花，花满叶绿，给小院平添了不少生机。张部长问，怎么，你家里就一个人？老林说，我这么多年，一个人生活习惯了，找不找媳妇就那么回事。张部长听后，有点责怪村支书，"我说支书同志啊，老林是战斗英雄，在朝鲜战场立过功，你们做领导的要在生活上多关照啊？"村支书说，请部长放心，下一步我们就抓紧落实。

张部长在老林家只待了一个小时，下午他还要参加一个农业会议。他们俩单独聊天的时候，村支书在旁边不好多听，佯装到外边抽烟，有意回避了。等张部长告别老林家要走时，村支书才回来，说张部长怎么待这么一会儿就走了。希望张部长今后能多来村上视察工作。张部长说，今天他特别高兴，终于找到失散多年的老战友，以后有机会他还要到杨庄来。

对于张部长说过的话，村支书和老林都记在了心上。村支书觉得，这老林真不简单，他竟然有张部长这样一个大干部跟他是战友，而且人家还主动从城里来看他，看来他们的关系非同一般。而老林想，老首长够朋友，人家都当那么大的官了，还始终不忘当初那点事，看来，张部长这人可交，是个讲义气之人。从此，老林在村子里的处境便开始好了起来，他再也不用和四类分子一起去挨批斗了。

多年后，许多大人在跟小孩子谈天时就经常绘声绘色地说，某年某月，村里来了一辆小汽车，里边坐着部长，市里边的大官，带着秘书警卫员，下车还给老林敬礼呢。说明老林当年在部队肯定是个了不起的人物。

老林没想到，他和张部长那次见面，竟然是一次永别。"文革"后的第二年，有消息说张部长被打倒了。又过了半年，又有消息说张部长不堪忍受痛苦折磨，在劳改农场自杀了。老林最初想，他有机会一定要进城里，到老首长的家中去拜访。老首长给他来过几封信，把家里的详细地址都写得很清楚。但每次要决定去的时候，老林又犹豫起来，他总觉得以自己现在的身份去拜访老首长，不知道人家在没在家，有没有时间，他甚至想到，老首长家电灯电话，保姆秘书一大帮，他的出现会不会让人家感到很尴尬。村支书也曾经问过他，什么时候去看张部长，如果有可能，他们俩可以搭伴去。老林心里明白，村干部想巴结上张部长这个关系，为他们办私事方便。诸如给孩子转个学招个工啥的，很实惠。但老林总是以各种理由给推辞掉了。村支书对老林很有怨气，但碍于张部长的关系，又不好深说什么。

张部长的出现，确实让老林的生活出现了转机，也带来了无限希望。张部长走后，村支书确实帮助老林介绍了几个对象，那几个女人不论是独身的还是带小孩的，老林似乎都没看上。村支书问老林，你究竟喜欢什么样的？老林支吾了半天，也没说出个标准，这让村支书很为难。在一次初春地里浇麦子的时候，没有别人，就他们两人，村支书跟老林讲了几个村上的男女故事后，就说，老林，咱们都是从小长大的伙计，你就给我说句掏心窝子的话，你过去到底睡没睡过女人？老林一边用铁锹划水，一边打量着村支书，慢慢地说，没睡过。村支书一听，说你都快四十的人，俗话说，三十如狼，四十如虎，你就能忍得住？谁信呢？老林说，我能，你不一定。村支书说，我干吗忍，我恨不得每天都干那事。

老林不再跟村支书聊那些男女的事，他觉得这很无聊。在部队里，年轻人在一起也有人经常聊这个事，作为班长，老林开始也想听。后来听着听着，他就觉得不对劲，浑身起热，下边那个小家伙挺挺的。他知道要坏事，他就明文规定，在他们班里没事不许谈男女之事，谁聊就处分谁。五次战役的最后阶段，他们团执行设伏任务。那是一个冬天，大雪弥漫，他们团按军部要求，必须提前三天潜伏到阵地里，为了躲避敌机侦查，他们在战壕里趴着，一动也不能动。由于后勤保障不足，战士们每人只带着五天的炒面，穿的衣服几乎都是单衣。老林还不错，一个朝鲜老乡在临出发的路上，曾送给他一件破皮袄。可是，刚设伏半天，就有一个战士感冒了，冻得直哆嗦。老林只好将自己的破皮袄披在了战士的肩上。这个朝鲜的冬天，真叫一个他妈的冷啊！

三天后，战斗如期打响。老林他们团全歼了敌人。俘虏敌军200余人，其中有两名上校。战斗结束，他们在休整时，班里有几个战士反映，他们撒尿没有以前痛快了，还有个别人出现血尿。老林也觉得自己哪里出了问题，好像那小家伙比原来小了许多。他们红着脸去问医生，医生说，这是被大雪给冻的，有的战士可能得了急性肾炎，不过，只要经过一段时间休养，是有可能恢复的。老林听了医生的话，也觉得没什么大不了的，说不定过上个把月就会回到原来的模样。然而，老林想错了，一个月后，三个月后，老林的小家伙再也没能长成原来的大小。更奇怪的是，即使有个别战士忍不住偷偷说黄故事，他听后也不觉得他的小弟弟有什么勃起的冲动。他这时才开始意识到，他的命根子出了问题。

老林从朝鲜战场回到祖国，不论遇到什么情况，他始终没有提为小家伙治病的事。在那个年代，人们是羞于治这种病的，何况那时的医院全国也没有几家开男科的。人们一般都给弄到外科，外科大夫又大都是外行，看了看说，受凉引起，多用热水敷敷，也许会有好的结果。老林也偷偷看过中医，不论是针灸还是按摩，包括也吃了两年多的汤药，根本没有任何效果。最后，医生的结论是，老林废了。老林问，那我还能娶媳妇吗？医生说，你娶媳妇没问题，但不能生孩子。老林听后，不由得骂道：我日你个美国佬亲娘祖奶奶，你害死了老子！

老林没了娶媳妇的心思，他把生活的乐趣全放在养花种菜和听京剧上。老林养花，也没有什么名贵的，主要是仙人掌、月季、菊花、芍药，尤以茉莉居多。老林觉得自己就是一株茉莉，白天装睡，只有到了晚上，才有自己的些许快乐。老林从朝鲜转业回到村里，很快就用安家费买了台收音机。他知道，从此，他与外界的联系只有靠这台收音机了。当时，在整个杨庄村里，只有他有收音机。最初，有人听到那收音机里的声音，着实吓了一跳，以为是特务在发报呢。杨庄往西，五六里地，在双桥农场的西北角，就是中央人民广播电台发射台，站在杨庄的地头，可以看到发射台四周有很多的铁塔，铁塔上边架着各种天线。老林从电台里，除了听到各种新闻，便是听各种流派的京剧和相声。老林喜欢梅派和裘派，没人的时候，他有时也会唱上几句。

"文化大革命"期间，收音机里播放的几乎都是样板戏。老林记性好，加着天天听，他差不多能把样板戏的每一句唱词都唱出来。样板戏不同于过去的传统戏，很少涉及爱情，没有爱情，这太符合老林的心态了。老林的内心是孤独的，他渴望一切新鲜东西的出现与到来。

其实，村里了解外面事情最多的不是村支书，而是在双桥农场担任副场长的杨生。双桥农场下辖5个乡政府和二十几个直属单位，人口有四五万，农业机械化程度在全国都首屈一指，中央和北京市的领导经常到那里视察。老林没有问杨生是否认识张部长，他觉得张部长肯定到双桥农场视察过。想到此，他在见到杨生时，就觉得心里有了很多底气。杨生虽然不与老林过多的来往，但见到老林也还是客客气气的。老林在内心非常渴望杨生能与他像小时候那样无拘无束地交流。可是，他越是渴望，杨生越是有意躲着他，生怕沾染他什么似的。老林觉得，杨生一定知道他的某些秘密。

北京郊区的知识青年上山下乡要比城里晚几年。最早的那些老三届，大都去了北大荒、山西、陕西和云南。潞城开始来第一批知青，已经是七十年代初。翠花他们那届是74届，那时的学生就很少再到外地插队了。除非个别人写申请写血书，翠花他们班就有一个女同学，哭着喊着要去新疆，说她做梦都想去新疆摘棉花。其实，她去的农场，根本不种棉花。在北京，她哪里会知道，新疆有全国六分之一那么大。

翠花无疑是众多知青中比较亮眼的一个。当然，漂亮是排第一位的。何谓漂亮，不同的人有不同的标准。翠花身材适中，皮肤红润，五官眉眼间十分饱满，一看就不是小气之人。翠花临离开学校，被批准为中共预备党员。她被村支书指定为知青点的组长，列席村里的领导班子会。翠花也喜欢干这种领导工作。刚进村时，两眼一抹黑，谁也不认识，根本不知道这村里的张姓、王姓、杨姓几大家族之间的关系。在城里的四合院，虽然邻里之间也有个亲疏远近，但毕竟没有像村里旁枝错节这么复杂。

茉莉花开　53

像村里的很多男人一样，老林很早就注意到翠花了。他走南闯北，还真没有看到比翠花更漂亮的姑娘。在朝鲜，他也确曾见过一些朝鲜姑娘小媳妇，平心而论，并没有人们传说中的那么漂亮。即使有，在战争的岁月，谁又能多想呢。不过，老林确实喜欢一位被战友们称作金达莱的朝鲜女孩。在一次战斗中，他们连被敌人封锁在一山谷里，没有任何食品，更没有水。有的战士实在口渴难熬，就扒下树皮嚼。眼看三天过去了，战友们几乎再也熬不下去了，就在这时，在一个非常隐蔽的山洞里走出一位朝鲜姑娘。由于已经多日没有见到人烟，更不要说见到女人，所以大家一见到朝鲜女孩，不由得都睁大了眼睛，以至发出这女子是人还是仙的疑惑。朝鲜姑娘也看到了这批中国军人，她猛地转身钻向山洞里。几个胆大的战士，紧跟着跑了过去，想继续看个究竟。一个战士大声喊道：老乡，不要怕，我们是中国人民志愿军！山洞里一片寂静。有个战士提出，要不进去看一看。老林说，不行，要注意群众纪律！说着，他操着半生不熟的朝鲜语喊道：老乡，我们是中国人，朝鲜人民的好朋友！时间大约过了两分钟，从山洞里走出一个七十岁上下的老男人，头发蓬松着，借着阳光，仔细打量着对面几个扛着枪的中国士兵。老林走上前去，同朝鲜老乡耳语了一会儿得知，她是刚才那个姑娘的爷爷。半年前，李承晚的部队来这里烧了他们家的房子，姑娘的爸爸和哥哥参加了朝鲜人民军，母亲在奔跑中被乱枪打死。他们趁黑夜悄悄躲进了山洞，一住就是半年多。这几天，外面总是打仗，他们很是担惊害怕，要不是山洞里实在没吃的了，姑娘才不会偷着下山呢。结果，刚一出山洞口，就碰到了志愿军。

老林问朝鲜老乡，山洞里有水吗？老乡说，有的，足够你们喝的。老林听后感到一阵惊喜，一个战士马上要进去，被老林制止了。

老林说，山洞里只有一个朝鲜姑娘，她不了解外面的情况，如果贸然进去两个当兵的，非把姑娘给吓坏了。然而，老林没想到，他的话刚说完，山洞里那个朝鲜姑娘竟然从里边蹦了出来。她用简单的汉语说，志愿军同志，我叫金顺姬，你们要喝水就进来吧。金顺姬的出现，让所有的人都不知所措。老乡见状，笑着说，进去吧，进去吧。等大家都钻进山洞，到里边一看，虽然黑黢黢的，但能隐约听到滴水的声音。老林他们循着声音摸去，发现在左上角有一道石缝，从外边依稀有些许的光亮照进来，顺着石缝有涓涓的泉水流淌，尽管不是很冲，用手掌稍微一截，瞬间就溅起小小的浪花。战士们高兴坏了，纷纷用手接水往嘴里送，也有的顾不得面子，硬是将脸贴在石面上尽情地吸吮着。大家喝足后，老林说，同志们，我们别光顾自己喝饱了，阵地上还有许多人没喝到水呢！我们得给他们送点去。于是，大家四下里找盛水的东西，结果什么也没发现。老林说，不行派人回去取军用水壶。有个战士说，外边枪林弹雨的，来回四五百米，时间太长了。老林想了想，说，实在不行把衣服脱下来，浸湿了，多少也能吸几口。

正当老林他们几人真的要脱下衣服时，想不到朝鲜女孩和他爷爷突然说话了。爷爷说，志愿军同志，如果你们能掩护我们，我们可以把存好的水送到阵地上去。老林说，你们怎么会有存好的水？爷爷说，为了以防万一，我们每天都存两罐水。说着，爷爷拉着老林来到一僻静处，说，你看。老林一看，果然在地上放着两罐水，每罐足有四五十斤。老林说，不行啊，老乡，这水可是你们的救命水。爷爷说，没关系的，你们到朝鲜帮助我们打美国敌人，送点水给你们是应该的。老林说，如果非要送，我们自己搬走。话虽是这么说，可那水罐没有任何提拉的地方，只能抱在胸前，只走了几步，水就溢了出

茉莉花开　　55

来，看得人很心疼。"顺姬，我们给志愿军同志送过去吧。"爷爷冲着孙女说道。老林连忙说，"不行不行，外面很危险的！""我们不怕！"爷爷很倔强，将身子一弯，趁势将那一罐水顶在头上。见爷爷如此，顺姬也学着将水罐顶在头顶。爷爷对着老林几个人说："你们负责掩护！"

夕阳中的山顶泛着硝烟，远处传来巨大的炮弹的爆炸声。老林他们按前边两个人，后边三个人，中间保护着金顺姬爷孙两个。老林看着他们爷孙头顶水罐，走路轻松的样子，心说，这顶罐的技术不知怎么练出来的。老林走在队伍的最后，他手里始终握着冲锋枪，仿佛随时要和敌人拼杀似的。他特别欣赏夕阳下顺姬的美丽身影，小姑娘虽然只有十四五岁，但已经有了少女的成熟轮廓。他觉得，这位朝鲜姑娘就是仙女下凡。其实，那几个和老林一起的战友，他们何尝又不是这么想呢！

可是，战争往往让人来不及多想，就会在瞬间让一切化为灰烬。就在老林和顺姬他们走出山洞不到50米的地方，正好有敌机从这里经过。也不知道敌机发现他们没有，先是一阵机关枪，接着是燃烧弹，老林只喊了一声快卧倒，就被炸弹的巨浪给炸昏了。当他醒来时，发现自己又回到山洞里，再看旁边，只剩下一个受伤的战友躺在旁边。老林问顺姬，你爷爷他们呢？顺姬紧闭双唇，什么也不说，任眼泪扑簌簌顺着脸颊往下流。不用说，他们几个肯定牺牲了。老林发誓道："小妹妹，别伤心，等我伤好后，一定会为他们报仇！"

老林的伤不重，只是刚才被炸昏了头。休息个把小时，他渐渐地缓过神来。看了看一旁的战友，发现战友的腿在流血，他问，能不能站起来？战友吃力地说，弹片好像打到骨头了，站不起来。老林说，这样吧，我扶着你，这距离咱们阵地也就几百米。说罢，老林扶起战友，向山洞外走去。顺姬没说什么，将水罐灌满水，顶在头顶，跟在后面。老林急了，说，快放下，太沉了，外面的路不平，很危险！顺姬说，同志，我能行，放心吧。

等老林他们回到阵地，阵地上的战友们已经向敌人发起冲锋。

老林一直想找机会和知青们凑凑近乎。他知道，这帮城里知青的到来，必然会给他压抑的生活带来惊喜。在地里干活时，他总是有意无意看知青们，有时也会有意走得离知青近一些，听他们说些什么。知青们开始也没在意老林，后来听村里的人说这老林上过朝鲜战场，他们不由得对老林肃然起敬起来。一来二去，知青们和老林也就开始熟络了。但是，他们并没有实质性的往来。老林当然想有机会和翠花接触了，但考虑自己的身份特殊，也就是想想罢了。翠花当了村上的副书记后，老林一度觉得翠花应该对他的过去通过组织可以了解一些，可是，通过一段时间的接触，他发现翠花对他过去的事竟然一无所知。这让他觉得很难过。一个男人，不管他的想法有多么不切合实际，可他还是希望自己喜欢的女人尽快地了解自己，以至喜欢自己爱上自己。

按说老林对爱情已经丧失自信心了。翠花的出现，激发了他内心的春波开始荡漾。他做梦都想和翠花拥抱在一起。他有了这个想法以后，他就更加地精心养护他的各种花草，他希望那些白茉莉紫茉莉不仅晚上开放，最好白天也能开放。在七十年代的潞城郊区，不是所有的人家都有闲心养花，更多的家庭往往将院子里种上各种蔬菜。知青们听说老林家种了不少的花，出于好奇，他们大都顺路参观过。老林也将花籽或者养好的花苗送给知青，知青的院子里盛开的月季和茉莉花就是老林送的。在知青们眼里，这老林不是一般的农民。同样，在老林的眼里，知青们也不是普通农村青年。

翠花真正关注起老林，源于老林的一次义举。一年夏天，村里一张姓老哥到附近农场的果园边上放羊，果园四周圈着铁丝网，里边种植着紫翠槐和一些灌木。村里放羊的人多，铁丝网靠近公路的草几乎都让羊吃净了，羊们自然就把目光伸进了铁丝网。老张放的两只山羊不大，才几个月，动作很轻巧，由于身材小，稍微一弯腰，就可钻进铁丝网。老张觉得，小羊吃草吃树叶是天经地义，那些紫翠槐灌木也不是什么值钱的东西。但问题是，由于村里的人经常到果园里偷苹果和桃子，与护青的结了怨，护青的经常到铁丝网巡查，甚至在靠近铁丝网处还修建了护青的窝棚，窝棚外养着几只大狼狗，即使这样，也不能阻止人们去偷盗。

今天，老张的羊跳到铁丝网里刚吃上十分钟，正巧一个护青的巡查到这里，他喊道：这是谁家的羊？此时，老张正在路边的一块石头上坐着抽旱烟，也许是岁数大了，护青的呼喊他一点也没听到。护青的连着喊了几声见没人答应，就走到小羊旁边抓羊。小羊见有人来了，发出几声咩咩的叫声，这下惊动了老张，他回头一看，护青的正抓他的羊，他连忙跑过去喊道："别抓，那是我的羊！"护青的厉声道："站住！"老张听到喊声，着实被吓了一跳，他先是一怔，然后大声回应着："不许抓我的羊！"老张几步跑到铁丝网边，护青的放下手中的羊说，我说你们村里的人怎么这么不要脸，总是三番五次地到我们果园里祸害，有完没完？按说，护青的这么一说，老张顺势说几句好听的话也就过去了，但老张却来了牛脾气。他骂道："放你妈的屁！要说祸害，那得从头说。1954年前，你们这农场就是我们潞城的，后来成立人民公社，上边一个令，就把我们周围几个村割出上千亩地给你们做农场，你说，那些地在我们手里好好的，你们不来，怎么就飞了呢！你说，是谁祸害了谁？"护青的说："你说的那都是老皇历，跟我说不着。你的羊今天吃了果园的树，我就得给你抓走！你要是非要羊，那得到果园交20元罚款！"老张听护青的要抓走小羊，还要交罚款，一下急了，大骂道："兔崽子，你要敢抓走我的小羊，我就日你八辈祖宗！"结果，护青的和老张隔着铁丝网动起手来。虽然没有打到致命的地方，可脸上胳膊上也被挠了几条血道子。

就在老张和护青的厮打时，公社派出所的一个李姓警察正好从这里路过。他把车停在路边，厉声喝道："别打了，光天化日打架，还有没有王法！"听到警察的怒喝，老张他们俩只好住手。李警察走到他们身边问，怎么回事？不等老张说话，护青的便滔滔不绝地把前后经过说了。警察听后，看了看老张，见老张一副满不在乎的样子，就说，你们这村偷拿果园的水果已经成疯，这次羊又吃树，这样下去还了得，我看这羊你也别要了。老张一听，警察要没收他的羊，他一下来了牛脾气，大喊道："吃他几棵树叶，有什么了不起，你要是敢没收我的羊，我就撞死在你面前！"说着，老张像一头猛牛似的，用头直接向警察的前胸撞去。李警察往旁边一闪，顺势一只手紧紧地抓住老张的脖领子，两个人不由撕扯起来。护青的见状，也赶忙从铁丝网上跳过来，双手抱住老张的腰，老张知道要吃亏，就向四处呼喊：救命啊，警察打人啦！

老张的呼救声惊动了在附近烧砖的杨庄人。烧砖的人，一般都是村里精壮的汉子，即使是老林这样年岁稍大些的，也是有把力气的。老林是路过这里，见窑厂的一帮后生呼啦啦向果园跑去，他也不由自主地跟了过去。人们瞬间将警察和老张三人围住，大家七嘴八舌询问是怎么回事，有两个人已经将警察的手掰开，护青的见村里人多，想跳到铁丝网里，结果叫后生们给按在地下狠狠地揍了一通，打得直嗷嗷乱叫。李警察大声嚷道：你们要干吗？想聚众闹事吗？警察

茉莉花开　　59

的话惹恼了一个后生，他起哄道，谁聚众闹事？我看最能起哄的就是你。本来嘛，羊吃几口树叶，多大点的事，叫你这么一掺和，事情倒弄大了！警察一听急了，说，你哪那么多废话，再多说话把你抓起来！后生们连声说：你敢！说着，人们一拥而上，将警察围住，有人趁机在警察的后背屁股上打了几下，还有人一挥手将警察的大檐帽给掀掉了。这下警察不干了，他嚷道：你们反了，敢大白天的袭警，你们有种等着，看我回来怎么收拾你们！

李警察怒气冲冲回到派出所，把在果园被打的经过添油加醋地说了一遍，所长一听，说这还了得，马上集合了十几个民警，带着手枪手铐骑着摩托开赴杨庄。警察的到来，真的震慑了村民们，人们纷纷躲进自家不敢出门。李警察凭记忆，以及果园护青提供的名单，很快就把参与围攻警察的人集中在场院的一间库房里，足有20几人。这其中也包括老林。村里的后生们平日聊天时，往往七个不服八个不忿的，等真的到了大事，就像缩了水的冬瓜——蔫吧了。老林毕竟在朝鲜打过仗，他很从容地面对这一切。警察一个一个地把他们叫了出去，在另一间房里审讯，有的一进门就招了，有的开始嘴硬，被警察带来的联防队员一通暴打，最终还是招了。等轮到老林了，警察见他岁数比较大，就问："你是干什么的？年轻人做事容易冲动，你这么大岁数怎么也凑热闹？"老林说，我是被动的，我刚才只是碰巧路过。警察说，碰巧路过？你别不老实，有人看见你打李警察了，说吧，打了几下？老林说，你们这是在诱供，我不上你们的当，我再说一遍，我只是路过。警察见老林死硬，就示意联防队员准备关门关灯，如果要真的关了，老林肯定要被打得鼻青脸肿。就在这时，派出所所长在村支书的陪同下走了进来。所长看了一眼审讯记录，在名字上看到林百顺时，不由愣了一下，问道："你叫林百顺，今年有四十五六岁,上过朝鲜前线?"不等老林回答,村支书连忙说,老林是老实人,1952年去的朝鲜,后来从部队转业了。派出所所长又仔细地打量了一下老林,对两个警察说,把这个人带到派出所,严加审问,没我同意,谁也不能放他走。

老林和村里的五六个真正参与打人的后生被带回派出所,被羁押在一间黑洞洞的小屋里。村里人议论着,这帮后生这回可惨了,弄不好会被判刑的。老林是光棍一条,没有家里人送被褥和饭菜,人们只好将就着从自己的碗里分一口给他吃,虽然吃不饱,也不至于饿死。经过三天后,新一轮的审问又开始了。其他后生,由李警察和另一名警察审讯,只有到了老林时,所长才亲自审。所长并不关心老林打没打警察,他只关心老林在朝鲜战场的情况。所长问得很详细,每一个细节都不放过,当问到老林和金顺姬的时候,老林说到一半,就打住了。所长说,我想继续听,你就告诉我金顺姬到底怎么死的。老林说,这件事团里档案有记录,你们可以去调查,我无权奉告。所长若有所思地沉默了一下,老林正在琢磨这所长挺怪,为什么对他在朝鲜的经历这么感兴趣时,想不到所长突然叫了他一声:"林大虎!"老林本能地应了一声"到!"听到老林的一声"到",所长马上从椅子上站起来,几步走到老林的面前,两只手紧紧地握住老林的手,激动地叫道:"你好啊,老战友!"老林被眼前的一切搞得有点蒙,对所长说:"你是——?"所长说,我是三营的周兵呀?当年咱们一起参加过师里的英模会呢!老林也一把抓住周兵,上下打量,努力在寻找当年的影子。

岁月催人老。老林怎么努力想,也想不起当年周兵的模样了。毕竟那次会只开了两个小时,当天下午他们就又上前线了。尽管如此,他们还是忍不住掉了泪。周兵摇着老林的身子说:多年没见,我听许多战友说你在朝鲜牺牲了，在朝鲜志愿军墓地还有你的名字呢。老林示意所长不要再往下说了。所长心知肚明，就对另外两个警察说，老林是我的战友，我担保，他不会打架的。说着，他把老林带到自己的所长办公室。老战友自然又是一阵拥抱。周兵告诉老林，他是去年从部队转业过来的，已经干到副团职。他问老林，你怎么回村了？当初上级是怎么考虑的。关于你的事，我多少听到一点，后来就杳无消息了。

老林没有给周兵讲他与金顺姬的故事。至少老林没有亲自讲给周兵听。周兵听到的内容是，老林在朝鲜与金顺姬产生了感情，但碍于战争，他们又无法结婚。他们只是相爱着。还有一个说法，老林他们有一次抓了四个俘虏，捆在四棵树上。晚上正好是老林值班，金顺姬去看老林，老林背着顺姬撒尿的时候，其中有一个俘虏悄悄把绳子挣开，用石头击中了顺姬的头部，带着另一个战俘跑了。等老林回来，发现顺姬已经被打昏迷了，再一看两个战俘也跑了。老林气急败坏，提着冲锋枪就追了上去。大约跑了三四百米，就发现两个战俘在狼狈地逃跑。老林喊道：站住！再跑就开枪了！那战俘哪里听得懂中国话，仍然可劲儿地往前跑，老林于是举起枪，先朝天空打了一梭子，结果两个战俘还是跑，于是老林将枪口对准了两个战俘的腿部一阵猛扫，瞬间，两个战俘就都倒在地上，疼得哇哇乱叫。这时，几个战友跑过来，将两个战俘重新捆起来。回到营地，顺姬头部因流血过多，已然牺牲了。老林情急之下，用刺刀将一个战俘当场扎死。当他要扎向第二个战俘时，被连长给制止了。战争结束后，美国战俘到联合国军事法庭起诉中国志愿军，点名说老林公然杀死战俘。我方则告诉对方，志愿军杀死战俘并无此事，何况那个志愿军已经牺牲在朝鲜战场。为此，志愿军还专门拍了一张刻有林大虎烈士墓碑的照片给法庭，此事才算告一段落。

关于周兵所知道的故事经过，上级机关没有任何文字，老林自己也从来没有向任何人说过。即使多年后，村里来了女知青，翠花跟老林拥抱的那晚，他也不曾说过。林百顺，林大虎，这两个名字长期困扰着老林。他一会儿觉得自己是林大虎，一会儿又觉得自己是林百顺。尽管村里的老人总喜欢叫他大虎，可到正式的场合，如年终分配、领取口粮、查户口时，他的名字就叫林百顺。老林知道，他这辈子恐怕就永远叫林百顺了。不过，他也很喜欢林百顺这个名字，听起来比林大虎要儒雅美气得多。可是，他永远也忘不掉林大虎，林大虎这三个字记录着他的青春与荣誉。

由于老林与周兵的特殊关系，村里的后生们只关押了几天，就都放了回去。周兵没有放老林走，他让老林在警察值班室多住了几天，每天在一起喝酒聊天。当然，对外就说老林态度蛮横，所里要对他进行改造。后来，老林离开所里，周兵专门让村党支部副书记翠花给接回去的。周兵对翠花说，我和老林是志愿军战友，他曾经是有名的战斗英雄。因为特殊的经历，他现在的名字叫林百顺，希望村里对他多进行照顾。他相信有一天，组织上会给老林一个说法的。至于回到村里，就说老林很够意思，是他一个人主动承担了打人责任，所以在所里多羁押了几天。这样，让老林在村里人面前有尊严有面子，免得有人老想算计他。说白了，这就是变相对老林的一种保护。

自从老林用奇招把翠花救了以后，知青们对老林就开始好奇，也增加了好感。在劳动中，他们有意无意也爱坐在一起聊聊天。翠花或许是出于感恩吧，她把从城里娘家拿来的粉丝和香油悄悄地送给老林，有时她也带几个知青到老林家串门。老林家里就一个人，知青们出入随便，偶尔也和老林一起做饭吃。翠花没想到，老林会做衣服，

茉莉花开 63

缝鞋子,老林说,这都是在部队跟老兵学的。翠花问,那你种花是跟谁学的?老林说,庄稼人,会种地就会种花。翠花说,从我到村里来,就发现你跟村里人有很多的不一样。老林问,怎么个不一样?翠花说,你爱干净,衣服总是洗得干干净净,而且还每天刷牙,这在农村确实很少见。老林没想到,翠花对自己观察得这么仔细。他觉得生活是那么美好,他希望每天都能看到翠花。

翠花把老林从派出所接回家,他发现院子里的蔬菜和花草长得很好,他问是谁干的,翠花告诉他是她和知青们一起干的。老林说,晚上把知青们都叫来一起聊聊吧,几天不见,确实有点想了。翠花听老林这么一说,脸颊不觉一红,她凭直觉,老林是话里有话呢。

老林喜欢翠花,这是不争的事实。村里人并不完全这样看,人们总觉得一个犯了错误,历史有问题的人怎么能喜欢上一个城里知青,而且这个女知青政治上一直要求进步的。人们更多的是看到翠花带着知青经常到老林家去玩。这让村里人就真想不通。老林和翠花的微妙关系,知青们也能感觉到,但又没有什么具体的事实让她们说三道四。

八十年代初,最后一批知青开始返程了。翠花这次不再抱着扎根农村的决心,她也要回城里。公社知青办领导问翠花,你愿意不愿意留在潞城,如果想留下,可以到机关上班,起码到街道办事处。翠花找老林商量,问她是回北京城里还是到潞城?面对这个二选一的问题,老林犹豫了很久。最后,老林下了决心,说,你还是回北京城吧。我不能耽误你。翠花一听哭了,她紧紧地拥抱了老林,说,我一猜你就会说出这样的话,你何必要委屈自己呢。老林说,我已经习惯了。也许这就是命吧。

翠花快要走了,但在走之前,她确实想弄明白这老林到底是什么人。她悄悄地去公社和潞城民政局、武装部去查档案，关于老林没有任何说法。在有限的文字中，只查到林百顺曾用名林大虎，某年某月入朝参加中国人民志愿军，立过两个三等功，多次受到团师机关的嘉奖。其他的文字，就什么也没有了。翠花问老林，你给我说实话，你在朝鲜究竟犯了什么错误？老林说，我也不知道我有什么错误，一切都听上级的。有些话，我至死都不能说，你是党员，应该懂得其中的道理。翠花说，我当然懂得党的纪律，可我还是女人呢？我要嫁给你，我不能糊里糊涂地嫁给一个陌生人吧？老林说，我陌生吗？翠花说，有时觉得你一点都不神秘，有时又觉得你藏有惊人的秘密。越是这样，我越是想知道。老林说，这人世间的事，有些事最好永远让他藏在心里。

几个月后，翠花回到城里，在公交系统当了一名售票员。据村里人说，有人在进城的公交车上见到过翠花，比在村里可胖多了。还听回村里的知青说，翠花回到城里很快就和一个百货商场的副经理结婚了。好像是未婚先孕，结婚时孩子都三四个月了。弄不好翠花在杨庄和哪个男人相好后才离开的。总之，关于翠花的事传说很多。

多年后，翠花的女儿叶紫长大了。叶紫从小是在姥姥家长大的，从记事时起，她就要面对父母不和，他们先是争吵，后来是冷战，最后是分手。叶紫曾经问母亲翠花，你是不是从来就没爱过父亲？翠花没有回答女儿。在叶紫十二岁的时候，翠花患上了阿尔茨海默症，经常莫名其妙地走失，或者胡乱地说一些知道的不知道的事。知青们很为翠花惋惜，说当年的翠花多么优秀啊！

叶紫二十五岁大学毕业，分配在京城的一家报社做记者。他经常到潞城采访，也有意无意要关心一下杨庄的变化，那里毕竟是母亲曾经插队的地方。几个知青叔叔阿姨，对叶紫很关心，经常到家里看

茉莉花开　　65

望她们娘儿俩。从他们的聊天当中,叶紫知道杨庄有个传奇人物叫老林,他是知青们的朋友,更是她妈妈翠花的朋友。叶紫对老林充满了好奇,她多次想去杨庄拜访老林。她相信,凭她的采访技巧,一定会把老林的过去问个水落石出。

可是,时间总是不凑巧。等叶紫真的要去拜访老林时,老林已经病逝了。据说老林出殡那天,从全国各地来了很多战友,人们自发地站成一排,向他致以庄严的军礼。在悼词上,赫然写着:林百顺,曾用名林大虎,1948年参军,1952年参加中国人民志愿军,在朝鲜曾立三等功两次、二等功一次,1955年复员转业回村务农。因特殊历史原因,一直隐姓埋名50年,于2005年被恢复名誉。

老林走后,有人提议能否将他的老宅作为青少年革命教育基地,但有关部门没有批复。叶紫去他家的时候,满院子疯长着各种茉莉,村里人说,老林特别爱种茉莉,如果有可能,杨庄的茉莉说不定能进行产业开发呢!这当然是后话了。

2018年7月10日 西坝河

(选自2018年第10期《中国作家》责任编辑贾京京)

最后一个知青

一

知青老费告别我们这个村庄的那天早晨，我仍然像没事人似的去上学。头天夜里，老费在我们家同我父母聊天聊得很晚。他走的时候，我只听见院里的大黄狗胡乱地叫了几声。

我们家正式成为知青的房东是1971年。那一年的深秋时节，有一天父亲从村上开完会，回家对母亲说，城里有一批知青要下乡插队了。公社来通知，咱村里要来十几个呢。队上暂时没有知青点，就考虑先安排在住户里。咱是干部，书记让带个头，给咱家三个名额，全是女孩子。母亲说，你咋没回来商量商量就答应了，你看咱家的地方也不宽余。父亲说，还有什么商量的，明天中午就来。书记说了，咱这村从东到西一百来户，属咱们家最干净。知青都是城里孩子，爱讲究，你就受受累，赶紧把上房归置出来吧。父亲说归置，其实也没什么，无非是把几件农具和一个木头衣柜搬到厢房，再把屋顶和地面打扫一遍。土炕上没有炕席，露着金黄色麦秸秆的泥巴面平平地四下散开，仿佛是胖女人的肚皮。第二天上午，父亲从村上领来一领炕席，算是村上对知青的见面礼。按照约定，知青不在房东家吃饭，要么自己做，要么吃食堂。知青们没有在农村生活过，不知道怎么烧柴锅，也不知道怎样蒸窝头、贴饼子，他们刚一到我家就决定吃队部食堂。母亲说这样好，免得都不方便。

知青们什么样，他们会唱歌会吹冲锋号吗？带着种种猜测，我和玩伴们度过了漫长的夜晚。在我们村的东北、西北和西南三个方向，分别设立着电台，有军用的，也有民用的。在政治挂帅年代，民用也是军用。既然是军用，就少不得军管。三个电台，每个都有警卫部队，大点的一个连，小点的一个排。每天早晨，天还没亮，司号员就把起床号吹响了。然后，就可以断断续续听到解放军出操时所喊的一二三四。农忙季节，部队会主动派战士到村上帮助劳动，像收割、插秧等农活。还有特殊的时期，部队搞野营拉练，或部队换防，我们这里就经常可以看到成百上千人的部队。他们从我们的村口路过，队伍非常整齐，大声地高唱着《学习雷锋好榜样》和《毛主席的战士最听党的话》。我们这些光着屁股的小孩子远远地趴在墙头、麦秸垛上，平心静气地看着，数着，尤其是看到十轮大解放军车和高射炮，常常使我们高兴得乱喊乱叫。等这一拨解放军走远了，我们就像泄了气的皮球，开始无精打采。我们在心里渴望着期盼着下一拨解放军的到来。解放军实在来不了，我们一帮小伙伴就把自己扮演成解放军，在院子里走路、吹号、喊口号。还嫌不过瘾，我们就分成两拨玩打仗。

　　有一天，我们正在一起玩打仗，忽然有一小伙伴跑过来报告，说从东北电台的方向走过来一支队伍，有好几百人，不像是解放军。我赶紧向伙伴们发出指令，马上各就各位。于是，我们齐刷刷地跑到村边，或隐在麦秸垛后边，或趴在墙头上，瞪大眼睛观察这支神秘的队伍。这支队伍确实不是解放军，他们既没有穿着绿军装，也没有统一穿着同一颜色的工装。这些人是干什么的呢？我们带着一脸的疑惑看着他们走进我们的村子。他们来到场院，自动分成几个圈，有的坐在地上，有的坐在行李上。几个领导模样的人聚在一起嘀咕了一阵，其中有个高个子向我们隐蔽的方向招了招手，喊道："别藏了，小朋友！请你们过来一下。"我们没有想到事情这么突然，伙伴们你看看我我看看你，面面相觑，谁也不敢自告奋勇地走过去。见我们没有动静，高个子又喊道："你们谁是头啊？让他过来。"没办法，我只好硬着头皮从墙头的豁口走出去。离高个子还差四五米，我停住了脚步，双眼注视着他不说话。高个子问："你是他们的头？""嗯。""你能告诉我你们村的村干部在哪里吗？""你问哪个村干部？书记、队长、还是贫协主席？""都可以。""贫协主席可以吗？"我这时多了个心眼，我知道我父亲在村里担任的就是这个职务。如果他们想找我父亲，我当然知道父亲在哪里。那样，我就可以从父亲的嘴里尽早知道这些人是干什么的。"当然可以。如果没猜错，你父亲就是贫协主席吧？""你怎么知道？"我感到很惊奇。"我小时候也是孩子头啊。""那你爸爸是贫协主席吗？""差不多，不过那时候叫农会主任。"大个子的几句话使我感到很亲切，我欢快地对他说："你等着，我这就给你找我爸爸去。"

等我找到父亲的时候，他们村干部已经接到上级的通知，说最近有几批学生和机关干部要到农村参观、学习，其主要目的是响应毛主席的号召"知识青年到农村去，接受贫下中农的再教育。在农村这个广阔天地里，将会大有作为"。知识青年上山下乡运动始于1968年下半年，那时我刚出生不久，等我对知青有点印象时，老三届早已经奔赴全国各地了。我这里说的当然是指城里的应届高中、初中毕业生。至于农村学生，本来就出生在农村，学习完了正好回村务农。这次来的神秘队伍，是从十五所中学抽出来的学生，他们到农村野营拉练的目的就是为不久到农村插队做心理准备，那个高个子是他们的军代表，在部队里是个连长。父亲找人给准知青们送去了开水，村支书

最后一个知青　69

则就最高指示与生产实践给学生们生动地讲了一大通。我当时不知道其个中的奥妙，只是看到学生们不停地鼓掌喊口号，那情形很是振奋人心。简单地休整了两个小时，这支充满半军事化色彩的队伍在一阵集合号的声音中重新列好队伍，然后高声唱着革命歌曲向下一个目标进发。这就是我最早看到的知青。很朦胧，几乎没有留下任何深刻的记忆。

二

女知青来到我们家的时候，是在下午的四点多钟，当时我正在别的伙伴家玩。由于事先知道今天家里要来三个女知青，我便玩一会儿就回家看看。等我真正见到她们，她们已然将被褥、脸盆和镜子摆放好。三个女知青分别叫苗苗、张英和罗云娜。苗苗比较清秀，张英矮胖，罗云娜高高大大。我进得门来见的第一人是苗苗，她正拿着扫帚扫院子。张英在屋里搓洗着毛巾，显然是刚干完活。不同的是，她用的不是普通的胰子，而是香皂，那玩意儿散发出的气味非常好闻，以至让人觉得只有女人——像女知青这样的女人才配散发得出来。罗云娜没在屋，她去村中的井台打水去了。本来，在她们来之前，我父亲已将缸里的水挑满。即便刚才用过一些，也足够明天用。从小在城市里生活，喝自来水长大的罗云娜觉得自己直接去井里打水一定很好玩，而且借此可以显示她的身强体壮，硬要去试试。我父亲说，你去了也白去，你不可能会把水打上来。罗云娜不服气，说大叔你别小瞧人，你看我行不行。那一年我父母年龄还不到三十岁，虽然他们已经有了我们兄妹三个孩子，但让女知青叫大叔大婶多少还是有点难为情。但话已然出口，从此所有来的知青就都这样称呼了。

按往常，父亲到井台挑水从去到回也就七八分钟。可是罗云娜去了足足有二十分钟也不见动静。我母亲就提醒我父亲说你到井台看看，一个姑娘家初来乍到，别再出点什么事。我理解母亲说的话。井台那地方可不是什么人都能去的。像我们这帮五六岁的小屁孩，如果没有大人跟着，不要说走到井台上，就是从那里路过都不可以。井台有一眼井，两个口，分别用两个石盘罩在上边。我们这里的井水水位高，根本用不着辘轳。村民们到这里打水，很少有人用绳子，一般是将水桶的铁梁挂在扁担钩上，桶下去时稍微倾斜一些，水就会从边上进入，然后猛地将扁担钩往上一提，一桶水就算打上来了。这打水说起来容易，做起来难。打我记事时起，我就发现村里有相当多的人并不精于此道。几乎每天，我都能看见有人在用铁爪在井里打捞水桶。每当这个时候，就有人开始说风凉话，意思是你裤裆里长那个家伙没有，如果长了，怎么连个水桶都挂不住。如果长了不管用，晚上在跟婆娘干事时最好用他的那个。夏天时，男人们最爱到井台聚会，足足地打上两桶水，将身子脱得一丝不挂，举起水桶，从头到脚痛快地一浇，什么暑热都不存在了。更多的男人则趁这个闲暇，互相说一些黄笑话，几阵笑声过后，便把一天的劳累抛在了脑后。可以说，村里的井台就是分开成年人和未成年人的标志。

　　罗云娜这一年整十八。她们家三个孩子，她哥哥已经在几年前去了北大荒。这次如果她不到郊区插队，过两年她弟弟高中毕业也得插队。罗云娜插队的原因很复杂，主要有两点，一个是给弟弟留城里创造条件，另一个是她身体棒，她喜欢跟一帮学生到处闯荡。几年前她哥哥到北大荒插队，到火车站送行时，很多人都哭了，只有她冲着哥哥大笑说，你放心地去吧，不等你把大豆高粱种熟，我就会迎头赶上的。还有一个，是罗云娜个人的秘密，她跟谁都没有说，她心里一直暗恋他们的班长高连升。

我跟父亲到井台找罗云娜。离井台还有二十几米时,我们就看见五六个学生模样的人大家头挨头地趴在井台口,他们嘴里在不停地喊叫着在这边在那边。一听那声音,就知道罗云娜把水桶掉井里了。父亲走过去,分开人群,从一个男生手里接过铁爪绳,他冲着满脸通红的罗云娜问,大概是在哪个位置掉下去的?罗云娜支吾着说,下边黑布隆冬的我也没看清。我们已经捞半天了。我父亲问,碰到没有?罗云娜说好像钩住过什么,但半天揪不上来,就放弃了。父亲说,别着急,干这活得有耐心,还得有经验。你们先回去吧,一会儿我就能捞上来。一个男生说,大叔我们没事,还是帮帮您,您这经验我们得好好学学,要下次水桶又掉进去,我们还是不知道怎么捞!

父亲没有说话,他将铁爪猛地向一个角落抛去。接着,他的手将绳子左右拉动四五次,只见那绳子突然就绷直了。父亲轻松地说了声,钩上了,便随手将绳头交给了一男生。男生不敢怠慢,用足力气,很快就将水桶提了上来。水桶里的水清凌凌的,知青们兴奋地用手捧着喝了几口,说这水真甜啊!

多年以后,当我问起父亲怎么就知道水桶在那个角落里时,父亲不好意思地说,蒙的。

三

新中国成立后我们国家人与人之间有三大差别,即工农差别、城乡差别、脑体差别。对于城乡差别,直接的标志是农业和非农业户口。这些差别,对于当时才六七岁的我还不能十分理解。等我上小学时,每到交学费,老师总会强调一句"居民两块,农民一块五"。这时在我的幼小心灵里便扎下了农民比居民低贱五毛钱的烙印。我对城乡差别的直接印象不是户口，也不是居住地，而是源于三个女知青到我家居住后的第一天早晨刷牙。

在我所居住的农村，离北京天安门不过二十公里的北京郊区，在二十世纪六七十年代是很少有人早晨刷牙的。我印象最深的是一个在牛场工作的老工人，自从他跟我们村上一个老女人结婚后，每天早晨就会听见他站在村当中有恃无恐地清嗓子。他先是喝一杯凉水，然后用竹制的刮板刮舌苔，刮后便不断地往外吐痰，直到什么都吐不出来为止。想来他是得的呼吸系统的病吧。等他十几年死后，我才想起我当初为什么不提醒他每日刷牙呢？

农村人不刷牙，就不知道牙刷是何物，更不会知道牙膏是什么味道。三个女知青到我家后的第一个早晨，我发现她三人走到院子中央，每个人打一盆凉水，水里浸泡着毛巾。在洗脸之前，他们先往搪瓷缸子里倒上温水，喝上一大口在嘴里呼噜呼噜漱上一通马上吐出来，然后将一香蕉大小的圆圆的软包装瓶盖打开，用手一挤，一注白色黏稠的液体便滴在一精巧的毛刷上。接着，她们将毛刷送进嘴里，手再不停地上下抽缩，随着抽缩，一汩汩白色的泡沫瞬间从她们的嘴里流出，那样子很吓人，但味道却很清香。我倚在堂屋门后仔细地窥探着，紧张得连大气都不敢出。以前，我只看到猪生病死了的时候，嘴里是吐白沫的。现在，面对眼前发生的一切，我真的有点看呆了。

"有什么好看的！"父亲的一声顿喝吓了我一跳。

"您看，您快看呀！她们嘴里在吐白沫子啊！"我惊叫着，用手指指给父亲看。

"哦，她们是在刷牙。"对于我的惊奇，父亲显得很平静。

"那我们为什么不刷牙？"我仍然觉得好奇，问道。

"因为我们不经常吃肉。城里人老吃肉，火大，就得刷牙。"父亲很认真地告诉我。我的眼前当即浮现出城里人在一起吃肉的情形。从那以后，我开始知道城里人和农村人的最大区别就是能否经常吃肉。这种思维几乎影响了我的整个童年。

我和父亲的对话，显然隐约被三个女知青听到了。罗云娜回过头来冲我做着鬼脸，大声说："我们城里人也不经常吃肉，刷牙是卫生习惯。"

卫生习惯？什么叫卫生？什么叫习惯？这两个名词对于当时只有五六岁的我根本听不明白，我只相信父亲的话。于是我回答："你骗人！刷牙就是因为城里人经常吃肉！"

我的回答让三个女知青笑得把满嘴的白沫子都喷了出去。父亲有些尴尬地喝道："别乱说，到一边玩儿去！"

从那以后，我每天都有意无意地看一会儿女知青刷牙的姿势。有时偶尔到她们的宿舍串门，我的眼睛也总是情不自禁地往放牙膏的柜子上多看几眼。

一个月后，三个女知青相继把用过的牙膏皮送给了我。我把牙膏皮拿给小朋友们去炫耀。我问他们："你们知道这叫什么吗？"

"……"，小朋友们一片沉默。大约过了半分钟，一个胆大的说："好像是胶水，我爸爸补车带用过，不过——比这要小。"

"不对！这是牙膏，是城里人刷牙用的。"我当即进行了纠正，语气中带有一丝得意。

"你又不是城里人，你怎么知道这叫牙膏。你看到城里人刷牙啦？"小朋友有些不服气。

"对呀，我们家住的三个女知青，她们每天早晨都刷牙，先从这管里挤出牙膏，然后——我还是给你们表演一下吧。"说着，我从柴火堆里找来一根木棍，将牙膏反复挤压，挤出鸟屎大小的两滴抹在棍尖上，拿到每个人的面前，说你们闻闻，看香不香？

小伙伴们的热情被这牙膏的味道激活了。他们都抢着闻了一通，觉得味道确实很特殊。这时，有人提议说，咱们也学着城里人的样子刷一次牙吧。我说不行，坚决不行，我们没有牙刷。有人说没牙刷就用木棍蘸点尝尝得了。这个建议马上得到小朋友的赞同。于是，我们每人都用木棍蘸着牙膏尝了一遍。由于没有水，嘴里是不可能吐出白沫的。尽管如此，大家都很喜悦，仿佛做了一次城里人。

最后，我把三个牙膏皮分别送给三个小伙伴。他们如获至宝，小心地收藏起来。至于他们回家给没给父母看，我就不清楚了。

四

知青，顾名思义，就是指有知识的青年。到北京郊区插队的知青，大都是高中毕业，也有少部分初中毕业。来到农村，他们除生活方式和当地人有明显的区别，在知识上似乎没什么两样。在以粮为纲、政治挂帅的时代，农村并不需要多么有知识的人。按毛主席的指示，知识青年到农村并不是来传播知识的，主要任务是接受贫下中农再教育。按理论词语讲，就是要实现理论与实践相结合。首先是政治的合格。

我父亲被安排负责知青的生产和生活。这样村里的十几个知青便经常到我们家串门。偶尔也有邻村的知青来找罗云娜他们玩的。我印象里罗云娜交际十分广泛，不光是他们中学的，也有别的中学的。各村里的知青点都有那么一两个核心人物，他们的绰号也怪怪的。有的叫秃子、奔儿头、雷子，也有的叫座山雕、蝴蝶迷的，还有的叫小林彪、张铁生的。我们村的女核心人物是罗云娜，知青们私下里叫她老娜。我父母管家里的三个知青分别叫小罗、小张、小苗，我则叫她们小罗姐、小张姐、小苗姐。

村上的大队部设在村西大庙的后院，前院是小学校。大队组织社员大会，就通过高音大喇叭广播通知。在村里，你有没有地位，不看你吃什么穿什么，那要看你能否在大喇叭里会讲话，会经常讲话。我们家在村里是独门独姓，没有什么直系亲属。我父亲兄妹二人，姑姑很早远嫁到北京北郊一个偏僻的村庄，交通不是很方便，三两年也难得回来一趟。父亲高小毕业后已经十六七岁，他身单体薄，不会干农业活，村上领导就让他和一老头开了个杂货店。父亲对这份差事很满意，但怎么干都赔钱。究其原因，那时的老百姓穷，人们买不起东西，大部分人家还常年赊账。父亲脸皮薄，也不催着要，几年下来赔个底儿掉。这样，村上就下决心把杂货店给关了。

那一年应该是1964年，"四清"运动前夕。

我父亲是个喜欢或者说是热衷政治运动的人。通过政治，他可以在运动中找到依靠，可以实现自己的人生价值。这跟《平凡的世界》里的村支委孙玉厚很相像。村上的人说到历史，常把村上的四大政治金刚提出来作为谈资。父亲喜欢京剧、评剧，他爱唱，也能自己模仿着编些小戏，按今天的说法叫小品似乎更准确些。父亲演的戏中角色，很少是主要人物，往往是些小角色，如评剧《刘文学》中的地主王荣学，革命样板戏《沙家浜》中的刁小三，以及自编自导的戏剧小品《变迁》中的坏分子黑七等。或许是他演的黑七在当地太有影响了，至今五十岁以上的人提到父亲还在议论他当年的黑七演得好。

父亲第一次召开知青会议的地点在知青点食堂。知青点的食堂跟小学校食堂合用。小学校食堂只有四五个老师在这里吃饭。负责做饭的是一个五十多岁的陈姓妇女,我管她叫大姑。父亲讲话从来不用讲话稿,出口成章,如果在村上的大喇叭里做什么政治宣传,说上一两个小时也不在话下。我觉得他的口才与他天生的艺术天赋有关。至于父亲讲的话知青们能听进去多少,恐怕他自己也不清楚。

知青到村上插队,我最高兴的是每天放学回家,院子里总有人进进出出,这比以前要热闹多了。在七十年代,人口是很难流动的,村里根本看不到外地人。等到了七十年代末,随着居住在电台的正骨大师罗有明的名声一天天远播,从全国各地陆陆续续来了一些病人,开始在村上租房,才真正地有了人口的流动。我喜欢和知青在一起,尽管我是个小孩儿,可他们都愿意抱抱我,或者给我一些零食吃、玩具玩。父亲如果想找哪个知青说事,他就打发我到知青点去叫。

然而,不曾想到的是,在知青来村上的第二年春天,我跟罗云娜发生了一次冲突。那是一个傍晚,罗云娜收工回来,洗漱完毕后,她独自一人去了知青点。我看见她从自己的小柜里取出两个鸡蛋,放在一个白色的茶缸里。她装作没事人似的走出家门,我尾随其后,跟着她一路走去。到了知青点门口,她没有进屋,而是咳嗽了两声,才向食堂走去。过了十几分钟,她和高连升一人盛了一碗热汤面出来,边走边聊,显得很亲近。我当时不知怎样想的,竟然突然跑过去,对着他们两个人喊,你们不要脸!喊完,我就挠丫子往家里跑。

我以为,这本来是一场无中生有的闹剧,哪知那一句话却惹了大事。罗云娜半小时以后回来,她几下就把被褥收拾好,她对我妈说她要到知青点去住。我妈看她一脸的愠色,感到不妙,就问苗苗和张英是怎么回事,苗苗她们说也不知道为什么。见这个情形,我只能忐忑地躲在门后发呆。晚上八点多钟,父亲回来了。母亲把罗云娜搬家的事告诉了他,她以为父亲听后会感到惊讶,甚至会发脾气。想不到父亲只说了句,搬就搬吧。半夜,等我和哥哥睡着后,父亲悄悄地对母亲说,罗云娜怀孕了。母亲听后,顿时被惊住了,在那个年代,一个姑娘家未婚先孕,这跟耍流氓没什么两样,用当时的术语叫生活作风有问题,这可是天大的事。母亲问,那男的是谁?父亲说,是高连升。傍晚村里几个领导开会,考虑将这事上报公社知青办。结果让父亲给拦了下来。父亲说,这事要是捅到上边去,不光村里要挨批评,重要的是以后罗云娜的日子就没法过了。他提出他要偷偷地把这事压下来,想个周全的法子。母亲说,你想怎么办?父亲说,对外就说罗云娜和咱们孩子吵架了,她一生气搬走了,甚至扬言要回城里。这样,找个远点的医院,让她把孩子打了,过一阵再回来。父亲还告诉母亲,他找高连升谈了,那小子好汉做事好汉当,当场拿出100块钱算作医药费,并且答应陪罗云娜到医院去做人流。我在被窝里听到父母的对话,感到人工流产这几个字又神秘又挺可怕的。还好,父亲并不知道我曾对高连升、罗云娜说过的话,他要知道,说不定会表扬我呢!我是在无意中帮他们做了工作了。

五

高连升在北京城里上中学的时候,当过班长,后来由于家里成分高,他的班长就被撸了。等他到我们村上插队时,同学们还爱班长班长地叫他。见大家都这么称呼他,我父亲及村上的人也这么称呼他。高连升年龄似乎比别的同学要大上一年半载的,在干活的时候,从来不惜力。为此,父亲让他当知青组长。

我记事时,印象中村中央有个篮球场。每当下午收工后,村上的小伙子们就来这里打球。在知青没来之前,村里的小伙子自发组成一支篮球队,常和邻村的几个球队打。偶尔也和附近电台的解放军打,互有胜负。自从知青来了以后,村上便自动形成了知青队和村上队,他们几乎每天都要打两个多小时。在那个缺少文化活动的年代,这几乎成了村上人最大的乐趣。村上的人当中,有我熟悉的几个大哥,如陈炳忠、赵文明等三四个人,打得还是不错的。而要说真打得特棒的,那还得说是高连升。高连升个头能有一米八五,身材矫健,突击能力强,三步跨栏几乎成了示范表演,并且他还善于远投,防不胜防,只要有他在,不论是村上的篮球队,还是附近村上的篮球队,包括电台里的解放军,休想赢他们。

高连升身体好,讲义气,自然在他周围有一帮小兄弟,也包括有许多女生明里暗里喜欢他。父亲说,高连升的名气在公社的知青里大着呢,他外出到别的村办事,但凡遇到知青,他们都打听高连升的情况。听知青点一个叫小林彪的知青说,在上中学时,一次他们一帮人到北海滑冰,其中一个同学不小心,把别的学校的一个女同学给撞倒了。那个女同学班里的男同学不干,非要让他们班的那个同学给那女生跪下赔礼道歉,否则就把他暴打一通。那天正巧高连升来晚了,正当大家束手无策时,高连升背着自制的冰车,手里握着两把冰锥赶到了。他分开众人,问清情况后,他冲对方一个挑头的同学说,你们要干什么,想打架吗?我跟你们来,是群打还是单挑?对方仗着人多,那个挑头的问高连升,你想怎么单挑?高连升说,我这有两把冰锥,我给你一把,咱们在冰上打,今天当着所有的同学,让大家做证,不论谁把谁扎伤还是扎死,对方都不承担任何责任,你敢不敢挑战?说着,高连升将一把冰锥扔给了对方,他一闪身,将军大衣脱下扔在冰上,手举冰锥,冲对方喊道:"有种的你就上来,谁要是躲谁他妈不是亲娘养的!"对方见高连升如此气势汹涌,吓得将手里的冰锥扔在地上,扑通一声跪在冰上说,大哥,我服了!从今以后,这一片你是老大!

高连升的传奇事还有很多。有人说,他双脚一跺,能瞬间飞到房上去。我没有亲眼看到他跺脚上房,但确实看过他轻松上墙头的动作,这想必与他个子高好运动有关。不过,在我童年的时候,我的确是把高连升看作是大英雄的。上小学时,老师给我们讲梅花党、叶飞三下江南,我猜测,高连升和叶飞差不多吧。

然而,令人想不到的是,1973年5月间,村里突然传来一个消息,说高连升死了,是在香山跳山崖死的。村里笼罩在一片恐怖当中。几天后,市公安局来人,到村里调查高连升的有关情况。父亲一五一十地全向警察做了交代,父亲说,高连升是个好知青,在当地知青中威信很高,在村里表现也相当的好。当然,父亲没有和警察说他和罗云娜的事。警察不解地看着我父亲,那意思是你把这个人说成花似的,他事实上可不是这样的。警察告诉我父亲,高连升是知青中的黑社会老大,他中学时在东城就是个人物,一呼百应。他这次是参与了一场知青械斗。

原来,东城的这批知青,有相当一部分插队到我们这个公社,也有的到朝阳区的南磨房、高碑店、太阳宫公社插队。其中有个在高碑店插队的兄弟,在回城探亲时,得知他在海淀插队的弟弟被当地知青打了,他去了海淀找那几个打人的知青,结果话不投机,叫人把脑袋给开了花。他气不过,悄悄到我们村上找高连升,添油加醋地说海淀知青扬言要把东城知青灭了。高连升本来就看重江湖义气,他哪容海淀知青这么嚣张,发了一道密令,唤上二十几个知青就偷偷去了香山。双方约定茬架的这一天,在一片没人注意的山坡上,本来说好双方各来20人,哪料海淀知青一下来了50多人。如果这时高连升要是认怂了，这事也就过去了。可高连升不信这个邪，他挥舞着一把小铁锹，直冲向对方的人群。高连升仗着身体矫健，出手狠，一开始接连干倒了好几个，本以为像以往似的可以镇住对方。可这次他失算了，对方的一个亡命徒，从怀里掏出自制的小火枪趁高连升一个没注意，照他面门就是一枪，那火药顷刻间炸在高连升的脸上，在他用双手抹脸的当口，几个凶手上前就给高连升的身上捅了几刀。这时，跟高连升来的二十个兄弟，见阵势不妙，纷纷四下逃跑。高连升知道自己活不了了，索性踉跄着走到悬崖，纵身跳了下去。据说，高连升的这个壮举，让当时在场的所有知青都震惊了，他们还没有见过这么勇敢的人。

高连升出殡那天，按上级有关部门要求，原则上不让去。可知青们还是去了，连村上的一些青壮年也去了。当然，罗云娜他们知青点的人全去了。我父亲在家里也不由伤心哭泣了好长时间。据去香山墓地的人回来说，高连升确实是个英雄，那天去为他送行的有上千个知青。北京城哪个区的都有。

六

老费到我们村上插队，是在1976年唐山地震后。那一年，国家出的事情实在是多。由于地震的原因，不论是村里的农民还是知青，人们都住地震棚里。等到了冬天，地震棚实在冻得不行，我母亲就壮着胆子让我们全家搬到屋里住。知青点的十几个知青胆更大，他们只在外边住一个多月就搬回屋里住了。这时的我们家，已经没有知青居住了。苗苗通过她当木材厂厂长的爸爸托关系，已经回到城里。张英则帮着村上的大姑负责给知青做饭。罗云娜自从高连升死后，她的神情越来越恍惚,有时出工,有时就在屋里发呆。父亲对知青说,谁也不要刺激罗云娜,她离精神分裂症就差一步,谁要是把她招病了,你就得管她一辈子。

老费本名叫费万亮。他年龄并不大,只因为他的前额有半寸的谢顶,人们就给他起个外号叫老费。老费刚来的时候住知青点,不知什么原因,罗云娜见到他总叫他高连升。老费开始不知道怎么回事,等他打听清楚了,他就找我父亲说他不想住知青点了。他害怕罗云娜。

我父亲不怕罗云娜。他认为罗云娜一天到晚装的神经兮兮,与她一门心思想回城有关系。父亲明确地告诉罗云娜,她要回城,得有政策,要不就得等城里的招工指标。最近几年,上边先后几次给了几个招工指标,结果都被村干部的子女给占用了。个别的知青,如苗苗那样的,家里得有特殊关系。即使这样,也要搭一个指标给村上。我和我哥哥当时年龄尚小,远够不上招工年龄,如果够,恐怕也会搭上进城的指标的。

罗云娜知道自己回城无望,就在村上有一搭无一搭地对付晃着。她相信,总有一天中央会有政策让知青回城的。

老费的家庭条件很差,父亲是一工厂看澡堂的,母亲瘫痪在家。他还有个弟弟和妹妹,一个在街道纸盒厂,另一个在上中学。本来,老费是可以报名去当兵的,可他父亲不同意,生怕家里发生什么事没个好帮手。老费每个月都回城里去看看,走时就带点农村的大米和胡萝卜等新鲜蔬菜。回来呢,一般都是带他父亲省下来的白线手套,有时也炸一罐头瓶辣酱带回来。老费不在知青点住,我父亲就和我母亲商量让他在我们家的厢房住。我们开始以为老费人老实,时间长了,就发现他的手粘,有偷摸的坏习惯。老费最爱偷的就是老乡家的鸡。农家养鸡都是散养的，有些鸡即使天黑也不钻到鸡窝里，常常是落在树上过夜。这给老费提供了方便，他经常半夜起来到树上去偷老乡的鸡吃。时间长了，人们都知道老费是偷鸡贼。

父亲曾亲眼看到老费半夜提着一只芦花鸡回来。父亲说，你这毛病可不好，你如果再让我看见，我就把你送到派出所去。父亲后来直接对老费说，知道的是你偷的鸡，不知道的还以为是我让你偷的呢。老费后来学油了，他把偷来的鸡带到村外树林里，天黑时用火烤着吃。冬天的时候，他把鸡弄死后冻在一个化肥口袋里，然后偷偷地带到城里的家。父母问他怎么经常往家里带鸡，他就说他常给村上人家干活，老乡特意给他的。平心而论，老费前后在我们家住的三年时间里，他到各处偷的鸡少说也得有几十只，我必须说明，我们家一只一口也没有吃到过。母亲说，那伤天害理的事我们一点毛都不能沾。

1978年年底，知青们四处传说，中央准备下达知青回城的文件了。这一年，我已经上了小学三年级。猛地听到知青要全部返城的消息，我的心里感到非常的苦涩与不安。这七八年来，知青给我的生活带来许多新鲜的东西。最让我不能忘记的，是我们家的几张木床全是几个男知青利用业余时间给我们打的。七十年代初，在北京郊区农村家家还都是土炕时，我母亲在村里就率先将土炕拆掉换上木床，这在当时的村上简直是一场革命。有几个七老八十的老太太不止一次地对我母亲说，睡床不如睡炕，要不到我们这个岁数就会腰腿疼。母亲说，人家城里人几十年都睡床，也没怎么样！老人们说，不听老人言，吃亏在眼前！等着受罪吧。

老费当然也会听到知青返城的消息。或许他太激动了，便干出了出格的事。我们村子的东北、西北和西南三个方向分别有三个电台，这三个电台之间地上有电网联系，地下有缆线联络。这缆线分两

最后一个知青　　83

层，外面的是钢铁结构，里边的是铜线，我们形象地管这叫铜包钢，当地人都知道这个秘密。多少年来，不管是埋在地下的，还是露在河床外边的，村里人都自觉地加以保护，没人动心思从那物件上去发财。可老费不同，他想偷一些去卖钱。我们也不是一点没卖过电缆，那都是捡施工后扔在路边的下脚料。而老费呢，他胆儿贼大，竟敢在一个深夜，将电台的一捆200米的电缆用刀割成数段，将里边的铜丝泡上腌菜的咸汤做旧后到废品收购站去卖，结果被人家给举报了。

警察抓老费的时候，他还在我家的厢房里呼呼大睡。当他发现警察站立在身边时，吓得一句话也说不出来。警察问我父亲，老费偷电缆的事你知道不知道？我父亲说，他在我家里住，具体他晚上出去干什么，我哪里知道。警察和父亲是熟人，十分相信父亲的话。他对父亲说，这个人我们带走了，具体定什么罪，得过几天才会知道。临上警车时，老费冲我父亲喊，大叔，我家里如果有人来找我，您可千万不要告诉他们实情啊！我父亲冲他挥挥手说，去吧去吧，到里边好好接受改造！

半个月后，公安局在村上开了一个公审大会。按照法律相关规定，决定判处老费三年徒刑。那天，公社几十个村的干部、知青代表和村里的大人小孩都围在场院当中，看着130汽车上双手倒背弯腰低头的老费的倒霉相，我的鼻子一酸，眼泪差点流下来，这就是跟我们家朝夕相处的费子哥吗？我那时还想不到贫穷对一个人有多么大的摧残！面对着几百个围观的干部和群众，身为贫协主席的父亲举起手臂奋力地高呼：向一切破坏公共财物的行为做斗争！坚决打击挖社会主义墙脚的坏分子！随着父亲的领喊，围观的干部群众也齐声响应，那激昂的声音在辽阔的京郊平原远远地回荡。

三年后，也就是1981年，当老费刑满回到村上的时候，知青点随着知青们的纷纷回城已经不复存在了。老费到我家见到我父母,告诉已经担任生产队长的我父亲,说他也准备回城了。父亲问他,城里有工作吗?老费说,我这样的人谁要呢!父亲说,你在城里要是实在找不到工作,就还回到村上来,乡亲们不会落井下石不要你的。老费听到这话,双腿一软就给我父亲跪下了,哭着说,过去都是我不好,我对不起乡亲们!母亲听罢,说,孩子别这样,快起来,今天中午我给你烙饼摊鸡蛋吃。

就这样,老费在我家又住了三天。第四天清晨,老费背着他的行李,告别了我们一家,告别了他曾经生活过三年多的北京郊区农村,向着他的城里老家走去。至于城里的老家接受不接受他,他又经历了哪些,我在这里就不再叙述了。

2016年11月6日北京西坝河

(原载2017年第1期《美文》)

我们都去哈瓦那

市委副秘书长魏东搬进哈瓦那15号时,这栋楼的住户还不足三分之一。原因很简单,人们都嫌这地方离市区太远。魏东不这样看,地方远怎么了,价格便宜,面积大,关键是空气还好。他选择了9层901室,不上不下,采光好。至于902、903、904是谁搬过来,他现在还不得而知。也许,名字是机关某个局长、主任的,但他们并不来居住,而是让儿女来。

魏东在房子的装修上,颇下了点功夫。现在已经五十八九的他,马上就要退休了,他最近痴迷画画写字,等退休后,计划着在市书画家协会弄个挂名副主席,这晚年生活就以此谋生了。为此,在机关分房子时,他特意给文联党组书记老崔多算了十几平米。他跟主管副市长说,老崔是专业人才,拿着政府特殊津贴,所以在分房子上要适当给予照顾,是理所应当的。副市长说,那当然,老崔是市里的名片,很多首长来都点名要拜访老崔呢!当然,老崔这些年为了市里的对外联系,也没少送画。虽然市里也适当给了一些经济补偿,但老崔还是损失不少的。

市委这个集资房,采取政府补贴形式。即国家拿大头,个人拿小头,根据职务、职称、工龄一折算,个人也就掏个二三十万,就能买个一百多平米的房子。所谓的一百多平米,主要是给处级干部的,正处120平米,副处100平米,正科5年以上的90平米。局级干部,也就是市委常委、副市长、人大副主任、政协副主席、公检法的正职以上的领导,他们不参与,他们统统住市长楼,一般是副职150平米，正职180平米。魏东是市委副秘书长，属正处级，自然是分得120平米。

　　小区的名字开始叫汇贤苑，市委李书记觉得别扭，说这名字容易让群众反感，你们这些领导干部都是贤达，老百姓就是补丁？这不好。李书记让魏东找几个文化人征集名字，他们提出的无非是诸如翰墨坊、紫云斋一类的雅号，好听是好听，就不像小区所具有的大气劲儿。最后，魏东找到老副市长王德茂，他昔日曾经给王副市长当过秘书，他说王老您资历深见识广，这市委集资房非得您给起个名字。王德茂今年快八十了，七十年代曾经在北京郊区双桥农场工作过，当时的农场和人民公社是一个单位两个牌子。市里为了迎合那时的国际形势，在中央领导的授意下，在全国的十几个国营农场分别以十几个社会主义国家的第一个字命名农场和公社，于是就出现了中苏友谊农场、中阿友好人民公社、中越友好人民公社、中朝友好人民公社等，王德茂所在的双桥农场为中古友好人民公社。王德茂记忆最深刻的是，公社经常从古巴进口古巴糖，那糖虽然口感不咋地，可每个人在吃的时候还得吃出声响，那意思是伟大的中国人民和伟大的古巴人民在并肩战斗。双桥农场的职工甭管有没有文化，懂不懂地理历史，人人都知道古巴的总统叫卡斯特罗，还知道古巴的首都叫哈瓦那。

　　王德茂在双桥农场的时候，担任一个奶牛场场长。他接待过几批古巴客人参观，他一直想着能亲眼看见卡斯特罗。可是，朱德、邓小平、王震等中国领导人都先后来了，卡斯特罗却没有来。王德茂和农场人很沮丧。后来，古巴终于来了一批重要客人，说是从哈瓦那来的。那次，王德茂组织全场职工把牛场的环境彻底清理一下，每头牛都用清水梳洗得像新娘。看着那一片片的黑白花，王德茂想象着古巴首都哈瓦那的客人看到后会有多么兴奋。他甚至想象，在哈瓦那的客人里，说不定会有一个金发碧眼的漂亮女郎，如果她要问有关养牛的知识，他会不会都能答得上来呢？

古巴的客人如期来了。只有5个人，陪同的中方人员倒有十几个。古方的客人除一名驻华外交官，其他四人都是畜牧专家和农业专家，遗憾的是没有一个女专家。这让王德茂多少有些不爽。可是，看在社会主义国家亲如兄弟的情分上，他还是热情的接待讲解。古巴客人说，看到中国的现代化养牛场他们十分羡慕，很希望中国能派专家到哈瓦那，他们那里的养牛场规模还很小，如果有中国专家指导，那将改变古巴人民的养牛史。不等中方负责人表态，王德茂就不假思索地说，没问题，我们会大力支持。假如你们发出邀请，或许我可以亲自去。本来，王德茂的回答是顺话搭音，但事后却引起有关领导的不满。说王德茂没有组织观念，他一个农场牛场场长怎么可以胡乱表态呢？结果，王德茂以后不要说去不成哈瓦那，就是去北京兄弟农场参观也成了问题。

王德茂来到C市，是一个偶然的机会，这个C市的市政府面对全国招聘一个主管畜牧的农业局副局长。王德茂一天闲暇，翻阅单位的报纸，无意在一张《农民日报》的广告上看到这个消息。本来，他不曾想离开农场，但考虑现在的农场领导对他不冷不热的态度，他就觉得升迁无望，与其这样，还不如另创一片天地。他回到家，连夜就编好了自己的简历，第二天小心翼翼地塞进附近的邮筒里。接下来，就是漫长的等待。转眼一个多月过去了，这事他几乎都忘记了。

事情往往就是这样的，你越希望有什么得到什么，往往越没有。相反，你在诸多不可能的情况下，天上却掉下了馅饼。王德茂就是这样，在他投出简历一个多月后，牛场突然来了两个干部模样的人，指名要见王德茂。王德茂把客人领进会议室，来人让王德茂把无关的人支开，开门见山地说，他们是C市市委组织部的干部，前来牛场是来考察王德茂的。王德茂一听，有些突然，说你们跟农场党委领导打招呼了吗？组织部的干部说，他们先跟王德茂谈一次话，如果谈的合适，他们就到农场党委正式提出调人。王德茂给客人倒了两杯茶，一五一十地把自己的经历真实想法全盘托出，说到动情处还掉了眼泪。组织部的人看着王德茂的一脸真诚，就说既然你想去我们C市，那下午我们就去农场党委外调你的情况。至于农场党委肯不肯放你，那就看协商的结果了。

王德茂是工人出身，曾拜市里的一个畜牧专家做师父，这才逐渐成为技术人员。后来有了机会，逐步走上领导岗位。他要到C市当农业局副局长的消息在农场传开后，确实在当地引起了不小的反响。农场党委几个主要领导为此也争论不休，一派认为王德茂要到外地当副局长，无非就是个副处级，跟农场的副场长一样的待遇，他这么做，无非是想要挟农场党委要尽快提拔他。另一派认为，王德茂在农场是个实干家，虽然有时爱表现，但就生产实际效果看，也还有可圈可点之处。如果就这么放他走了，那农场的面子往哪放？还有一派，就是折中派，认为不放是影响人家前程，放了则说农场留不住人才，最好是人也不放，他的前程也不耽误。最后商议的结果是，C市给农场党委出一个借调函，先借调一年，如果年满后双方都同意，就按正式调动。对于这样的结果，王德茂觉得是再好不过了，两头都有面子。

C市是个地级市，多山少地，以农牧业为主。王德茂的到来，自然会得到市领导的重视。不到三个月，C市的畜牧业五年规划方案就制订出来了。王德茂给制订的方案是星火计划，具体就是让农民家家养鸡养猪养牛羊，采取规模经营，由农村成立生产合作社，统一和市里签订供销合同，市里再和北京、广州、上海等大城市签合同。

C市在京城的北部，依山傍水，清朝皇帝曾一度把这里作为行宫。魏东的老家在山里，从小受苦，靠考学一步步走出山沟沟。大学毕业，他放弃去北京的机会，义无反顾地回到C市。他父亲在很小的时候就对他说，孩子，将来一定要有出息，当个乡长、局长啥的，省得咱家老遭人欺负。

魏家在村里独门独姓，几代单传。多亏他父亲年轻时在外面学过糊烧活手艺，村里人家有了丧事，他便给人家扎纸人纸马等祭品。后来，魏东的父亲当了村支书，在背地里他还是干这个活。1985年农村整党，在给党员提意见时，有村民向上级反映这个问题，乡党委一位副书记找魏东的父亲谈话，说你一个党员干部，怎么能搞封建迷信呢？这样的事以后不要再搞了。魏东的父亲感到很委屈，他本来想辩解，说这是民俗，老百姓需要，他之所以这么做，也是他联系群众的一种手段。可不等他辩解，党委副书记就走了。后来，党委副书记的岳父去世了，她媳妇非要大办，还要糊纸人纸马等大量祭品，这十里八村又没有别人会，党委副书记只好趁着天黑找到魏东的父亲，求他无论如何给糊。魏东的父亲说，你不怕别人说搞封建迷信了？党委副书记说，啥迷信不迷信的，先把媳妇稳住再说。不然，这以后的日子没法过。

那是个冬天，魏东的父亲熬了整整一个晚上，才把烧活糊好。天亮时，看着满院子的烧活，村里的人都惊呆了，说本家把天兵天将给搬来了，不然怎么一夜之间就把烧活准备齐了。党委副书记的岳父出殡时，吹吹打打，一路风光。魏东的父亲也站在人群中，戴着青纱，陪伴在党委副书记的左右。偶尔有人因为拥挤，碰撞了烧活，他还会上去保护。他知道，这烧活的好坏，决定他今后的前程。

魏东上的中学在县城。县城距村里有四五十里山路，为了节省时间，他们班上几十个同学都住在学校的一个大教室里。学校里有个教工食堂，每个学生每月标准三十元，早晨两毛，中午五毛，晚上三毛。家庭条件好的，兜里还有个十块八块，可以截长补短地到学校外边的食品店买点零食。条件差的，非但没有零钱，即使三十块钱的饭钱也交不起。魏东属于条件不好也不坏的那种，不过，他到县城读书还是有些压力。这倒不是学习成绩，他的功课除了外语比城里同学差点，其他科目几乎都名列前茅。他的压力主要来自于城里人的眼神，不论是在学校还是在县城，他最害怕遭到城里人的白眼。每次学校交学费的时候，城里的学生都扬眉吐气，而他和一些农村学生就有点难为情。

　　魏东班上有个女同学叫叶荷，和魏东同桌，听说她父母是北京的干部，具体当多大的官人们也说不清楚。据另一个农村同学何亮说，他亲眼看到叶荷的叔叔坐着小轿车到学校见过校长，校长在叶荷叔叔面前点头哈腰的。何亮推算，叶荷的叔叔至少是个副县长级的大官。听到这个消息，魏东在和叶荷接触时就倍加小心，仿佛叶荷就是一颗露珠，稍微一碰就会碎了。他们的座位挨着右侧墙，叶荷坐在里边，魏东坐在外边，他自从知道叶荷的叔叔是市里的大官后，就主动的把桌子的缝隙隔开到10厘米，这样他的胳膊就不会轻易碰到叶荷的胳膊。如果他先到座位上，等叶荷来了，他会主动站起来，让叶荷坐好后他再坐下。而班上的其他同学，大都将身子一斜，让另一个同学擦身而过。对于这样的细节，多年后叶荷同魏东谈起来，总是嗤嗤地笑，她说魏东太胆小了。

　　上学的日子尽管很艰苦，但多年后回味起来，还是充满快乐的。魏东在初中阶段，最快乐的事情是在初二期末考试，他获得了班里的第一名。学校要求各个班要开家长会，班里除了班主任要同家长交谈，再有就是让班里的几个同学负责接待。接待家长是一件很严肃认真的事，班主任选定魏东、叶荷和何亮几个班干部接待。何亮找到魏东神秘地说，这回咱们可要见到庐山真面目了。魏东明知故问，你要见谁的庐山真面目？何亮说，当然是叶荷了，看看她父母究竟是多大的官？

家长会是在周六的下午。许多学生的家长上午就从家里赶来，中午在附近的小饭馆吃碗羊肉汤面，也有的只买个烧饼吃。魏东的父亲走进教室的时候，正赶上叶荷迎接。叶荷问，叔叔您是谁的家长？魏东的父亲说，俺是魏东的爹。见是魏东的爹，叶荷脸一红，连忙说，叔叔，我和魏东是同桌，说着，便将魏东的父亲领到魏东的座位上。看着叶荷苗条的身影，魏东的父亲不由地说，姑娘长得真俊俏，还大气。

快到两点时，何亮见叶荷的座位上还是空的，他就有些沉不住气，走到叶荷面前说，都快开始了，你的家长怎么还没来？叶荷说，我爸爸到国外去了，得过两年才能回来。那你妈呢？我妈在家照顾妹妹，不能到C市。那你——何亮看着那空空的座位，他也不知道说什么好。这时，魏东走过来，他说，要不然你自己坐过去吧，省得空着难看。叶荷听罢，突然一脸愠怒地吼道："我不用你们管！"

魏东和何亮感到很无趣，只好张罗别的家长去了。但凭直觉，叶荷的父母肯定有不可告人的秘密。他们一定要知道。

C市的冬天出奇的冷。王德茂的到来，让当地的农民感到这个冬天温暖了许多。他们喜欢管王德茂叫王工，也就是农业局总畜牧师的简称。王德茂不喜欢人们叫他局长，那样显得盛气凌人，也显得生分。他到各个乡镇，甚至到各个村庄农户，常常是坐公交车，道近的就骑自行车。

转眼王德茂到C市已经快一年了，北京中古友好人民公社的人似乎已经将那个叫王德茂的人给忘了。这时，C市的主管农业的副市长借到北京开会的空隙，专门到双桥农场去找了党委书记和场长，意思是这个王德茂他们C市要定了。农场党委的领导本还是有些犹豫的，但C市副市长一句你们连古巴那么远的国家都支持，都讲友谊，难道我们这个北京近邻就不管了？何况，你们北京人喝的水里还有我们C市的贡献呢！话说到这份儿上，农场党委的领导就做顺水人情，说我们不但放人，还打算跟你们联办一家乳制品加工厂，农场出技术、出设备，C市出工人出地皮厂房，销售由农场负责，利润五五分成。C市副市长一听，说这可是天大的好事。如果那样，就让王德茂副局长兼任C市乳制品加工厂总经理。

在C市要建乳制品加工厂，王德茂不是没想过，他给C市做的三年规划里，也多少涉及这问题，但考虑到C市的牛奶、羊奶产量，特别是当地人的素质，他觉得还是早了点。但现在北京方面提出来，市领导又巴不得上大项目，王德茂也就赶鸭子上架干也得干不干也得干了。他不会想到，因为C市上了这个大项目，得到了省里的重视，特别得到了C市老百姓的欢迎。一年后，主管农业的副市长当了市长，而王德茂也因此把副局长的副字去掉，成了C市名副其实的农业局长。

王德茂当上了局长，就不好再兼任乳制品厂的总经理。本来，局里给他配了一个女秘书，女秘书兼任着办公室副主任，人样子长得出众，走到哪里都人熟地熟。王德茂虽然也喜欢这个女秘书，但考虑刚来C市不久，根基还不深，就换了一个男秘书。男秘书叫何亮，从省农学院毕业，刚到农业局一年，小伙子聪明，有眼力见儿。

王德茂过去家里也是穷苦出身，他十八岁就从张家口逃出来，投奔到双桥农场一个表姐家。表姐夫在牛场是个挤奶工，人很老实，有的是笨力气。五十年代末，挤牛奶都得靠手工，一个人一天挤十头牛，三班倒，很磨人。对于王德茂的到来，表姐夫开始还表示欢迎，时间长了，就有些烦躁。后来，表姐就说，既然你看着这孩子烦，不行找场领导说说，让他当挤奶工吧。表姐夫说，你以为挤奶工那么好当，那是一门技术，说句不好听的话，给人挤奶都比给牛挤奶省事。表姐说，你就试试吧，你要是把咱兄弟这事办成了，大不了我天天给你挤奶。表姐的话，最终让表姐夫硬着头皮去找了场领导。

事实证明，王德茂天生就是养牛挤奶的料。最初到牛场，领导让王德茂跟着他姐夫学徒，月工资15块钱，学徒三个月期满，王德茂就可以独立挤牛奶了。人们不曾想到，这个不起眼的张家口小伙子，手巧得很，他挤牛奶的手法和其他老工人截然不同，奶牛不但舒服，而且牛奶产量还高。场长让王德茂介绍经验，王德茂支支吾吾了半天，就是不肯说。回到家，表姐夫就问王德茂，你为什么不把挤奶的技术说出来，难道你还怕别人学了去？王德茂说，我不好说嘛。表姐夫说，你个怂孩子，跟别人可以不说，咋跟我还不说！王德茂见表姐夫真生气了，只好嘟嚷着说道，有一天晚上，我听见你跟表姐亲热，她说你把她奶头揉疼了，一个劲儿地喊，温柔点，再温柔点——后来你们就开始大声呻吟了，我听得浑身直打颤，感觉血液在贲张！王德茂的话让表姐夫哭笑不得，他冲上去，狠狠地擂了王德茂一拳，说，好你个瘪犊子，晚上不好好睡觉，学会听话儿了。

现在，王德茂看着这个眼前的何亮，不由得想起自己十几岁当学徒的日子。在他眼里，何亮尽管是个大学毕业生，但终究小冬瓜毛嫩。他最需要的是这孩子忠诚可靠，特别要嘴严。他知道自己因为嘴巴没有把门的，在过去经常得罪领导，惹得领导不高兴，因此差点耽误他的大好前程。

工作之余，王德茂与何亮经常聊天。一天，王德茂突然问何亮，你知道哈瓦那吗？哈瓦那？何亮有些不解地看着王德茂。王德茂说，怎么你不知道哈瓦那是古巴的首都？何亮说，我知道，只是不知道您突然问我这个问题什么意思？王德茂笑了笑，说，没什么意思，我只是顺嘴那么一说。何亮却想，领导不会随便那么一说，这其中肯定有故事。他要细心揣摩，作为秘书、下属，不能准确地掌握领导的意图，那就是一种失职。失职是很危险的，领导不信任你还是轻的，重要的在于从此你将不在领导的视野里，即使你在领导身边。

魏东与何亮一同考的大学。只是魏东去的是北京。在填志愿表时，她偷看了一眼叶荷的，在籍贯一栏，他发现叶荷均填的是C市。而出生地，填的则是北京。这时，他才有点恍然大悟。按规定，她应该回北京去考试。他没把这个秘密告诉何亮。他隐约觉得，叶荷一定能考上大学，而且是北京的名牌大学。他要想经常看到叶荷，或者将来能与叶荷进一步发展，他必须也得考上北京的大学。

然而，幻想归幻想，现实很残酷。大学录取通知来的时候，叶荷考的不是北京的大学，而是上海复旦大学。而魏东考的是北京经贸大学。虽然都是名校，但路途却千山万水。至于何亮，就感觉前途茫茫了。魏东丧气地对何亮说，叶荷压根就不是咱的菜，人家心高着呢。何亮说，我觉得也是，不过我有件事一直没有告诉你。魏东问，什么事？这么神秘？何亮说，我听几个老师在一次聊天时，无意说到叶荷是烈士子女，据说他爸爸在援建古巴一个什么项目时因公牺牲了。死的时候，叶荷才五六岁。

何亮的话让魏东感到震惊。他现在理解了，为什么市里的领导几次专门来学校，看来那市领导与叶荷的父母不是一般关系。想到这里，魏东与何亮心头一起一伏的，五味杂陈。不管怎样，他们为能与叶荷做同学感到骄傲。

刚上大学期间，魏东、何亮与叶荷之间还经常通信，一年以后，他们就疏于联系了。魏东与何亮都没想到，四年后，他们双双回到C市，一个到农业局，另一个到市经贸委，都给领导当了秘书。多年后，他们又分别到了市委办公室和政府办公室，在一次干部轮岗时，他们俩还进行了一次交换。如今，两个人都快到六十岁了，房子又要分到一处，实在让人觉得不可思议。

叶荷从复旦大学毕业后，选择留在了上海，在一家报社做记者。后来出国了，先是日本，后来又到了美国。她有一年随一家美国金融机构的老板到北京谈项目，抽空到C市来了一趟，主要是为了见王副市长。在吃饭时，王副市长让魏东、何亮特意把在C市的同学找来，一起陪叶荷。

席间，叶荷向王副市长敬了三杯酒。然后说，各位同学，今天我正式向大家宣布，我叔叔，也就是你们心中的王副市长，从现在起，将真正地成为我的父亲了。我感谢他，这些年培养了我。明天，我就要到北京双桥农场工作了。那里，曾经叫中古友好人民公社，我父亲当年作为一名畜牧工人，被国家派往古巴援建，后来在一次建筑施工中不幸遇难，从此我就成为烈士子女。由于我们家经济困难，王叔叔就把我接到C市，我要告诉你们，我的祖籍就是C市。如今，我们就要在北京双桥农场的文化产业基地注册一家北京哈瓦那文化创意投资公司。或许，这就是命运所赐吧。

对于叶荷的决定，人们觉得很吃惊。但又觉得，这又在情理之中。只是人们颇为费解的是，叶荷为什么要管王德茂王副市长改叫父亲呢？是义父还是继父？或许都不是。

转眼王德茂从北京来到C市已经快三十年了。说来意味深长，C市的市中心也有个叫双桥的地方，他最初的单身宿舍就在河边的一个居民区里。后来，市委建了标配房，他就搬了过去。不过，他的面积要比同一级别的领导小三分之一。他觉得自己的家属不在C市，一个人要那么大的房子纯属浪费。他退休前，市里进行房改，房屋可以以成本价卖给个人了。魏东那时正好给他当秘书，他找到机关党委副书记何亮，问能否将老领导的房子面积按应有的待遇重新计算，否则，老领导退下来就吃亏了。何亮说他找主要领导请示一下。没想到，不等何亮请示，王德茂却先知道了，他把魏东和何亮找来狠狠地批评了一通，说你们怎么能不跟我商量就替我做主呢？我实话告诉你们，从我下决心来C市那天起，我就不想占C市的一点便宜。这个房子我现在不卖，将来也不卖，等我有一天不行了，你们就把这房子交给市委。

王德茂不要市委的房子，这在C市干部中引起不小的轰动。人们猜测，这王德茂心中一定藏有不为人知的秘密。为此，魏东与何亮也嘀咕了好一阵，就是猜不透。

日子一天天过去了。C市哈瓦那社区的房子眼看就要分完了。一天，王德茂打电话给魏东，说哈瓦那社区的最高层还有没有房子。魏东说，有一套，是1805，标准的两居，90平米。王德茂说，给我留着吧，我把市委的房子退掉。魏东说，那可要小60平米呢。王德茂说，我知道，我和老伴想好了，就要那1805。我再问你，那楼顶上是不是有哈瓦那几个大红字？魏东说，是啊，我们正在找公司制作。王德茂连声说，这就好，这就好，我已经向市委建议了，以后我们的市级领导都要去哈瓦那住，再也不要住市长楼了。

魏东放下电话，沉默了许久，他真的有点不认识王德茂这个老领导了。那个昔日的王副市长，究竟是个啥样的人呢？

(原载2018年3月31日《西安晚报》)

河殇

一

郭家老二早晨刚推开店门，就被一群马队给撞了回来。这马队足有上千人，人欢马叫，塞了一街筒子。如果没猜错，这马队是清军，具体是哪个大营的，他们到于家围干什么来了，郭二现在还不能知道。他小心把店门插好，急火火地跑到上房，对着炕上抽着旱烟的老爷子喊道："爹，不得了啦，外面来了好多清兵，乌泱乌泱的，看样子是要打仗。"

郭老员外是山西人，他家从道光年间就来于家围开油坊，说来也干了几十年了。郭老员外有两个儿子，郭大三十五，郭二二十八，早些年，哥俩没结婚时，爷仨一块儿做油坊。后来，两个儿子陆续结婚了，郭老员外就把郭家老店一分为二，哥俩一家一店，以村中央的黄土大道为界，道北取名北泰来，道南取名南泰来。哥俩虽然都出自郭家老店，但经营方式不尽相同。郭老大的北泰来榨出来的油主要销往京城，而郭家老二的南泰来榨出来的油则销往南方。前几年，郭老员外身体还结实能干时，他两边帮着忙活，自打去年患上痨病，他就住在老二家，一般很少再掺和生意上的事。老大见爹老了，就每天抽空到老二家串个门，不过串门归串门，他和老二之间从来不打听对方的经营之道。

按过去，每天早晨六七点钟，郭老员外都要到村外的田地里去遛早，一是锻炼身体，二是听听其他买卖铺户的生意人对当下时局的看法。自从20年前的鸦片战争后，村里的生意人做起事来就格外的加着小心。人们在一起私下聊天，常有人会问，这洋人会不会打进北京来。长期到通州张家湾贩运货物的陈长顺说，那是不可能的，从天津到北京，沿线有好多兵营，虽然这洋人有洋枪大炮，可架不住咱中国人多。对陈长顺的话，教书先生杨五常不以为然，他觉得洋人要真打过来，清军不一定是对手。他说，就说村西头的小教堂吧，这才十几年的光景，那个叫杨约翰的牧师就网罗几百人信他的上帝，唉，这年头，关帝庙的香火是越来越淡了。

每次听到街上人们的各种议论，郭老员外向来只听不表态，经商多年，他深谙言多语失的道理。不过，对于洋人是否能打到北京，他也确实琢磨了很久。不管怎样，未雨绸缪，他总得为儿子们想想后路。他让两个儿子尽可能地多进些芝麻、大豆，至于榨油，保证老客户基本供应即可，一律现金交易，不再赊账。儿子们理解老爹的苦心，倒也言听计从。这样，南泰来、北泰来两家店的日子过得还算风平浪静。

前些日子，从天津过来的商人说，英国和法国的军队已经开到渤海湾了，随时要向天津进攻。又过了些日子，北京城来的商人说，皇帝已经下命令了，要不惜代价，准备和洋人开战。具体为什么开战，在哪里开战，多大规模，没有人说得清。郭老员外告诉俩儿子，最近不要出远门，就在村里守着俩店。他甚至拿出一些银两给伙计们，让他们准备好刀枪棍棒，一旦战事开始，首先要奋起保卫两家店铺。只要店铺在，就不愁没饭吃。

郭老员外虽然一直担心战争会打到家门口，但他没有想到来得这么快。今天他比往日起得都早，总觉得有什么事情要发生。果然，二儿子的叫喊声终于打破了他的忧虑。他说，告诉伙计们，没我的话，谁也不许出去。郭二说，您是没看见外边那阵势，老吓人了，不要说您不让出去，就是您让出去，也没人敢呀！

"开门！开门！"说话间，外边传来清兵的叫喊声。郭老员外和郭二面面相觑，他们不知道接下来将要发生什么。郭二壮着胆子喊了一声，"来啦！"

门打开了，一个清军头目带着五六个清军，由村里的保长在前头领着。保长对郭二说："二掌柜，打扰了，奉皇上旨意，圣保将军率领的清军马上就要与洋人开仗了。"郭二吃惊地问道，"那您这是——"保长说，"我接到县上的命令，让咱们各村的民团要紧密配合，同时，让你们这些买卖铺户有钱的出钱，没钱的出人出粮！"

郭二今年二十八，二十年前，第一次鸦片战争时，他才8岁，虽然还不怎么记事，但他对父亲当年捐钱捐粮的义举还是记忆犹新的。他们家尽管是商人，平常做事都要精打细算，但真的遇到国家兴亡的大事，他发现他父亲还是很慷慨的。那次，他们家捐了白银500两，粮食100石，位居村里的榜首。这次，又要进行战争了，这次战争不同于第一次，这次洋人要打到家门口了，如果不全民皆兵，说不定就会惨败，当亡国奴的滋味那可不是好受的。说不定他们家的油坊也开不成了。

"郭二，让军爷们进屋里说话！"郭老员外听到保长的话，他担心郭二不过脑子，什么都答应。保长答道："老掌柜，就不麻烦了，军爷们公务在身，说完还得到下一家呢。"

郭老员外弓着腰，踱出屋门，说："郭二，就按军爷们的吩咐，咱们郭家有钱出钱，没钱出人出粮，大不了把我这老命豁出去，跟他洋鬼子拼了！"

郭二见老爹跟跄着身子，赶忙跑过去扶住，说："打洋鬼子的事，咱们郭家不会落后，一会儿我就通知大哥去。您就在家踏实养着身子吧。"

二

于家围位于京城的东郊，向东南二十里地可通往通州张家湾，往西十余里可达京城的广渠门。在明清时期，京杭大运河一直通航，从南方运来的粮食、丝绸、布匹、瓷器等货物通过水路最终到达通州的张家湾。张家湾是当时北方最大的漕运码头，船只到了这里，要么经萧太后河、通惠河、坝河三条漕运河，把货物运到京城，要么走陆路经台湖、定辛庄、于家围、花园村到广渠门。

从张家湾到广渠门，如果中途不歇，一天就能到。如果要是中途歇歇，就得第二天才能进城。人们从张家湾到广渠门，大多选择在于家围歇息，这样，于家围就有了大大小小的旅店、饭馆以及各种商铺。说来有意思，于家围村里住着一帮赶脚的人，这些人不喜欢种地，专门帮助过往的官人、生意人运送东西，有的凭脚力，也有的雇毛驴、骡子。驴比骡子劲小，但听话，一条道走到黑。时间长了，驴子往来于家围与广渠门之间，谁家的驴到谁家的货栈，驴全都知道。这样，就不用人亲自跟着了。于是，在于家围与广渠门之间的黄土大道上，每天都会有上百头驴往来穿梭，构成了京东商业史上的一景。

如果人们运送货物不走陆路，往北走八里地，就可以直接到通惠河的花园闸。那里，有往来京城的船只，可以把一些东西由此送进去。不过，人们很少这么做，嫌麻烦，关键是水路和陆路是两股道上的事。放着陆路不走，走水路，还得多交一份买路钱。至于往南七八里地的萧太后河，人们就更不去了。道路曲折还在其次，关键是那地方没有停靠的码头。

于家围之所以叫于家围，村子成名于明朝朱棣进北京之时。在此之前，这里虽然辽金和元朝都曾经占领过，但这一代周围还很少有人烟。即使有，也都是那些看坟的人家。在明清时期，北京城里虽然人口也就几十万人，但人死后大都拉到朝阳门外找块荒地给埋了。有的人家家境贫穷，人埋了，立个坟头就算完事。而有钱人家或官宦人家则要雇佣专人看坟守墓。看坟的人，有的是雇佣本家的亲属，也有的一点关系也没有，属纯粹的雇佣关系。于家围这个村子，最早是因为在村西北有个于老公坟而得名。村里在康熙年间，有个叫于珍的财主，家境相当富有，在当地远近闻名。某日，康熙的御前护卫顾焕章到通州微服私访，无意中查到通州的于家务村是白莲教的窝点，同时顺藤摸瓜，又查到于家围的于珍与于家务的白莲教有联系，于是上报康熙，康熙听后震怒，命令顾焕章派人抄斩于家务，并火烧于家围。从此，于家围就没有了于姓人家，而更多的是陆续搬来的陈家、王家、杨家、李家，而郭家、马家等基本上属于独门独户。

三

英法联军是从天津一路向北京进攻的。他们总兵力大约八千人，总指挥分别由蒙托邦、科利诺、雅曼担任。清政府负责抵御英法联军的总指挥是僧格林沁，总兵力约三万人，加上当地民团共约五万人。清军驻守的阵地主要是从张家湾、通州到广渠门一线，主要阵地是通州城西的八里桥。八里桥下面流经的是通惠河，当时，在以水路为主要交通运输线的年代，八里桥的地理位置尤为重要。换句话说，能否守住八里桥，决定着北京城的命运。咸丰皇帝当然知道这座桥举足轻重，他下旨意给僧格林沁，要不惜一切代价，哪怕牺牲到只剩一兵一卒，也要守住八里桥。

到于家围的清军是副都统圣保的部队，他奉僧格林沁的命令，在定福庄、于家围和齐化门一线防守，僧格林沁亲率17000名，包括10000蒙古骑兵，直接镇守张家湾、通州县城和八里桥。僧格林沁是一员悍将，他决心以一死跟洋人拼了。

1860年9月18日，英法联军先头部队攻克天津，顺着大运河向通州开来。快马通信兵迅速报告给僧格林沁。僧格林沁命令张家湾的守军向敌人开火。清军虽然人多，但架不住洋人大炮洋枪的火力，几个回合就败到通州城。僧格林沁气得暴跳如雷，大骂手下是饭桶窝囊废。

僧格林沁知道，这通州城西的八里桥是通往北京的最后一道防线，如果八里桥失守，就意味着北京不保。他问军需官还有多少粮草？军需官说通州城内粮仓储备的粮食足够北京城军民吃一年的。可现在的问题是，守卫通州城的清兵根本靠不住。僧格林沁交代，如果实在守不住，就放火把粮仓烧了，决不能把粮食物资留给洋人。同时，他传下命令，让附近的各个村庄组织民团乡勇，只要洋人来了，可以采取一切形式打击敌人。

于家围很快组织起上百人的民团。有的拿着长矛、大刀，也有的举着木棒，还有的把积攒多年的木料，甚至是老材贡献出来，做成十几副担架。人们都明白，战争一旦开打，肯定要受伤死人的。郭老员外让两个儿子带着自家的十几名伙计，也参加了民团。还一再叮咛，要尽可能备些粮油，不知道这战争要打到什么程度。

村上的人们有组织地爬上了村子四周的围墙。人们看到，从张

河殇　103

家湾过来的黄土大道上不停地有清军在撤,有的清军浑身是血,轻点的拄着棍子,严重的则由几个人抬着。村里临时搭起了驿站,负责清兵伤员的救治与周转。郭大和郭二媳妇自愿加入做饭的队伍,撤下来的清兵,只要想吃,尽管放开了吃。

这时,有消息传来,通州失守了。僧格林沁率领的大军和英法联军交手了。于家围到八里桥也就十几里地,虽然听不到双方的大炮厮杀声,但空气中已经开始弥漫火药味了。正当人们以各种形式准备自卫的时候,村西的洋教堂里依然传来唱诗的声音。人们发现,牧师杨约翰不动声色,该做什么还做什么,仿佛这即将到来的战争跟他没有任何关系。

教堂里的信徒比往常少了许多。人们正忙着东躲西藏。而教堂不远处的关帝庙,则有很多的老人、妇女前来磕头上香,祈祷关老爷能够显灵,保佑一方平安。郭老员外也在祈祷的人群当中,他让郭家兄弟在关老爷面前宣誓,要不惜一切代价,哪怕是豁出人命,也要和洋鬼子血拼到底。

郭老员外恨洋鬼子始于十几年前。第一次鸦片战争后,中国失败了。还不只赔钱割让土地给人家,关键是住在北京城的洋鬼子更加嚣张跋扈。一天,郭老员外到京城去联系客户,在门外被一外国传教士撞了一下,明明是传教士逆行先碰的郭老员外,结果几个外国大兵从这里经过,非要郭老员外给那传教士赔礼道歉。郭老员外不服,与之理论,结果招致一通暴打。郭老员外跑到管理京城治安的衙门告状,想不到一个官老爷说,你惹谁不好,干吗去惹洋人。这年头,最不能惹的就是洋人!

郭老员外被衙役赶出衙门。他在门口冲着衙门骂道:"这他妈的还是在中国吗?"

从京城回到于家围，郭老员外气得半个月都没有出屋。他告诉两个儿子，要长本事，不然中国人迟早会成为亡国奴的。那时的郭家兄弟还属于懵懂时期，他们幼小的心灵还理解不了亡国奴是什么。他们所能记住的，就是他们的老子在某一天被外国人欺负了。

四

战争在八里桥打响了。僧格林沁亲自坐镇八里桥北岸，他命令蒙古骑兵摆成一字长蛇阵，向从通州杀过来的5000名英法联军猛冲。这些清军，已经多年没打仗了，他们以为，凭借他们的勇猛、精湛的武艺，一个冲锋就能把洋人打得落花流水。可是，他们想错了。第一次冲锋，他们就被洋人的排枪给打蒙了。那洋人以梯队形式，一批200人，轮流一起射击，眼看着马队离敌人200米、100米的接近，再有几秒钟就可以挥舞战刀像切西瓜那样去切敌人的头颅了。但那只是想象，敌人的火力太猛了，战马在惨叫声中纷纷马失前蹄，什么叫人仰马翻，什么叫鬼哭狼嚎，这一瞬间都体验到了。

几个受伤的清兵跑到大营中军帐，见到僧格林沁，哭喊道："王爷，这洋鬼子的洋枪太厉害了，我们冲不过去啊！"僧格林沁一把抓住一个清兵头目，骂道："一群废物，堂堂我几千铁甲军愣是冲不过一群倭寇。给我备马抬枪，看我怎么收拾这帮洋鬼子？"

僧格林沁毕竟是真正的武将，他善于摔跤，也善于使枪弄棒，其武功在清兵武将中属于一线。他命令手下的17000军队，在八里桥成扇形布阵，他亲率三千马队正面迎击敌人。这一天的黄昏，虽已是初秋，但太阳依然很热，加上战争的紧张气氛，每个人的额头上都淌着汗水。僧格林沁用单筒望远镜看了看通州城，依稀可见燃灯佛塔，

河殇 105

在塔南不远处便是几座粮仓。按照僧格林沁的命令，清军在撤退时，专门组织人把粮仓给烧了。英法联军攻进通州，来不及休整，更顾不得救火，便匆匆大规模地向八里桥进军。这一路，他们从塘沽打入，攻天津，打张家湾，直至攻陷通州，简直势如破竹，如入无人之境，他们想，只需三日，就可以打进紫禁城，让大清皇帝投降。

八里桥之战牵动着每一个中国人的心。紫禁城里的咸丰皇帝更是心急如焚，他一方面频繁地下圣旨从全国调动军队保国护驾，一方面不断地派人催问军情战况。1860年9月19日，清朝朝廷在《谕僧格林沁等应敌机宜》的廷寄中询问："僧格林沁自退扎八里桥之后，日来与该夷是否又经见仗？"在《著乌兰都迅带马队赴通》的廷寄中指令："僧格林沁现扎八里桥，胜保现扎于家围，防堵由通入京要隘，以截夷人前进……著乌兰都迅即统带所部马队官兵二千三百名，日夜趱行，前往通州以西八里桥地方，听候僧格林沁等调拨，勿稍迟延。"

僧格林沁的忠贞勇猛确实可圈可点，怎奈，大刀、长矛、弓箭武装起来的清军，怎么能跟英法联军的洋枪洋炮对打，几个冲锋，就死伤上千人。无奈，僧格林沁下令，改进攻为防守。英法联军虽然武器先进，但毕竟只有几千军队，要想在短时间攻下八里桥，那也难上加难。经过一天多的鏖战，双方都累了，都想很好的歇一歇。

这时，在通州城内有几个跟洋人做生意的奸商站了出来。他们会说几句英语，其中有人给洋鬼子出主意：如果正面打八里桥打不下来，可以派人从后面迂回，这样前后夹击，清军必然大败。洋鬼子问商人甲，你说的从后面迂回是个好办法，但不知怎么个迂回法？商人甲说，从张家湾到北京可以沿大运河到通州，再顺着通惠河经过八里桥、杨闸、花园闸、高碑店闸，最后到达东便门，可进北京东南角的齐化门。这是水路。还有一条陆路，从张家湾经台湖、口子、定辛庄、双树、于家围、王四营，最后一直可以到齐化门。洋鬼子说，你说的陆路得走多长时间？商人甲说，快走一天，慢走一天半。洋鬼子说，那就派人走陆路，能直接去北京城抓皇帝最好，如果不能，就迂回过来，两面夹击八里桥。

洋鬼子命令商人甲给带路。商人甲说，我出主意可以，带路的事，最好找路熟的。洋鬼子说，坚决不行，如果你敢拒绝，就放火把你的店铺烧了。商人甲本来想给洋人出个主意能够自保，谁知到头来火还是烧到自家房上来。他有些后悔，又很无奈。于是，他用灶灰把自己的脸部涂抹了一下，又把家里伙计的衣服套上，这才胆战心惊像做贼一样给洋人带路了。

五

英法联军分兵迂回到于家围，从西边，也就是从八里桥的背后袭击清军，这是僧格林沁做梦也没有想到的。他想，英法联军一共才区区几千人，他们怎么敢兵分两路呢？更何况，他们对交通道路也不熟，哪会轻而易举就能偷袭成功？然而，战争就是战争，它的奇妙之处就在于出其不意。

英法联军的头目叫布杰，是个少校，他带领的这支部队不足八百人，全部是现代化的洋枪，还有十几门火炮。布杰让商人甲走在前边，两个英军子弹上膛，紧紧地跟在后边。商人甲对张家湾到于家围这条黄土大道相当熟悉，他带领洋鬼子从通州往西南而下，直接到台湖，经口子村、定辛庄、双树，最后到达于家围。沿路上，他们几乎没有遭到任何清军的抵抗。想来，一是这一带没有驻扎大批的清军，另一是一般的小股清军、民团也不敢轻易惹碰这气势汹汹的洋人，人们更多的抱着观望的态度。

此时的于家围，家家闭户，村子周围城墙上埋伏着几百名清军。几十个民团战士手里拿着大刀、长矛在垛口瞭望。一群鸽子，悠闲地落在屋檐上觅食，好像这即将到来的杀戮与它们无关。

敌人终于出现了。一个民团老兵一阵风地打双树村跑过来，他大声喊着，洋人来啦！洋人来啦！清兵赶紧把城门打开，一个清兵头目问民团老兵，你亲眼看到洋人来了？有多少？民团老兵说，那人老鼻子了，乌泱乌泱的，数都数不过来！

清兵头目连忙派人去报告千总，千总正在郭二家，他把这里作为他的临时指挥部。遵照圣保将军的命令，他的任务是保卫于家围。于家围守住了，就可以阻止洋人继续西进。本来，郭二是要带着民团留下协助镇守村子的。怎奈，八里桥那边打得太急，一天下来，就死伤好几千人。僧格林沁下令，周围各村都要派人帮助救护伤员，也有的负责运送粮食武器。郭二对郭大说，大哥，你年岁大，身体没我好，你就留在家里照顾爹吧，我去八里桥！

郭二带着村上的二十几个壮丁，骑上家里最好的枣红马。他不会使大枪，就背了一口大刀。临出发前，他们来到村西的关帝庙，集体跪在关老爷面前宣誓，头可断，血可流，不杀退洋鬼子绝不回头！宣誓毕，每个人喝了一大碗烧酒，便雄赳赳地上路了。

清兵千总派传令兵骑快马去报告给圣保将军。此时的圣保将军，正在通惠河北岸的定福庄一带布防。从八里桥到定福庄，也就七八里地，急行军四十分钟就可到达。圣保将军心里有底，主帅僧格林沁在前面八里桥正面迎敌，不管武器多么悬殊，毕竟有三万人，这洋鬼子就是一天吃两千，也得吃十天半月的。等那个时候，全国各地的援军到了，料洋鬼子也猖狂不了几日。所以，当于家围的守军送信来的时候，他并不以为然，说："敌人的小股部队想玩声东击西的把戏，不必太在意，让驻扎在村里的军队坚守待命，只要能守住七天，战争可能就会结束。"

圣保名字很好听，可战争不因为你的名字叫圣保就一定胜利。布杰少校率领的英法联军在距离村子城门只有二百米的地方停下，他让商人甲喊话：守城的清军注意，我们是英法联军混成第二旅，现在有军事任务要经过于家围，希望守军和老百姓不要惊慌，赶快把围墙门打开，如果不听警告，一切后果自负！

千总举起望远镜，看到来的英法联军黑压压一大片，特别是看到十几门火炮已经瞄准清军阵地，他早被吓得面如土色。他对手下说，马上准备转移。清兵问道："难道咱们一点都不打了？"千总说："打个屁呀，就咱们这点军队，洋鬼子只需一轮大炮就会给报销。听我的口令，朝天放几枪，做做样子就算了。"

清军说撤就撤了。围墙里只有村里的几十个民团壮丁。领头的是郭大。有人问郭大，咱们人太少，还打不打？郭大说，打是打不成了，但我们也不能等死。咱们各回各家，把自己家的老人、孩子保护好，如果洋鬼子要是欺负人，就和他们玩命！

洋鬼子可无心在于家围恋战，他们派一百多人进村抢了点粮食，有几个村民反抗，让他们给狠狠地揍了一通。商人甲找来村上的保长，说，你们准备几个人，给洋大人带路，他们要去八里桥！保长说，村里经常外出跑生意的就是郭二那几个人，可惜昨天他们都被僧格林沁叫去支前去了。商人甲说，那就让郭大去，我听说这郭大郭二在村里很有影响，也见多识广，你去把郭大找来。

郭二带着一帮民团去了八里桥后，郭大带着剩下的民团守护村

河殇　　109

子。他没想到，清军这么不争气，没打一仗就溜号了。他把自家的壮丁组织起来，让五六个去看护郭二家的南泰来店，其余的和他一起守护北泰来店。他对郭老员外说，这村子恐怕要出大事。老爷子说，不会吧，这不还驻扎着圣保将军的军队吗？郭大说，据说洋鬼子有好几百呢，圣保哪里顶得住！郭老员外说，顶不住也得顶，总不能让老百姓光着屁股去顶吧？

"大掌柜，你出来一下！"保长慌慌张张跑进院里。

"慌什么，让狗撵啦？"郭大一边打着绑腿一边问。

"出大事了。"保长走近郭大，"洋鬼子进村了，也不知道谁他妈的报的信，说你熟悉八里桥地形，准备让你给带路！"

"什么，让我给带路，去八里桥？"郭大喊道。

"不能去，老大。"听到儿子与保长的对话，郭老员外从里屋里喊着，"记着，你要是去，你将来就是汉奸！"

"爹，您放心，我一准不去！"

"对，咱不去！"

"我说老爷子，你别把话说得那么绝，这究竟去不去，您说了不算，那得看洋大人的不是？"保长在一旁打着圆场。

"你少来这套，你们这些当保长的，没一个好东西，就是墙头草，随风倒！"

"我说老爷子，我可没时间跟您逗嘴皮子，有本事您跟洋大人说去！"

"我说老大，你到爹这来一趟。我有话告诉你！"

"有话您就直接说吧，我听得见！"

郭大穿好衣服，走进里屋，站在爹面前。郭老员外看了看儿子，说："你给爹跪下磕三个头吧，爹怕以后再也见不到你们哥俩了。"

"爹，看您这话从何说起呢？您这不活得好好的吗？"

"儿啊，我看这次洋人来者不善，你们这哥俩跟洋人斗，恐怕凶多吉少。我也活了六十多岁，够本了。为了不连累你们，我准备——"郭老员外说着，做出要撞死在桌子上的姿势。这下可把郭大吓坏了，他扑通一声跪在爹面前，喊道："爹呀，您千万不要这么想，我们一定听您的话，绝不当汉奸！"

郭大跟着保长走了。他前脚刚走，郭老员外就在屋内悬梁自尽了。他不想给儿子留一点后路。只是，郭大并不知道。

六

八里桥之战如火如荼。英法联军已经发起了第五次冲锋。见久攻不下，法军将领孟托班下令将大炮平推至距清军阵地只有五十米的地方，这次敌人的火力更猛烈了。许多将士受不了巨大的震动，有的被炸得血肉横飞，也有的被当场震晕。郭二和他带领的民团也夹裹在清军当中。本来，他们只负责抢救伤病员，可战斗一打起来，哪里还分谁是谁，只要敢往前冲，能消灭一个洋鬼子，就是英雄。

郭二他们没有一个怕死的。怎奈，他们手中没有洋枪，大刀、长矛根本无法与敌人接近。僧格林沁已经快一天没有吃饭了，他不断地写奏折，在向朝廷报告战况。他不能把战争写得过于乐观，又不能写得过于悲观，他的奏折就如同在完成一次大考。最艰难的不是他这个答卷者，而是躲在皇宫里批考卷的皇帝。皇帝不知道该给这个僧格林沁高分，还是批个不及格。

郭二他们不是来考试的，他们是前来助战的，也可以理解是来

河殇　111

送死的。当然,谁都愿意生,哪怕是苟且偷生,但问题是,洋鬼子已经打到你家门口了,如果大家都不抵抗,他们打进北京,抓住皇帝,那我们的国家颜面何在,国家将何在?

黄昏时分,从八里桥西南的塔营、小寺村方向,突然杀过来一支英法联军。他们一字排开,每排一百人,在大炮掩护下,轮流打着排枪,向八里桥的后面席卷而来。僧格林沁闻讯大惊失色,问通信兵怎么个情况。通信兵报告,敌人的一个旅,绕道于家围从塔营、小寺方向杀来。僧格林沁命令圣保,你带领两千军队迅速迎敌,要不惜一切代价,确保八里桥后方安全。圣保知道英法联军的厉害,又怕承担责任,就吞吞吐吐道:要是挡不住怎么办?僧格林沁骂道:如果挡不住,你就别活着回来!

圣保带着部队,在紧邻八里桥南侧的重兴寺村与布杰的军队相遇,只一次交锋,圣保就被敌人的大炮击中打下马来。部队失去主将,一阵大乱。多亏僧格林沁又派来增援部队才勉强守住阵地。在抢救伤病员时,郭二意外地发现在敌人的队伍里居然有受伤的于家围人。郭二问他们怎么回事?开始那几个人还不肯说,见郭二真心帮他们治病,有个叫王五的说,他们是村西洋教堂的信徒。昨天洋人到了于家围后,他们要找几个带路的,说要打八里桥。他们让保长去找郭大,结果郭大不从,被洋人拉到关帝庙给枪毙了。后来,洋人继续让保长找人。保长就想到了神父杨约翰。杨约翰表示他反对杀戮,死活不肯去。最后,洋鬼子就逼着我们几个信徒带路,如果我们不去,就像对待郭大一样,也把我们枪毙了。

听到哥哥郭大牺牲的消息,郭二疼得"啊"了一声昏厥过去。待他苏醒时,已然是子夜时分。他朦胧中睁开双眼,发现屋内点着蜡烛,院里传来女人的悲哭之声。郭二望着围着的人群,问这是哪里?郭二媳妇哭着说,这是咱自己的家啊?郭二感到惊讶,说,我们不是在八里桥吗？一个民团壮汉说，僧格林沁战败了，洋鬼子杀进北京了。大帅看我们这些老百姓可怜，就让我们抬着你连夜跑回村里。

郭二慢慢坐起身来，当他看到满院子的人都穿着白色的孝服时，他愣愣地问："咱村死了多少人？"郭二媳妇哭着说，大哥没了，爹也没了，咱村死五六个呢！郭二听罢，当即又昏厥了过去。

于家围的夜好深。空气宛如凝固了一般。

七

大运河蜿蜒千里，不知承载着中华民族多少可歌可泣的故事。八里桥之战，中国军民的鲜血染红了通惠河。经过于家围村里几个头人协商，人们一致决定，将此次在八里桥之战捐躯的村民集体埋在村北的一块公墓上。由村里出钱，专门派人进行看守。

郭二的身体慢慢恢复了。他每天都要到父兄的墓地去看一看。媳妇劝他，你身体还未完全康复，还比较虚，不宜到那地方去。郭二骂道："你懂个屁，真乃妇人之见。我去看自己的父亲、哥哥，他们是大英雄，有什么不可以？"

过了百天之后，郭二的身体基本恢复如初了。也就是在这一天的夜晚，不知什么人把村西头的洋教堂给烧了。奇怪的是神父杨约翰居然没有跑，他把自己吊成一个十字架，就那样在大火中死去。人们说火是郭二烧的，也有的人说，那是神父自己烧的，他想以此来向中国人谢罪。后人在整理村史材料时，曾到几个档案馆查证，均没有记载。既然如此，那我们就把这段历史交给时间去解释吧。

2018年10月6日西坝河

（原载2019年第7期《中国作家》）

西皮流水

　　那是一九四二年的冬天，这年的冬天来得早，人们还没准备好过冬的棉衣，暴风雪就堵住了村里人的柴门。家里的人蜷缩在土炕上，等着爷爷从北平城里回来。爷爷是手艺人，在前门外的翠香楼做厨师。我们这个村子当时还属于通州，归河北管辖。事实上，当时的通州也不归河北管了，它归大汉奸殷汝耕的伪冀东自治政府管。

　　爷爷一年也回不了村子几次，尽管他成家还不到三年。奶奶也是通州人，她家很穷，十四五岁就嫁到我们陈家，我猜测她家是看中我爷爷是在城里做事，有饭吃，有钱花。可他们不知道，我曾祖父那一辈家里已经开始败兴了，听我父亲说，在民国初年，我们家在前门一带还开过钟表店的。后来随着战事不断，再加上村里人经常到店里白吃白住，这钟表店也就屁股冒烟倒闭了。多亏我曾祖父留了后手，让我爷爷十三四岁就到饭馆里学徒。爷爷手艺自然不错，在七八十年代，我亲眼看他炖红烧肉，蒸白面馒头，那形状，那味道真叫一个绝。只可惜，我父亲没有跟我爷爷学得一招半式，否则我就不会一辈子只吃我妈做的家常菜了。

　　城里人不同农村人，有文人形容说，山里的星星多，城里的厕所多。而在我看来，城里和乡下的差别还有很多呢。譬如，农村晚上夜生活少，冬天一摸黑，人们就开始钻被窝了。在贫穷的年代，家家孩子多，其主要原因就是人们的生活方式为制造孩子提供了温床。爷爷过去家境好，经常随我曾祖父到广和楼去听戏，也喜欢约几个票友去下场子凑热闹。这点我父亲倒是耳濡目染，学了几段黑头花脸，闲暇没事，找几个戏迷时常在自家的庭院唱上两三个小时。

爷爷从城里回来，总是能带着雪白的馒头，炖熟的猪头下货，钱多心情好时还有点心、茶叶、白糖，这让村里人很是羡慕。六十年代初，我母亲嫁给我父亲时，爷爷还保持着过去的习惯。村里的街坊，本姓族人，不管岁数大小，男女老少，都盼着爷爷从城里回来的日子。这些人会在爷爷回来的这一两天，一起吃肥肠，喝花茶，还能听爷爷讲城里有意思的故事。爷爷高兴了，顺便免不了还要唱几段京剧。待爷爷回城了，家里又恢复了往日的冷清。我奶奶把剩下的熟肉、点心偷偷地藏起来，留着给她和我姑姑吃。我母亲则一边到田地里干活儿，一边还要每周用篮子到五里路远的煤站去担煤。煤担回来了，母亲负责生火，这火除了自家做饭烧水，其他的邻居家也提着水壶到我们家里烧水。一天两天可以，时间长了，母亲就忍不住了，对奶奶埋怨道："您不能这样过日子，火老这么烧，得花多少钱啊！"奶奶说，她也没办法，都是老街旧坊的，赚便宜习惯了，想说也拉不下这个脸来。母亲说，得罪人的事您不愿干，我干，反正受累的人是我，再挨点骂也算不得什么。

母亲的怨气并没有制止那些到我家赚便宜的人，他们反而联合起来给我母亲开了一个批斗会。我母亲不服，他们就孤立我母亲，让村里人跟我母亲不说话。

话有点扯远了。再说一九四二年冬天，我爷爷是在阳历年前夕那天从城里赶到村上的。以前他回村里都要从双桥火车站下车，然后步行七八里地才能到家。这次他是搭一辆进城送棉花的马车回来的。车把式是爷爷的一个熟人，家住在咸宁侯村。咸宁侯村在我们于家围村东北五六里地，再往东是郭家场村，往南是双树村、石槽村。这几个村之间是一马平川，约有三千亩庄稼地。每年的春种秋收，少不得

西皮流水　　115

农人们聚在一起劳动的热闹场面。兴许这地方离北平较近，在卢沟桥事变之前，虽说农家的日子不富裕，可温饱还是能解决的。等进到1940年，随着伪冀东反动政府的建立，驻扎在通州县城里的汉奸、特务、伪军以及地痞流氓，便经常到这一代祸害。听我母亲说，她小时候就知道了家围这边闹土匪。人们到这里的村上串亲戚，一般都上午早来，下午早回，生怕撞上土匪恶霸。这些人，是不会跟你讲理的。

爷爷的敲门声是在晚上十一点多传来的。农村人冬天睡觉早，晚十点已经算是夜深人静了，爷爷的敲门声惊动了街坊的几只机警的狗，它们跟商量好似的，汪汪地一阵乱叫，仿佛家里遭了匪劫。奶奶虽然已经是两个孩子的母亲了，但毕竟还是女人，胆小不敢开门。还是我老祖奶奶经事多，胆大，她跋拉着小脚去给爷爷开门。爷爷进来，浑身是白雪，手里拎的东西好像被打劫过，有一搭没一搭的。祖奶奶见儿子这样，就问，儿啊，您怎么赶这么个天回来啊？爷爷说，我做梦了，梦见一家人过年没饭吃了。祖奶奶用笤帚把爷爷身上的雪扫净，这时奶奶已经起来把煤油灯点着。奶奶问，饿了吧，我给你煮点粥吃。爷爷说，我不饿，你们都抓紧睡吧，屋里冷。

爷爷喝了一碗热水。由于紧张，他现在根本无法入睡。他斜靠在外屋一堆麦秸上，回想着几个小时前的一幕。

中午饭店打烊后，爷爷就把厨房的火封好。他把事先买好的三十斤玉米面和三四斤猪下货，以及二斤肥猪油包好，径自从前门往东便门走。他和咸宁侯村往城里送棉花的老朋友吴二哥约好了，下午三点会面。吴二哥家是干脚力行的，他爷爷过去拉洋车，后来有了几个钱，在咸宁侯村娶了个媳妇。儿子大了以后，他就花钱买了几亩薄地，又置办了一头大青骡子。农活重的时候，就用骡子耕地、装运粮食。农闲时，就套上大车，让儿子去给有钱人家运送货物，赚点零花钱。等吴二哥长大后,他爷爷去世了,家里的大青骡子也死了。他父亲随着年龄增大,再加上得了痨病,就不再做苦力活了。吴二哥从小不喜欢骡子,他喜欢马,而且是枣红马。只可惜通州附近没有什么像样的马。后来,他托人从张家口那边弄来一匹枣红马,个头虽然不太大,但瞅着精神。前些年,吴二哥就是凭着这匹枣红马,不但往返北平城挣了钱,还说了一房漂亮媳妇。那媳妇可不是村里的丫头,是通州城里一个正儿八经买卖人家的闺女。

爷爷到了东便门后,稍等了五分钟,吴二哥赶着马车就过来了。车厢里可不是空的,有散装的白酒、米醋、酱油、黄酱,也有被面、针头、线脑等杂货,这都是他从虎坊桥摊商那儿批发来的。今天他回家,明天一早再去通州给老丈人的杂货铺送去。见到爷爷来了,吴二哥客气地说,兄弟让你久等了,这几天城里查得紧,耽误了点时间。爷爷说,兵荒马乱的,是得当心点。吴二哥压低嗓门说,实话跟你说,这日本人不是东西,还有比日本人更不是东西的,你猜?实话告诉你,是汉奸,穿便衣的汉奸。要是被他们盯上了,肯定没有好果子吃。爷爷拉了拉吴二哥说,大雪天,不说了,当心让别人听见,咱们赶路吧。

大车出了东便门,沿通惠河奔高碑店走。过了高碑店,是花园闸,再过了花园闸,就来到双桥火车站。双桥火车站建的时间不长,不过三四年时间,主要是为了连接伪冀东政府和北平城里的日本人方便。殷汝耕这个大汉奸,虽然他手里也有几万人的队伍,可他还是担心八路军哪天从平西太行山上过来,要了他的脑袋。兴许是快到家了,爷爷和吴二哥两个人不由说唱起来。吴二哥不喜欢唱京剧,可对城里的奇闻轶事知道得不少。路上他会眉飞色舞地讲给爷爷听。爷爷喜欢京剧,来了兴致,便来段西皮二六:"我正在城楼观山景,却原来是司马发来的兵。你连得三城多侥幸，我诸葛在敌楼把驾等，我又无有埋伏又无有兵。"唱到高潮，吴二哥就会手摇马鞭在空中打了个脆响，口中叫道："好！"于是，爷爷又十分得意地来一段《贵妃醉酒》。

爷爷和吴二哥的年龄当时也就二十五六岁，对于国家政治，对于日本军队为什么侵入中国，卢沟桥事变到底是怎么回事，他们大抵是不怎么关心的，至多也就是私下里议论一下。他们觉得，这国家大事，轮不到他们这等平头百姓去考虑，他们要做的就是出苦力，挣点钱，让一家老小过安稳日子。可他们哪里会知道，树欲静而风不止，正当他们俩春风得意、沾沾自喜时，一场大祸就摆在了眼前。

以往，他们从火车站后街走是没人管的。今天，却突然增加了岗哨，两个日军，四个伪军。爷爷在城里工作，成天见日本人、伪军、汉奸、警察，心里并不怎么怕。吴二哥呢，天天跑运输，见多识广，对这些日军、伪军也不打怵。他们赶着马车，来到岗哨近前，一个伪军冲着吴二哥喊道："站住，你们是干什么的？"

吴二哥赶忙欠欠身回答："老总，我是到北平城里送棉花的。"

"那你呢？"伪军又看了我爷爷一眼，问道。

"老总，我是前门外翠香楼的伙计，这是回村里看老人孩子。"

"你们不知道吗？今天皇军要在这一带建电台，所有的人出入都要检查。"

"建电台？电台是干啥的？"吴二哥一头雾水的问。

"八嘎，再问死啦死啦的！"这时，一个日军过来吼道。

见日军发火了，两个伪军凑近车厢，朝里边看了看，说："这里边都装了什么东西？"

"就是一些老百姓生活用的油盐酱醋，针头线脑。"吴二哥从容地回道。

"胡说,谁家一下能买这些东西?我看你们俩是通共,给我抓起来!"

"老总,你们不能这么冤枉人。我这是给我老丈人批的货,明天就送到通州去。"

值岗的日伪军才不管你冤枉不冤枉呢,他们用枪托子将爷爷和吴二哥一通乱打,连车带人一起抓进了军营。军营位于火车站东南三四里路的地方,与咸宁侯村西只有几百米。这里以前是农家的玉米地,今天早晨以日军北平后勤机关偕行社鹤村为首的日伪军、便衣队,突然开进一百余人,他们在这片开阔地转了一圈后,最后确定在这里建立日军电台。我爷爷他们俩被抓进来的时候,这里已经有周围几个村的四五十号青壮年被关在一顶帐篷里。见我爷爷和吴二哥长相跟村里的小伙子有些不一样,鹤村就让两个伪军把他们押过去审讯。

鹤村问我爷爷:"你的,什么的干活?"

爷爷回答:"我的北平城里饭店里的厨师,回乡下看老人孩子。"

"厨师?"鹤村疑惑地围绕着我爷爷转了一圈,"你在哪个饭店?"

"前门外的翠香楼。"爷爷很是骄傲地说。

"翠香楼,呦西。大大地好,我的和中国朋友去过。"鹤村一听说是翠香楼,马上来了精神,他眼珠一转说道,"我的跟你商量一下,你能否今晚给我做几道菜,让皇军米西米西。"

"不行啊,皇军,我的今天是回家,老人和孩子还等着米下锅呢!"

"混蛋,什么他妈的不行,皇军说让你做菜你就做菜,别给脸

西皮流水 119

不要脸。"一个便衣打扮的家伙从斜刺里钻出来,恶狠狠地对爷爷吼道。

"八嘎!对他的动粗的不行。"鹤村显然对便衣特务的做法有些不满。

鹤村今年快四十岁了,军衔是少佐。这个家伙参加了卢沟桥事变,杀人如麻,据说进城后亲手用刺刀挑死了三个受伤的国民党士兵,许多年轻的日本士兵都视他为英雄。本来,这几年他的官运可以更好一些,只是他的性格太过于凶猛,不适合在相对和平的北平城里与各种人流打交道。为了磨砺他,军部有意安排他到偕行社,做后勤保障供应。他此行来双桥的目的有两个,一是建立电台,二是在咸宁侯、郭家场、双树、石槽、于家围之间的三千亩土地上强行建立农场,专门为城里的日军军部机关提供牛奶、鸡蛋、蔬菜、猪肉等副食品。临来双桥之前,军部长官专门找鹤村谈话,希望他尽可能采取绥靖政策,最好能让当地的伪政权和老百姓配合,不到万不得已,决不允许开枪杀人。鹤村带着一小队日军骑兵和一中队的伪军,是今天凌晨五点从北平城里开过来的。

鹤村先来到双桥火车站,驻守在这里的日军军曹见鹤村来了,很是逢迎,专门在中午为鹤村准备了一桌酒菜。鹤村在北平城里的饭店吃惯了嘴,觉得双桥火车站的饭菜一点也不好吃。他喜欢中国菜,而且还有一定的研究。他来双桥前就想,我这次带着这一百多人到了那荒郊野外的地方,虽然在生活上有标准供应,但要像北平城里那样过美食日子,恐怕就难了。他曾设想,要是能从北平城里带一个像样的厨师跟着来就好了。可他又不敢太张扬,他知道他正处在军部的考验期。

正式行动是下午开始的。鹤村让当地的伪乡长、伪保长下午两点到双桥火车站站长办公室开会,由于外面下雪路滑,有两个保长晚来了十分钟,结果鹤村非常恼火,让手下人分别打了二十个大嘴巴。接着,他宣布命令:根据日本关东军驻北平军部命令,决定从即日起在双桥一带建立日本电台和农场,涉及所有当地农民土地,一律无偿归皇军所有,失去土地的农户,想要在农场做工,可以优先安排,凡有不服从命令者,一律枪决。

鹤村的命令,让前来开会的伪乡长保长面面相觑。他们不好说马上执行,又不敢说不执行。看到这些伪乡长保长惊恐的样子,鹤村说,你们马上回去宣传,我随后派部队到各村配合,最好今天就能招上几十个农场工人,记住,一定要年轻力壮的。对工作开展好的,皇军将大大的奖赏。

"日你日本人的八辈祖宗!"出了火车站,挨打的两个伪保长冲着天撕心裂肺地吼道。

此时,雪下得更大了,像棉絮像鹅毛更像送葬人抛撒的纸钱。

因为是下雪天,工作进展得并不是很顺利。鹤村最后下了死命令,天黑前就是捆也要捆来几十个农场工人。开始,这些年轻的后生还想反抗,但一听到日本人朝天放的枪声,他们不得不低下了头。来到电台的选址地,鹤村让他们挖壕沟,搭窝棚,直到七点才干完。这时,双桥火车站的日本军曹来电话,问鹤村今晚几点到火车站歇息。鹤村想都没想说道,就在野外驻扎,我要让中国人看看皇军的意志有多强大。

就在这当口,我爷爷和吴二哥被几个日伪军给抓来了。本来鹤村就好吃,又逢今天是个风雪交加的日子,一个厨师的出现,不亚于是上天送来的礼物。鹤村当然要对爷爷笑脸相陪了。

鹤村把翻译官叫到一边,耳语了一阵,翻译官便笑呵呵地把我爷爷叫到背风处说,兄弟啊,咱们都是中国人,我实话告诉你,这个日本军官叫鹤村,非常凶残,杀人不眨眼,他有心让你到农场当厨师。你要是答应呢,每月给你开的工资比你在城里饭店多一倍。你要是不答应呢,他说不定会翻脸。他要是翻脸,轻则打你个残废,重了,说不定会要了你的命。你考虑一下吧。

听完翻译官的话,我爷爷的心忽悠一下,感觉头都大了。他想,这留与不留都是个问题。留吧,专门伺候日本人,这跟汉奸没什么两样。不留吧,说不定这个日本鬼子真能把我杀了。我死是小事,可一家老小怎么办?我爷爷陷入了两难的境地。

在翻译官同我爷爷交流的时候,鹤村又开始审问吴二哥。鹤村问:"你的车里拉这么多的副食品,足够一个连吃半年的,你的是不是私通八路?"

"冤枉啊太君,我吴二哥长年做买卖,跑货运,城里城外谁不知道啊!"吴二哥一脸委屈地回答。

"你的胡说,如果不从实招来,死啦死啦的!"

"我真的没有私通八路,我们这地方连八路的影子也没见过呀!"

"我看你不老实,良心大大的坏了。"鹤村突然脾气暴躁起来,他左手抓起吴二哥的胸襟,右手跟着就朝吴二哥的面门打来。吴二哥从小练过武术,对鹤村这种蛮横不讲理,他再也压不住满腔的愤怒,身子往旁边一闪,顺势提起右腿,照着鹤村的裆部猛踢过去。鹤村躲闪不及,当即被踢得仰面倒下,双手捂着裆部嗷嗷怪叫。这下,站在一旁的日本鬼子不干了,五六个人端着刺刀一起冲向吴二哥。吴二哥也真不简单,抄起一根木棒跟日本鬼子拼打在一起,开始他还能抵挡一气,无奈好汉难敌四手,最终因寡不敌众,被鬼子活活地挑死在地上。临死前，他冲着看得已经发呆的爷爷喊道："兄弟，想着到我家捎个话，就说我死的不孬！"

"吴二哥，好样的！"抓来的人群中，不知是谁喊了一嗓子。于是，所有的人都一起喊道："吴二哥，好样的！"

战争期间，每天都会死人的。自从卢沟桥事变后，人们对日本人枪杀中国人已经习以为常了。尽管如此，生活在北平东南郊的这一带人，当他们亲眼看着自己的同胞被日本人杀害时，老实善良的人们还是被震慑住了。大家呆呆地看着被鲜血染红的吴二哥，以及他身下染红的雪地，没有一个人敢站出来反抗。此时的空气都快被凝住了。

鹤村摇晃着身子站起来，跟跄着走到吴二哥的尸体旁，他猛地从腰肩抽出明晃晃的战刀，照着吴二哥一阵乱砍，那节奏如同中国京剧唱腔中的西皮流水，让人看得酣畅淋漓。即使这样，鹤村还嫌不解气，他命令翻译官把我爷爷叫过来。鹤村吼道："你的要像剃猪肉一样，把这个混蛋一刀刀凌迟。"

"太君，这个万万不能的，他已经死了，您就行行好，让他留个全尸吧。"

"八嘎，绝对的不行！他冒犯了皇军，必须凌迟。"

"太君，他千不对万不对，您就看在我的面子上，我答应给您做厨师了，还不行？"爷爷说着，用祈求的眼光看着翻译官，希望他帮着来说情。

翻译官知道鹤村此行到双桥来的真正目的，他走到鹤村近前，叽哩哇啦地说了一通日语，意思是说，这个叫吴二哥的人尽管触犯了皇军，但毕竟被杀死了。如果要继续凌迟，势必会激起地方老百姓的众怒，一旦事态扩大，将不好收拾。鹤村想了想，就对我爷爷说："你的良民大大的，就给你个面子。不过，这件事永远不要说出去，

西皮流水

如果要说出去，就全家死啦死啦的！"

见状，翻译官连忙就势讨好鹤村说："我看这里的环境太恶劣了，您还是到火车站歇息吧。"

经过一下午的折腾，鹤村现在也确实感到累了。他对翻译官说，"也好，开路，开路的。"

鹤村决定，他带一个班的日军到火车站居住，其余的日伪军都留在电台营地。翻译官问吴二哥的尸体是否可以通知村里来人领走，鹤村喝道："不行，拖到荒地里掩埋，绝对不要让老百姓知道。"

我爷爷没有办法，他只好跟着翻译官带着几个伪军，在两个日本兵的监督下，把吴二哥偷偷地掩埋了。掩埋完，爷爷跪在吴二哥的坟前，哭着唱了一段西皮流水《铡美案》。两个日本兵看着我爷爷一腔悲愤的样子，不明白怎么回事，翻译官只好糊涂着解释说，这是中国人的习俗，人死后都要唱歌。

晚饭后，日伪军在帐篷外燃起一个柴堆，让抓来的村民不断地从四下找柴火烧。趁着夜色，在翻译官的帮助下，我爷爷悄悄离开电台军营，他先到咸宁侯村吴二哥家，告诉他媳妇吴二哥在城里出了事，被日本宪兵队抓走了，具体什么时候放出来，也说不定。然后，他才在雪野中深一脚浅一脚地走回家。

现在，爷爷面对着凄凉的四周，想想几个小时前的一幕，他想哭，又哭不出来。他的牙关咬得紧紧的，他恨不得把鹤村那帮小日本千刀万剐了，这帮没人性的畜生！他今晚必须做出决定，要么明天去电台军营，为鹤村做厨师；要么远逃，北平城是去不成了。去哪里呢？去天津，去保定，可那里也有日本鬼子啊。于是，他想到了平北，据说那里有抗日游击队。可是，到了游击队他会干什么呢？难道给游击队做饭不成？

爷爷在各种想象中睡着了。当他醒来的时候，发现街门已经被打开了，村里几个年轻的后生走进来，兴奋地对爷爷说："大哥，告诉你一个好消息，昨天夜里平北游击队来了，把火车站的炮楼端了，听说打死了一个少佐。你在城里见识多，这少佐是多大的官啊！"

"啊，鹤村死了，鹤村死了！"爷爷听到鹤村死了的消息，不由得大声惊叫起来。后生们有些奇怪，问爷爷："怎么你知道那个日本少佐叫鹤村？"

"对，这个刽子手欠咱们中国人的太多了，该杀，该杀！"

"该杀那你就给兄弟们唱一段吧。"

"不行，这里距电台兵营太近。我们还是留着以后再唱吧。说不定鬼子马上就会来报复的。"

"来吧，我们都准备好了。我们再也不当亡国奴了。"

"对，我们再也不能忍让，再也不能当亡国奴了！"

村里的后生们坚定地喊着。此刻，爷爷决定哪里也不去了，他把菜刀别进腰里，他要和后生们一道，不惜用生命去保护自己的土地，还有自己的亲人和同胞。

2015年6月27日西坝河

（原载2015年7月6日《中国艺术报》）

红头绳

　　朝丰家园是一个新社区，位于萧太后河北岸。这几天，在社区6号楼的宣传栏有人贴出寻人启事：本人谢先生，从小在萧太后河边的梁家湾村长大，初中二年级时随姥姥到香港定居。如今已经六十有五，思乡心切，现已在朝丰家园购房，为解孤独，特征寻昔日小学同学信息，如有知情者望速与本人联系。电话135××××××6。

　　梁家湾村是个大村，紧邻萧太后河。萧太后河在辽代建成，传说是经萧太后发现命名的，距今有一千多年。听梁家湾的老辈人说，在清末的时候，这河还能通船。后来，由于在通惠河修了陆路，水路，也就是漕运，便逐渐退出了人们的视野。这萧太后河，上接北京城，下通通州张家湾的大运河漕运码头，是北京有名的运粮河。

　　谢先生本名谢广达，祖籍山东，明朝朱棣进北京，他们一家人便沿着大运河顺流而上，不知道是为了开荒种地，还是打仗负伤，反正由此就在梁家湾村扎了根。谢广达生于新中国成立初，他姥爷家新中国成立前在前门外开一家钟表店，日子虽然说不上花钱如水，倒也过得殷实。谢广达的父亲谢佳山在梁家湾一带十里八村有点名声，主要是习武，没事喜欢到天桥去看摔跤把式，凭他那两下子，断然是不敢下场子跟高手过招的。不过，外行看热闹，内行看门道，看的次数多了，谢佳山也就成了行家里手。回到村里，他在萧太后河边装了几车沙子，在自家的场院铺就了一个摔跤场，村里的后生们农闲时，便都到这里进行摔跤比武。

　　话说一日，谢佳山照例到天桥去看摔跤把式。谁知，在路过一个演杂耍的地摊前，围了一圈人，好像里边的人在表演吞铁球，正当人们看得目瞪口呆之时，忽听得有个女子的尖叫：抓流氓啊！人们注目一看，发现有个街头无赖正在骚扰一个看杂耍的少女，少女的旁边则站着她的母亲。在天桥这个人声嘈杂的地界，经常会出现这种情况，一般会有维持秩序的警察或治安员来出面制止。如果遇到特别霸道的恶霸流氓，警察也只可睁只眼闭只眼。今天，正赶上巡逻的警察刚从这边经过，那流氓就胆大妄为地对小姑娘动手动脚。人们怒目而视，纷纷指责那流氓。那流氓并未收敛，在小姑娘面前还在污言秽语。这时，一旁的谢佳山实在忍无可忍，他箭步冲上前吼道：住手！那流氓被这洪钟般一声怒吼着实吓了一跳，但看了看四周，发现只有谢佳山一个人出来挡横，就仗着人多瞬间把谢佳山围了起来。谢佳山那时年轻气盛，手底下又会几下功夫，不由分说便和几个流氓打了起来。经过几轮交手，双方都流了血，后来被赶过来的警察给劝开了。姑娘妈见谢佳山受伤了，千恩万谢后说什么也要拉着谢佳山到附近的中医诊所去包扎。本来，谢佳山是不想去的，练武之人受点皮外伤是经常发生的，不必大惊小怪。但她看了看小姑娘，确实给了他许多好感，他也就随着那娘儿俩去了。

  谢佳山到诊所看完病后，姑娘妈把他拉到钟表店，对当家的说，小燕刚才被流氓骚扰了一下，多亏遇到这个小伙子见义勇为，挺身而出，不然不知道要发生什么。小燕爹看着小燕妈说，我说不让你们出去凑热闹，你们就是不听，你看，差点出事不是？小燕妈见当家的责备自己，也不示弱，说，你竟顾埋怨人了，也不说声谢谢小伙子。谢佳山一听，连忙摆手说，您别客气，我不就是动动力气嘛。小燕爹让谢佳山坐下，给他倒了一杯花茶，开始攀谈起来。

  从聊天中得知，小燕爹也并非是北京人，他辛亥革命后随叔叔

红头绳 127

从苏州沿着大运河一路向北,先到通州干了几年,后来买卖做大了,才搬到北京城。谢佳山对小燕爹开玩笑说,敢情你们家和我们家一样,都是顺着大运河漂来的。您这是从通州经过通惠河到的北京城,假如不走这条水路,而改走南边的萧太后河,说不定您就在我们梁家湾村落户了呢。小燕爹一听,乐了,谁说不是呢。不过,他在通州那会儿,就知道在通州西南八区有个梁家湾村,相传那村和东边的口子、垛子几个村经常闹土匪,有绑票的,很多人都不敢轻易到那几个村去。

谢佳山虽然在梁家湾村生活了二十几年,如果小燕爹不说,他还真不觉得这村子在外边有这么大的名声。谢佳山告诉小燕爹,梁家湾这几个村哪里有那么多的土匪,无非是明末清初闹过一阵白莲教,人们想反清复明罢了。现如今,已经到了民国,谁还管他什么白莲教不白莲教,这年头老百姓能踏实过上几天安生日子就不错了。

在小燕家钟表店喝罢一杯茶,谢佳山告辞。临出门,他不由得回头看了一眼小燕,他发现小燕也在看着他。而且,他还看到小燕的一条小辫子飘在胸前,在辫子的末梢,分明扎着一条红头绳,虽然那红头绳只有蜻蜓那么细小,可在阳光下倒也抢人的眼。谢佳山感到心里一慌,拔脚就跑远了。

村里的小姑娘也有扎红头绳的。但村姑明显要土得多。自从到过小燕家的钟表店,谢佳山再到城里,拐弯抹角总想着法子要经过那里,是为了看小燕,又不完全是。有时,他自己也觉得自己不好意思,只是远远地看一眼钟表店的牌匾,然后就折身回返。有几次,他走到钟表店门口,他特别想进去,但又觉得冒失,犹豫了好一阵,还是踌躇地走了。终于有一天,他看到小燕一个人出来,好像上街买东西,他便故意装成没事人似的从对面过来,当擦肩就要过去时,他装作不小心撞了小燕一下，等小燕刚一抬头，正要说话的当口，他先惊讶地叫道："怎么是你？"

对于谢佳山的出现，小燕自然惊喜望外，她也不由得叫道："哎呀，怎么是你？"

小燕告诉谢佳山，她这是要到菜市场买菜。她问谢佳山，你这是干吗去？谢佳山说，在村里闲的没事，到城里转悠转悠。小燕说，那好，没事你陪我买菜去吧。

小燕这一年已经17岁，按那个年代，都该有人上门提亲了。不过，小燕不想这事，她还准备上大学呢。可世间的事往往不以人的意志为转移，转过年来，小燕家的钟表店在一天夜里遭到一伙人打劫，不但把抽屉里的钱抢走，还把小燕爹的头部给打成重伤。小燕爹又急又气，眼看就要不行了。临死前，他把小燕妈叫到床前说，他快不行了，他死后娘儿俩最好不要再待在城里了。他平常日子观察，谢佳山这小伙子不错，人也勤快，可以把小燕许配给他。这样，他死后也就放心了。最后，他还交代，如果将来时局不好，她们也可以想办法联系在香港的本家二爷。

小燕爹走了。在谢佳山的帮衬下，在梁家湾村南的一块荒地上他们为小燕爹选了坟地。小燕妈对谢佳山说，你叔临走的时候做了交代，如果你同意，就把小燕嫁给你。谢佳山听后犹豫了一下，小燕妈脸一红说，你难道——谢佳山连忙说，我打心里乐意，只是我怕别人说我这是乘人之危。小燕妈说，你多想了，我问过小燕，她同意。

按照农村的习俗，家里死了老人，如果后人要办喜事，得过百天。这样，过了四个月，谢佳山在小燕刚满18岁时，就把她娶了过来。起先，小燕妈把城里的房出租，每月能有点收入，后来兵荒马乱的来去也不方便，索性就把房子给卖了。事后，谢佳山对小燕母女

红头绳 129

说，早知道有今天，当初你们家直接顺着大运河直接漂到梁家湾村就好了，绕了一大圈，得多费劲呢。

转过年来，小燕有了身孕，为谢家生了个儿子，取名谢广达。这是1949年末，北平刚刚解放。谢广达人小鬼大，聪明伶俐，很是招人喜欢。谢佳山对于儿子更是爱不释手，他在一岁头上，就开始给儿子留小辫子，那小辫子大约一指多长，谢佳山经常帮儿子梳头，他还特意买了一扎红头绳，系在孩子的辫子上。看着爷俩的亲热劲，小燕不由醋醋地说，早知道给你生个姑娘多好。

北京解放了。谢广达一天天长大了。直到上了小学三年级，他的头上还梳着小辫子。同学们淘气，给谢广达起了个绰号，叫小辫子。也有的同学更淘气，经常趁谢广达不注意，故意揪一下他的小辫子，疼得谢广达直叫唤。他回家央求父亲，把小辫子给我剪了吧，要不同学为这老欺负我。父亲说，再长一段，那头发是父精母血，留起来不容易。

谢广达天生老实，或许是他父亲一直把他当姑娘养给惯的。他喜欢和女孩在一起玩。在他上四年级的那一年夏天，村里发生了新鲜事。新成立不久的人民公社有了电影放映机，要在每个村进行轮演。在村里可以像城里人那样看电影了，大人们很期待，孩子们更期待。那时，播放的电影主要有《南征北战》《白毛女》《钢铁战士》《渡江侦察记》等。对于这些电影，孩子们连听都没有听说过。在孩子们的心里，只要能有电影看就行，至于说演什么谁演的，在当时人们还没有个人选择的权利。

放电影的地方在萧太后河边的场院。电影要晚上演，而且片子是跑片，即张村放完第一部分转给李村，李村看完转给梁村。村上没有电，放映队要自带发电机。村里只负责两个放映员的派饭，轮到谁家到谁家去吃。在梁家湾村,谢佳山家经济稍富裕,家里被小燕妈收拾得也干净利落。因此,村支书就把第一次吃派饭的机会给了谢佳山家。

谢佳山这时在村里担任着小队长。他把放映员到家吃饭这事看得很重,他让小燕妈杀了一只大公鸡,又买来一斤猪头肉,烫了一壶通州老窖。放映员也不客气,大葱蘸酱,烙饼卷猪头肉,不到十分钟就吃完了。谢广达年龄小,按村上的规矩,孩子未成年,是不能和大人同席吃饭的,更不许喝酒。小燕心疼儿子,就盛了一只鸡腿和几块鸡肉放到小碗里让孩子躲在厨房吃。谢广达吃着鸡腿,伸着耳朵听大人们说话。从聊天中,谢广达知道,今晚要放的电影是《南征北战》。

谢广达是自己拿着板凳到场院等着看电影的。他以为放映员还没到,人们不会来得那么多。哪想,到了场院,才发现黑压压的到处都是人,有坐着的、蹲着的,还有的就直勾勾地戳在地上。更有意思的是,居然有人还跑到幕布的后面,紧靠河边去看,据说反着看跟正着看效果一样。谢广达找到一个人比较少的地方,他想钻进去,发现人们都比他高,就只好把椅子放在一个相对较低的人后面,然后双脚蹬了上去。这下好了,他比前面的人高出半头,可以真真地看到眼前的大幕。

电影开始了。人们屏住呼吸,静静地观看。谢广达不明白,那一个个画面怎么就通过一束光瞬间就能呈现在大幕上,幕布上的大炮、坦克开起来真吓人啊。谢广达看得异常兴奋。看着看着,他隐约觉得后面有人在拉他,回头一看,只见班上的女同学英子被他爸爸背着,好像是她嫌谢广达站得太高了,几次有意地揪了他的小辫子。谢广达回头看了一眼英子,英子也正看着他。他问,你怎么让你爸爸背

红头绳 131

着，多累人啊？英子说，我今天放学脚崴了一下，不得劲。谢广达下意识地看英子的脚，由于天黑，看不清楚，他就说，你站在我的椅子上看吧，我扶着你。英子说，我站上去，你站哪？谢广达说，我站你旁边。英子见谢广达是真诚的，父亲总是背着自己，时间长了肯定扛不住，就示意爸爸把她放到椅子上。

谢广达和英子爸爸一边一个，扶着英子看电影。谢广达的心紧张地跳着，虽然他与英子是同学，但平常日子很少说话。英子的头发上也扎着红头绳，她们女孩都会唱几句《白毛女》中的"北风那个吹"。因为白毛女的故事，人们对红头绳格外关注。在梁家湾，即使再穷的人家，也不会不给姑娘买上几根红头绳的。

夜晚的萧太后河很静谧。电影大幕把河水映耀得五彩斑斓。谢广达觉得这电影很过瘾，特别是当电影中结尾李军长所喊的"张军长，看在党国的份上，拉兄弟一把吧"出现时，他感到一阵的喜悦。后来，他们许多同学经常用这句台词揶揄对方。

谢广达一边看电影一边偷眼看旁边的英子。以前，他没怎么关注英子，觉得英子长相很一般，但今天晚上，他突然觉得英子太好看了。尤其看到英子脑后的红头绳，他很想解下来重新替英子扎好。英子也似乎觉察出什么，她的手扶着谢广达的肩膀觉得很踏实，她想，这谢广达年龄不大，心灵这般好，他的力量是属于男子汉的，跟平常日子的那种女孩气截然不同。看来，环境是可以改变一个人的。

电影放映的时间是九十分钟，相当于上两节课。谢广达这九十分钟一动不动，他甚至想时间就这么停止最好。可是，时间就是时间，不管你怎么需要，它还是一味地按照它的规律向前移动。电影结束了，英子的手从谢广达的肩头滑落，她本来想对谢广达说一声谢谢，可同学之间说出这样的话显得很生分。她想了想，只说了句，明天上学见。

　　回家的路上，谢广达走的特别爽。这是一个温暖的夏日。从这一天起，谢广达每天晚上睡觉前，都爱回味那天晚上与英子一起看电影的场景。他盼望着下一场电影早日到来。在农村，放电影是一个很奢侈的事情，一年能演上一场都很难。村里人为了看电影，有时会不惜走七八里地到附近的村庄、工厂去看。谢广达和他的同学上学时经常会彼此打听哪里演电影，如果有了准确消息，他们便几个人商量晚上如何结伴去。

　　谢广达还不敢单独约英子一个人去看电影，他会约上二蛋、花子等几个要好的伙伴一起去，看电影的时候，他会装作没事人似的，很自然地与英子坐在一起，有时也会站在一处。别的同学起先并不知道谢广达的心思，在一个少年懵懂的年龄，谁的思想会有那么复杂呢。谢广达承认他是个少年早恋的人，他感到一个人如果心里有了另一个人一切都变得那么美好。

　　当然，谢广达和英子的有意接触不单单是在看电影的晚上，即使在上学、放学路上，学校里他也会想办法与英子接触。譬如上学，他会在固定的时间出现在村口，等英子出现了，他就会紧跟几步走过去，两个人一起走。从家到学校，也就三四百米。上学的时候用十分钟，放学，往往就得用四十分钟。他们会故意走得很慢，或者有意绕着弯走，为的是多玩会儿多聊会儿。

　　两年后，他们面临着人生的重大抉择。谢广达顺利地考入公社的中学，而英子却因为家里还有弟弟、妹妹需要她照顾，只好回家帮助父母干活了。这让谢广达很沮丧，他总觉得这生活的梦才开始，怎么就结束了呢。他真想找他父亲谢佳山求求情，能不能把英子的学费一块儿交了。他不会知道，生活的艰辛往往并不是那几块钱的学费。

红头绳

有些事来的时候,一切都让人措手不及,无所适从。

政治运动来了。谢佳山先是站在革命的一边,去斗地主富农,后来查阶级成分,他媳妇小燕由于家庭出身小业主,就成了被专政的对象。谢佳山被免了职,和一帮被专政的对象一起去劳动改造。为了尽快摆脱这困境,在一天的朦胧月色中,他怀揣着两只小白兔给村支书家送去,结果被政治工作队的人给抓住。于是,把谢佳山弄到场院里开大会进行批判。村里的孩子见到谢广达就喊:谢佳山夜走独木桥,丢了大白兔,书记被打倒。谢广达听到这喊声,觉得羞愧难当,恨不得一头撞死在村中央的井台上。他埋怨谢佳山,您干点什么不好,干吗非得给村支书送什么大白兔。谢佳山听后只是唉声叹气,他尽管浑身都是武术功夫,可是,在汹涌澎湃的政治波涛中什么也抵不上。哪怕是一句口号,也能把你打得体无完肤。

谢佳山的媳妇小燕变得沉默寡言了。她的头发胡乱地散着,哪里还敢再扎什么红头绳,她现在是黑人,是人们躲之不及的瘟神。谢佳山怕媳妇想不开,就每天装着笑脸哄她,让她相信这政治就是一阵风,来得快,走得也快。凡事忍个三年两载就会过去。小燕说,我们好办,可是广达怎么办,他还是个孩子呀!谢佳山说,我能怎么办,咱们又不会七十二变。谢佳山两口子的对话,被小燕妈听到了。老太太虽然年龄大了,不怎么出门,可对于女儿姑爷的处境也是忧心忡忡。老太太说,我倒想起一件事,记得小燕爹临走的时候说,如果将来遇到什么难处,可以联系他香港的二叔,说不定人家能帮上咱们。谢佳山说,是有这么回事,可咱们这么多年也没跟人家联系,不知还有没有可能。老太太说,事到如今,死马就当活马医,写封信试试吧。

一个半月后,村里突然来了一封挂号信。谢佳山取回来一看,竟然是香港的二爷的亲笔信。意思是他年事已高，思乡心切，多年来也一直打听他们这一家的下落。他很希望小燕一家能到香港定居。小燕看着这信，又惊又喜。她和谢佳山一连商量了几个晚上，决定去找村支书申请。村支书还是第一次处理这么政治敏感的问题，他不敢做主，就请示公社，公社又请示区政府。最后，几级政府商量的结果是，孩子谢广达和老人小燕妈可以去香港，谢佳山两口子必须留在村里接受劳动改造，至于将来怎么办，那就等将来的政策去解决。

谢广达和姥姥要远走香港了。姥姥临走前，来到小燕父亲的墓前哭了一阵，她说她这一走不知道还能不能回来。她嘱咐谢佳山，不论发生什么事情，都要好好陪着小燕。小燕在梁家湾没有别的亲人，她的一生只能依靠他谢佳山。谢佳山说妈您放心，我和小燕永远不离不弃，我们肯定还会相见的。老太太让谢广达给小燕爹磕了三个响头，让小燕爹在那边保佑他们一家平安。

临走的头一天傍晚，谢广达鼓足勇气到英子家，他似乎有很多话要对英子说。可到了英子家，他又不知该说些什么。他把英子约到门外的大槐树下，他们就站在那聊聊同学聊聊电影，英子说，听说香港特务很多，你去了那边可要当心呢。谢广达说，没事，我去了也是当李侠，去打入敌人的内部，等香港解放时，我给解放军当内应。英子说，一言为定，我等着你胜利的好消息。

不知不觉，月亮爬上了柳梢头。分手时，谢广达突然拥抱了英子，英子开始想喊，但瞬间又顺从地依偎在谢广达的怀里。谢广达抚摸着英子的头发说，你真好看。英子脸一红，说羞死人了。谢广达说，你的红头绳松了，我给你重新扎起来吧。英子说，你小时候难道没扎够？谢广达说，我讨厌我爸爸给我扎，但我很想给你扎。英子说，你说的是真的，就没想过给别的女同学扎？谢广达紧紧地抱住英

红头绳 135

子，说，我向毛主席保证，只想给你扎。说完，他就认真地为英子扎起红头绳。

梁家湾的夜色迷人。萧太后河水多情得不露声色。谢广达走了。和他的姥姥一起走了。他们走的时候，河水依旧。人们不会因为这村子里走了两个人，就停止生产与斗争。

等谢广达再回到梁家湾，已经是二十年后。八十年代中期，随着国门打开，人们往来于香港、澳门，甚至是国外，政策明显要宽松了很多。昔日的专政对象谢佳山夫妇已经被平反，但只是在大会上说了一下，也没有什么国家赔偿那样的好事。小燕高兴地来到父亲坟前，告诉父亲，他们在"文革"中是被冤枉的，从今天起，他们可以扬眉吐气地过日子了。小燕说，她盼望着和儿子、母亲早日团圆。这时的谢佳山已经不如从前，腰板开始塌了。

谢佳山有亲属在香港，这在过去，就等同于家里有海外关系。所谓海外关系，就是敌对关系。现在不同，为了早日实现祖国统一，党和国家想尽一切办法去吸引那些海外人士回国，参加国家的生产与建设。过去的公社，如今已经改成乡政府。自从确认了谢家在香港的海外关系，区里、乡里的有关部门经常派人到家里慰问，开各种座谈会，到了年节，还有领导给送来粮油，很是令村里人羡慕不已。

谢广达和姥姥去了香港，谢佳山在相当长的时间都没有与儿子通信。如果通信，要经过各种检查，不知道哪句话说错了，又会罪加一等。因此，彼此不通信是最好的选择。小燕想儿子也想母亲，一个人在家里经常暗自哭泣。由于过于神伤，她明显的憔悴衰老了。某一天，她突然想到死，这令她毛骨悚然。说实话，她是不怕死的，她怕如果真的死了，恐怕连儿子和母亲都不能看一眼，这令她很不甘。人一旦有了某种期许，她就会有无穷的力量活下去，不管是遇到怎样的精神和肉体折磨。

　　香港也并非是天堂。谢广达与姥姥几经周折来到香港,见到他的二爷,准确说,是二姥爷。二姥爷有着很不错的产业,说不上巨富,但让一家十几口人吃饱穿暖受正常的教育还是不成问题的。二姥爷家是单传,有一个儿子,一个孙子,孙子比谢广达小两三岁。对于谢广达和姥姥的到来,二爷自然十分高兴,给他们安顿好后,又为谢广达报了户口,联系好附近的学校。谢广达的姥姥十分感激,叮嘱孙子要记住二爷家的好。将来有机会一定要报答。

　　二爷的儿子华生对于谢广达和姥姥的到来,不冷不热。他儿子牛仔就不同了,他对谢广达非常抵触,他不止一次叫谢广达乡巴佬。谢广达心里搓火,又不敢发作,只好忍气吞声。姥姥说,人在屋檐下,怎敢不低头。男子汉大丈夫,要能屈能伸,只要好好读书,将来一定可以出人头地。

　　不等谢广达大学毕业,二爷就撒手人寰了。二爷曾经发话给儿子孙子,他走后,要好好善待广达和他姥姥,这毕竟是带有血缘的近亲。牛仔和他父亲虽然口头答应,等二爷真的走了,他们对谢广达和他姥姥也就疏远了。广达的姥姥是个要强的老人,她主动为别人家洗衣服,做家政服务,收入虽不高,但勉强可以供谢广达吃饭穿衣。谢广达怕姥姥累坏了,有时间也到附近的餐馆去帮厨,多少挣点贴补家用。这样,几年下来,他终于大学毕业了。

　　谢广达先后在香港的几家公司打工,最后做到了部门经理,管理着十几个人,收入明显增加。他再也不让姥姥外出做工了。他在靠近海边的山脚租了一套公寓,和姥姥一起居住。他们盼望着大陆能够不再整天搞政治运动了,这样,他们就可以早些回到梁家湾,见到久别的亲人。可是,一年两年过去了,他们始终得不到大陆那边的音

红头绳　137

讯。女儿女婿咋样了，爹啊娘啊你们好吗？

除了思念父母，谢广达还思念着英子。在香港的这些年，他始终回想着与英子分别的那个夜晚。以至在谢广达读大学期间，有富裕人家的女孩向他暗送秋波，表达爱意，他都没有动心。有同学曾经与他一起讨论，将来要找什么样的女孩？谢广达采取的方式是默不作声，他认为，这男女之间的事，一定要藏在心里才美好才有意思。他不会告诉别人，他心里有个叫英子的女孩，那女孩的辫子上扎着红头绳。

谢广达长成大人了，胡子一天不刮就会疯长出一茬。姥姥看着孙子，怎么看怎么喜欢。一天，他对谢广达说，孙子，我看一时半会儿咱们也回不到大陆了，不妨你就在香港成个家吧。要不，姥姥一天一天见老，说不定哪天就走了。如果我走了，连孙子媳妇都没看见，那我可闭不上眼。谢广达说，我都快三十了，连自己的父母都见不到，哪还有心思找媳妇。姥姥说，媳妇要找，家也得回。

话是那么说。这找媳妇毕竟不同于到商店买衣服，可以换来换去。一切机缘都需要等。也许是机缘巧合，一个偶然的机会，谢广达到一家餐厅吃饭，遇到一个大陆访问团，好像是来香港招商引资的。可巧，随行的政府女秘书跟谢广达所供职公司的老板有亲属关系。白天他们在公司刚见过面，想不到晚上在餐厅又见面了。谢广达对这个叫美丽的女秘书印象不错，比较知性，说话做事非常得体，简单说，就是从头到脚看着舒服。

从聊天中得知，美丽在深圳的一家大型国企工作。她是两年前从北京应聘到深圳的。听说谢广达也是北京人，美丽瞬间就拉近了与谢广达的距离。香港距离深圳很近，一个多小时就能到。这样，他们就可以频繁的接触。更多的是谢广达利用星期天到深圳与美丽见面。

很快,他们坠入了爱河。

谢广达同美丽一起回的北京。谢广达先把美丽送到城里的家,然后打上出租车直接到梁家湾。一晃二十年没回来了,看着熟悉而又陌生的街景,谢广达百感交集。路上,他一直在想,父母会变成什么样呢?

谢佳山与小燕夫妇显然比过去苍老了许多。看着已然三十出头的儿子回来了,小燕抱着儿子一阵痛哭。谢佳山也在一旁抹着眼泪。许多街坊听说谢广达回来了,也纷纷登门探望。有几个岁数大的问谢广达,你姥姥咋没跟着一起回来呢?谢广达说,姥姥年龄大了,心脏不太好,怕回来见到家里人一激动受不了,就没让一起回来。人们说,多遗憾啊,转眼二十年没见了。

谢广达在人群中发现了英子的母亲。他给英子的母亲端上一杯茶,说,大婶您快坐。英子妈说,我知道你小时候和英子好,英子要知道你回来不知有多高兴呢。谢广达问,英子现在在哪儿?英子妈叹口气说,五年前,她嫁到通州张家湾那边了,现在都俩孩子了。谢广达又问,英子一般什么时间回来?英子妈说,不一定。英子结婚时哭得很伤心,好像是很不情愿。可不情愿又能怎么样,姑娘大了,眼看就奔三十了,再不结婚,将来怎么养孩子呢!

英子妈的话句句戳痛谢广达的心。他不能告诉英子妈,这么多年他一直没有忘记英子。他如果说出那样的话,只是会更加让英子妈伤心。看来这一切都是命。

夜晚,谢广达一个人来到当年和英子分别的大槐树下。二十年了,大槐树比过去又粗了一圈,树上的干枝叶被风一吹,扑簌簌地掉落下来。谢广达抱着大槐树哭了。几十年的委屈一股脑全都释放出来。天上的星星一闪一闪的,仿佛也在滚动着晶莹的泪珠。

红头绳

两天后,美丽来到梁家湾。她见了谢佳山夫妇。老两口按照当地的习俗,给美丽包了一个两千块钱的红包。美丽执意不要,谢佳山说,这是规矩,哪有儿媳妇进家门不发红包的。美丽说,既然您二老认我这个儿媳妇,从今天起,我就直接叫你们爸妈了。小燕说,还是领了结婚证再改口吧,咱们不能破了老理儿不是。

谢广达和美丽在北京待了一个星期,双双回到深圳、香港。他们是在深圳领的结婚证。订婚照,拍了一本影集。其中,有一张谢广达非得让美丽在卷发上扎一根红头绳。美丽说,这卷发扎红头绳不土不洋的,丑死了。谢广达说,我们都是那个时代过来的,多少留点记忆吧。

一年后,美丽生了对龙凤胎,谢广达给两个孩子分别起名为改改、格格。他说,他希望中国的改革开放政策永远坚持下去。他也希望自己的父母能够健康地活它几十年,充分享受改革带来的好日子。令他痛心的是,在1997年香港就要回归祖国的前夕,他的姥姥去世了。谢广达和美丽把姥姥的骨灰送回梁家湾,和姥爷埋在了一起。看着姥爷和姥姥的名字并列地写在一起,谢广达笑了,不过那笑比哭还难看。

岁月匆匆,一晃又是三十年。当谢广达白发苍苍地回到梁家湾时,梁家湾已经整体拆迁,昔日的萧太后河两岸变成了大片湿地。原来的梁家湾,只留下英子家门前的那棵老槐树。村里的老人说,那是给梁家湾的后人留个念想用的。

(原载2018年第3期《海燕》)

囚徒

胡二走进乡政府的前院，发现院中央有一棵一人粗的大槐树，他看了看各办公室的门牌，没有他要找的人。于是，他顺着西侧的甬路，又来到后院，发现后院的中央还是一棵一人粗的大槐树。他照样往那一个个办公室的牌子上找自己要去的地方，发现还是没有。他就想，村里的吴主任是不是在诳他，存心要耍着他玩，如果那样，他就回去找主任玩命。

胡二所在的村叫营子，营子里住着二三百户人家。早先，这村是一片荒地，皇上经常到这一带狩猎，后来皇上觉得这平原地带狩猎不过瘾，就不来了。皇上不来了，地也不能闲着，许多城里的人死了，就纷纷运出来埋在这里。听老年人说，在北京朝阳门以东的很多地方，过去都是坟地，像许多村名如公主坟、孟家坟、何家坟、幺坟、苏坟，甚至是王爷那桐坟地都在这一带。

营子的西北角有两块坟地，一个是胡家坟，另一个吴家坟。胡二和村委会主任吴歌的先人都是看坟的。本来，看坟人就很苦，从山东逃荒要饭过来的。等到了解放初期，胡姓吴姓的人已经占到村子里人口的百分之八十，大致平分秋色。可是，自新中国成立前，村里就有个不成文的规矩，胡姓吴姓互不通婚。这样，就苦了村里的姑娘后生们。还有一个规矩，就是胡吴两姓婚丧嫁娶彼此人去但不必花钱送东西。有个别年轻人企图破坏这规矩，结果遭到老年人的谩骂。

胡二的父亲在村里过去是赶大车的，他们弟兄三个，还有两个妹妹。胡二从小缺心眼，上学也不太好，考试总给班上扯后腿，有一年老师实在受不了，就逼着胡二的父亲带着胡二到县医院开弱智证明。县医院的大夫看了看胡二，考了他几个问题，诸如一棵树上有三只鸟，一枪打死一只，问树上还剩几只，胡二当即就说还剩两只。大夫又问，一棵树上长俩梨，一个小孩看了干着急，问这是什么意思，胡二说，我要吃梨。医生说，这梨不是吃的鸭梨，而是一种比喻。胡二说，不是梨，那就是苹果梨。大夫听后，觉得胡二确实有点弱智，就给开了证明。有了这一纸证明，老师的压力减轻了，可胡二的父亲压力却大了。胡二的母亲死得早，一家五个孩子，大的刚上班，小的还在上幼儿园，真是愁死人了。

胡二三年级的时候，就不上学了。他像一个浪鬼，在村子里晃悠。他喜欢看狗打架，也喜欢看马撒欢儿。特别是看到马撒欢儿，马跑他也跑。久而久之，胡二奔跑的速度就很惊人。离村子不远，有个农场的果园，里边种着苹果、桃子和葡萄。每当果子成熟的季节，胡二就常跳过铁丝网到果园里偷果子吃。护青的人虽然是小伙子，但奔跑速度远不如胡二。几次较量后，护青的没了主意，就申请单位给配了两条大狗。这下他们以为可以震慑住胡二了，可他们不曾想到，从小就与狗打交道的胡二对付狗有天然的本事，这就如同兽医，多厉害的狗，只要到了兽医室，全都老实。有人说兽医身上有瘆人毛，也有人说兽医杀死过无数条狗，身上有血腥气，狗见了都害怕。

村里的孩子对胡二的看法褒贬不一。

有一年国庆，市里要搞群众游行。村里的场院上突然来了许多学生，说是练方队的。胡二见有这么多人，而且唱着在希望的田野上，肩并肩地走排面，他觉得有趣，就远远地站在一边也跟着踏步，一路向前走，走着走着，就走出个一顺腿，弄得学生们嗤嗤地笑。这时，担任训练的教官就会对学生们喊，不许笑，保持队形！教官虽然这么喊，可学生们还是忍不住笑。一次，胡二走着走着，裤裆开了，把他的隐秘处漏了出来，女孩们喊羞死了，男孩子们则大喊，胡二，跑一下，跳一下！胡二不知听得明白还是听得糊涂，就真的像马驹儿一样又蹦又跳的，弄得教官也忍不住笑了起来。

国庆游行结束后，场院又恢复了往日的寂静。胡二觉得世界少了点什么，他又在街上转悠。人们虽然嫌弃胡二，胡二倒也知趣，他很少去串门，遇到村里人他会胡乱地说段顺口溜，如"山喜鹊，尾巴长，娶了媳妇忘了娘，老娘要吃咸烧饼，没有闲钱买笊篱——"村里若是有了婚丧嫁娶，胡二可乐坏了，他会跟着从头看到尾。村里人也不管他家出没出份子，也不管吴姓还是胡姓，遇到胡二，都会让他吃饭。胡二也不客气，吃谁不是吃呢！为此，村里人有事没事互相讥讽，常会说，找胡二去吧。

日子像太阳一样，该升时升，该落时落，周而复始。转眼胡二就小三十岁了，和他年龄相仿的后生、姑娘都陆续结婚了。胡二有些着急了，他哭着喊着跟他爸爸要媳妇。胡二爹说，就你这个吊样儿，爹就是想帮你，可谁家姑娘愿意嫁呢？胡二说，他听人讲，城里有婚姻介绍所，只要交二百块钱就行。胡二爹说，我咋没听说有这好事。胡二说，他想进城。胡二爹说，你可算了吧，整不好还得登个寻人启事啥的。

胡二才不管爹怎么说。他走了七八里地，糊里糊涂地跳上了进城的公交车。售票员问他到哪儿，胡二说到婚姻介绍所。售票员说，我们没有婚姻介绍所这一站。胡二问哪里有，售票员说，你坐到终点，再倒一路车，坐到东单，看看那一带有没有。胡二不再说话，他不管那么多，他只管到处乱坐，坐到哪算哪，只要人多的地方，就有可能有婚姻介绍所。

囚徒　143

胡二在城里走了多少冤枉路没有人知道。他回到村子，是三天后的事情。见儿子头发脏乱，满脸尘土，就问，你到哪疯去了？胡二说，到城里找婚姻介绍所去了。爹说，人家城里人的婚姻介绍所是给城里人办的，你又没有城里户口，人家给你办？胡二说，他去了好几家，人家都不给他办。最后，在一个胡同里遇到一家，说有个妇女是精神病，问胡二愿意不。胡二问精神病是什么意思，婚姻介绍所的人说，跟你差不多，一会儿明白一会儿糊涂，急了还咬人。胡二说，那可不行，咬人不成疯狗了吗？婚姻介绍所的人见胡二脏了吧唧的，就说你留下二百块钱先登记，等有了合适的就给你写信打电话。胡二说，我也不知道村里的电话号码呀，婚姻介绍所的人说，我们会通过查号台查到，你就踏实在家等消息吧。

等消息的日子，胡二到婚姻介绍所的故事成了村里人的笑资。人们见到胡二就会逗他，城里来消息了没？胡二说，不着急，等漂亮的。人们又逗胡二，城里的女人哪儿漂亮？胡二答，脸白。还有呢？头发烫着卷卷。再往下问，胡二就开始胡说八道了。这样的日子，大约过去了半年，人们才不再拿胡二打哈哈。

村委会主任吴歌和胡二是小学同学。吴歌比胡二聪明，多上了几年学。他想帮帮胡二，让胡二看场院。在乡下，场院是个好地方。三夏和三秋农忙季节，村上的人都到场院晒场，中午时分，人们回家吃饭的当口，就只有胡二一个人在场院溜达。场院有一排房，有几间放农具，最东头的一间是值班室。夏天，屋里不生炉子，凉凉的，蚊子是有的，点一盘蚊香，或者用艾蒿燃一些烟熏熏。冬天，屋里生个炉子，炉子四周用铁丝圈着，铁丝上烤着红薯、窝头、馒头，香香的，很诱惑人。胡二喜欢狗，门外养着一条，黄毛，算是和胡二做伴。胡二中午不怎么睡觉，他喜欢到场院边上的鱼塘里洗澡。仰泳、狗刨、侧泳，胡二都会，有时他也让大黄狗游上一圈。

场院除了晒粮食，还堆了很多的麦秸和稻草。高的能有二三十米，村上的孩子很爱到这里边捉迷藏。也有的住户家里的老母鸡喜欢到场院寻找麦粒稻粒吃，吃饱了就在麦秸垛里刨一个窝，然后在里边下蛋。胡二每天都可以捡到三五个鸡蛋，吃不了，他就拿回家交给爹。反正鸡蛋是白来的，爹就拿鸡蛋换成钱买油盐酱醋，偶尔也放在韭菜里全家人吃素馅饺子。这当然是胡二的秘密，他再缺心眼，也不会轻易告诉外人的。

吴歌用胡二看场院，也不完全出于同学的情谊。他有他的心计，头一条，就是从公粮里抽出一些小麦和水稻，送给他的关系户。有的象征性地给点钱，有的就白送了。这样的事，吴歌也不背着胡二，他觉得胡二傻不拉几，不会清楚怎么回事。第二条，吴歌在村里有个相好的女人叫大花，她老公是个城里工人，腿有些残疾，一周才回来一次。这样，有事没事吴歌就往大花家里跑。时间长了，村里人难免说闲话，吴歌就约大花到场院的稻草垛里幽会。这事胡二知道，他觉得这两个人在稻草垛里藏闷闷儿很有意思，他就想着某一天，他也找个女人藏闷闷儿，看着那稻草垛一起一伏，很有诱惑力。

某日，吴歌与大花在麦秸垛里藏完闷闷儿后，正赶上胡二路过，胡二突然对大花说，你总跟主任藏闷闷儿，你也和我藏回闷闷儿吧。大花一听，先是一愣，然后是浪声大笑起来，她指着胡二说，就你那德行，还想跟我藏闷闷儿，你也配啊！胡二说，有什么嘛，不就是两个人一上一下趴在一起，用麦秸盖住嘛，我也可以。大花说，我刚趴完，那地方还热乎着呐，你不妨也过去找找感觉。胡二说去就去，说话间他就真的钻到刚才吴歌和大花藏闷闷儿的地方。他左右摇了摇身体，用麦秸把头盖住，冲着外边喊，我藏好了，你们找吧。吴歌和大花才懒得理这个傻小子呢。他们相视一笑，前后脚离开场院，各回各的家。

不知不觉，转眼日子到了1998年，那年长江发洪水。村里来了许多南方的难民。其中，有一六十多岁的妇女，带着一个三十多岁的儿媳和两个孩子，妇女说儿子被洪水冲走了。他们一家没什么指望，就出来找活路。对于这种难民，村里过去也来过，人们一般给点吃的，有的也给点衣物，然后劝他们离开。这次，这一家四口没到村里，直接到了场院，非让胡二给弄点吃的。胡二也是热心，回家也没跟爹说一声，就把米面油盐弄到场院值班室。一连三天，胡二请那一家四口吃打卤面，吃米饭炒菜，真的像过起了日子。有人把这事报告了吴歌，吴歌觉得胡二这事做得并不过分，也就睁一只眼闭一只眼。开始，胡二爹也没觉得怎样，后来听村里的人背后瞎议论，说胡二带着那一家四口过上日子了，吃三五天还行，要是日子长了，非把胡二吃穷了不可。胡二爹就去场院找胡二，让他把那一家四口轰走。胡二不愿意，胡二爹就索性把胡二锁在自己家里。这样过了两天，那四口人看没有着落了，只得拿着胡二爹给的二十块钱又到别的村子想主意去了。

从此，胡二就开始发蔫了。即使胡歌和大花到场院里再藏闷闷儿他都懒得看了。至于老母鸡在麦秸垛里下蛋，他也是有一搭无一搭的。村上的人说，胡二中邪了，得赶紧给他说一房媳妇，否则，这孩子就糟蹋了。

村上吴家有个盲姑娘，小时候是玻璃花眼，到了十八九岁，就什么也看不见了。姑娘眼盲，但手巧，能剪纸，还会织毛衣。村上人有喜欢管闲事的，接连给盲姑娘介绍几个婆家，男方都以姑娘眼盲放弃了。一个偶然的机会，盲姑娘到村供销社买酱油，不小心被石头绊了一下，摔倒在路边，正巧碰上胡二。胡二热心，把盲姑娘搀起来送到家。盲姑娘的母亲看着胡二，心说都说这孩子缺心眼，可骨子里倒也知道心疼人。她想着，何不把姑娘嫁给胡二呢？可是，村里的规矩，吴姓和胡姓彼此是不能成婚的，这可怎么办？

盲姑娘的母亲去找村主任吴歌，吴歌说法律虽然没规定吴姓胡姓不能成婚，可村里这规矩都有上百年的历史了，以前虽然也有青年男女越过雷池，但最终还是以悲剧结束。吴歌说，我可以出一个法子，你和大哥离婚，将吴姑娘改成你们娘家的李姓，这样就可以顺理成章地和胡二结婚了。吴姑娘的母亲说，这咋成，我一个快六十岁的妇人闹离婚，这不让人笑掉大牙吗？这得让胡二他爹想办法。

能让胡二娶盲姑娘，胡二爹觉得不吃亏。可是一想到老辈人定的规矩，他又没了主意。具体说，吴胡两姓为什么不能结亲，胡二爹只是听他爷爷说过，如果吴胡结亲，三日之内必死双方族人。到底曾经出现过这样的事情没有，有的人说有过，也有的说是讹传。但营子村人家，没有人敢冒这个险。如今，事情被逼到这份上，胡二爹想拼一次试试。他把胡二跟盲姑娘的事跟子女们一说，大家都说这事万万不可。胡二的小妹妹说，他们娘死得早，靠爹把他们拉扯大不容易。这眼看着爹刚过上几天好日子，不能就这么被胡二的事给搅了。胡二爹说，我倒是不在乎，只要胡二今天能把婚结了，就是明天蹬腿我也认了。

爹的话胡二听得明白，那意思是，吴胡两姓结婚他并不反对。有了这个底，胡二就来了牛劲，他去找吴歌。他明确告诉吴歌，他要和盲姑娘结婚了。谁反对也不行。吴歌说你结婚我恭喜，可是要破坏了吴胡两姓的规矩，我就无能为力了。你最好找乡政府的一个领导出面，让他给我打个招呼，写字条打电话都行。这样，将来村民问起来，我就说你们是奉旨成婚，出了什么问题，我都说得清楚。胡二问，乡政府谁说了算？吴歌说，只要有人说，谁说了都算。胡二又问，那我找哪个部门？吴歌说，找哪个部门都行。

听了吴歌的话，胡二很激动。天不亮他就步行十几里地走到乡政府。到了乡政府，传达室的人见胡二傻傻的，问他找谁，胡二说，我找当官的。看门人问他找哪个当官的，胡二说能给吴歌写字条打电话的人就行。看门人说，我们这院里的人都能给吴歌写字条打电话，你总得找个具体的人。胡二说，你行不？看门人一听笑了，说这院里就我不行。胡二说，你不行，那你给我找个能行的。说话间，看门人看到乡长助理正要去锅炉房打水，就说你找那个打水的人吧，他官大。胡二很高兴，就跟着那打水的人的影子往前走。正当走到锅炉房时，就听一个男的正和一个女干部模样的人打情骂俏，胡二刚要说话，那男的就把暖瓶丢在了地上。或许是热水溅到了女人的脚面，那女人惨叫一声直蹦，男人则忙不迭地帮女人脱鞋脱袜子，一个劲儿地赔不是。这情景，胡二看得目瞪口呆，他竟然把为什么到乡政府来全都给忘得一干二净。

等胡二明白过来，机关里的人进进出出都来了。人们互相打着招呼，谁也没理睬胡二，好像他就不存在似的。胡二觉得很茫然，他一会儿到前院看看，一会儿到后院看看，他想跟人说话，又不知道跟谁说。就在胡二踌躇犹豫不知所措时，一个女干部领着一个七八岁的小孩走到院子里，女干部指着大槐树说，宝贝，妈妈让你猜一个谜语，方方的一张嘴，里边种着一棵树，打一字，念什么？小孩眨眨眼，说不知道。妈妈便启发道，嘴就是口，树就是木，口里边放一个木，这个字念困。困难的困。于是，小孩也跟着念："困难的困。"

胡二看着小孩和他妈妈，觉得有意思，不由也学了句"困难的困"。这时,小孩妈才注意到胡二,她见胡二有些傻,就想耍弄胡二。她指着胡二对小孩说,妈妈再让你猜一个谜语,方方的一张口,里边站着一个人,打一字,念什么?这回小孩不假思索地答道:"念囚,囚徒的囚。"妈妈听罢,用手轻轻地拍着儿子的头顶说,儿子真聪明,一下就猜出来了。

对于小孩的回答,胡二听不明白怎么回事。但从小孩母亲的话语里,她能感到囚徒这个词不是好词。他沉默了几秒钟,突然大声地喊道:"囚徒,我是囚徒!"小孩正和他妈妈说话,听到胡二的叫喊,下意识地扑到妈妈怀里,哭喊着:"妈妈,我怕,他是囚徒!"

"对,我不叫胡二,我就叫囚徒!"胡二在乡政府的大院里不停地呼喊着。乡政府的人各个面面相觑,他们不知道外面刚才发生了什么。他们也懒得理胡二这样的人。因为,在乡政府里经常会出现这种莫名其妙的人。谁愿意没事找事呢!

2017年12月18日西坝河

(原载2018年第3期《福建文学》)

马牙枣

周四傍晚，陈家庄的村委会主任王大柱给我打来电话，说乡政府前天开了会，要各村都编纂一本村志。他们村上几个领导碰了个头，决定周日先召集村里一帮老人商量一下，听听大家意见。我说，既然是召集老人，可我还不到五十呢，这回就算了吧。村长一听我话里有话，就说，虽然你算不上老人，可你毕竟是作家，在当地政府工作过，见多识广，像编纂村志这事，你肯定是头号人选。我笑了，说，你不用给我戴高帽，周日我回来就是了。

想来我已经快一年没回陈家庄了。准确说，是回绿港社区。十年前，我们周边十几个村庄被列入市政府绿化隔离地区，所有的村庄都要进行腾退，集中搬迁到绿港社区。我父亲那时已经从村支书的岗位上退下来，作为老党员老干部，这搬迁他肯定要带头的。有道是故土难离，虽说北京郊区的房价涨得跟潮水似的，人们对那几十万几百万的补偿款早就望眼欲穿，可真的到了和拆迁办签腾退协议时，很多人的手还是打了哆嗦的。这倒不是眼看那些大把的钱马上就要到手了，而是协议签完后，一周之内，房屋就要搬干净，随之推土机就将曾经亲手建起的家从这个地球上铲掉。从此，你再也看不到你曾经的家了。

我几乎看到村里所有的老人在房屋被推倒的一刻，都失声痛哭。有的，在搬迁之前，还要到自家的坟地去烧纸祷告。我父亲尽管是老党员老干部，他对这乡俗一点也不反对。我们家搬迁前，父亲早早就将买好的纸钱交给我，说你到坟前跟先人们打个招呼，就说儿孙不孝，响应政府号召，把老房给拆了，请他们原谅，保佑我们。我接过纸钱，到老家墓地把纸烧了，在火苗瞬间着起的时刻，我的仪式感从来没有那么庄严。我相信，我的先人们一定知道我们今天所做的一切。烧完纸，我看了看周边的墓地，发现很多人家也都在烧纸。人们彼此互相凝望着，谁也不多说话，偶尔说，也是一句，你也来了。

回到村里，我又来到我家房后，也就是村中央大枣树下，面对着那棵二三百年的老树，我喃喃自语道："老神仙啊，我们就要搬迁了，也不知道还能不能把您老人家保存住。不过请您放心，不管把您移到什么地方，我都会去看望您。"说完，我跪下身躯，给老神仙磕了三个响头。老树不知道听到我的祷告没有，它依然像往日那样矗立着，一动不动。我想，老神仙可能是生气了，或者是一时还想不开。

陈家庄的人，都管村中的这棵百年老树称作老神仙。这棵树究竟长了多少年，没有具体的年限。据说我爷爷的爷爷小时候就经常吃这棵树上结的枣。村上的枣树很多，品种有五六种，老神仙结的枣属于马牙枣，说方不方，说圆不圆，个小，但比较清脆。听我爷爷说，这棵树过去归我们家，在树往北十几米就是我家的耕地。后来，我爷爷到城里置办了产业，就把村上的十几亩薄地卖给了本家的三爷。三爷说，地他买了，顺便也把那棵百年枣树给他。我祖奶奶听后，说，那可不行，这棵树是我们陈家几辈人留下的，虽说你们也姓陈，但我们不是一个陈，你们是坐地户，我们是跟清朝多尔衮王爷从山海关过来的。我看这样吧，这棵老树不算你们陈家的，也不算我们陈家的，算咱们两家的。每年打的枣一家一半。

我祖奶奶的话是那么说，可时间长了，也没人去认那个死理。在村里人的眼里，这棵百年老树，谁家的都不是，它就是村里的老神仙。也可以把它看作陈家庄的象征。我小的时候，就常随父母到大枣

马牙枣　151

树下开会，聊天。那时候，家家的日子都很穷，妇女们在一起聊天，奶孩子，从来不穿上衣，人们就那么袒胸露乳，很自然地说笑着。偶尔有男人从旁边走过，女人也不回避，该怎么样就怎么样。后来，我父亲当上了生产队长、村支书，每次大喇叭广播，他都会不忘了召集社员到大枣树底下开会学习。看着父亲念人民日报社论、毛主席语录那慷慨激昂的样子，我很为父亲骄傲自豪。

经我提议，编纂村史的座谈会就到大枣树下召开。村里拆迁时，经父亲与拆迁办协商，大枣树按古树保护给留存下来。为了加以重视，林业部门在树下边还给围了一圈铁栅栏。在两米高的地方挂上一块标志牌，上书"陈家庄枣树，年限300"字样。从大枣树，到村东头公路有一条一百多米长的小路，虽然是土路，走的人多了，路面倒也结实硬棒。

本来，周日我一早就起来了。陈家庄在五环外，紧邻京沈高速公路，可汽车刚到五环入口，就赶上了一起交通事故。车龙很快停了下来，人们纷纷拿着手机打电话。原本，九点就到于家庄的，现在，恐怕要拖个二十分钟半小时了。我打电话给王大柱，告诉他我路上堵车了，如果时间来不及，他们先开着。王大柱说，您不用着急，村里人来了也是海聊，等您来了说点正经的。

我理解王大柱说的海聊。小时候，尤其是在夏天，天气暴热，人们没处去纳凉，就拿着板凳，或者四处找几块砖坯堆成一圈拉家常，更多时是听一位姓王的大爷说书。王大爷说书，就是讲故事，他说的最多的是三侠五义，后来又说梅花党、一双绣花鞋和叶飞三下艰难。我们那时年龄小，知道的事少，就觉得王大爷是见多识广之人，大小事都喜欢让他帮助给断断。譬如谁家婆媳不和、兄弟反目，甚至包括男女偷情一类的事情。但如果遇到大事，尤其是牵扯政策、路线上的事，还得让我父亲出面。

　　我父亲尽管当着村干部，他有事没事也喜欢和村民凑在一起海聊。村里人都觉得我父亲没架子。我父亲爱唱京剧，也颇懂当地民俗，村上的红白喜事几乎都是他操持的。村民们背后不管父亲叫书记、队长，更多的是叫大了，比如说，老张家的二小子要结婚了，张大妈就会对张大爷说，你去请一下大了吧，让他帮咱们操持一下。我父亲是个热心肠，凡是村里有人请，他几乎凡请必到。有时我母亲也抱怨，说村里有个别人家，平常跟我们也不走动，家里有事找上门来了，我们是又搭工夫又搭钱。父亲说，都在一个村里住着，低头不见抬头见，谁家都难免遇到点难事。搭把手，又累不死人。母亲说，你是活雷锋啊，雷锋也有睡觉的时候。父亲不再言语了。他该去还得去，母亲一点办法也没有。

　　大约等了半个小时，交警处理完事故车，我们的车龙开始活动。我告诉王大柱，再有一刻钟我就能赶到大枣树下。王大柱说，他们的座谈会已经开始了。村民们陆续来了二十几个，算得上是村里有头有脸的人，大家伙发言很踊跃。我听后，觉得热血沸腾，恨不得马上就飞到大枣树下，和乡亲们聚会聊天。这应该就叫近乡情怯吧。

　　汽车在公路边停下，我犹豫是否把车直接开到大枣树下。以前，村子没有拆迁时，汽车顺着村中间的大道可以长驱直入，再顺着胡同拐进几十米就可以到家门口了。最初，我就是这么开的。可开过三次后，母亲就对我说，以后最好把车停在村口，然后走着进来，免得让街坊们瞅着厌弃。我理解母亲说的话，她那意思是做人要低调，在很多家庭都还没有汽车的时候，你开着一辆轿车回家，不但不人前显贵，倒遭人们的白眼。后来，随着日子的变化，好多的人家都陆续买了汽车，母亲才不再唠叨，可她对于把车开到家门口，还是不能接受。因此，每次回家，我都尽可能把车停的离家远一些。

我的到来，使乡亲们忽然热闹一下，人们纷纷和我打着招呼。在座的人，有几位比我辈分高，我该称他们大爷、大妈、大姑的，也有几个跟我同一辈分的，还有几个比我辈分低的。我见大家聊得正起劲，就说，你们接着聊，我先听听，一会儿讲。王大柱说，我们讲的都是东一耙子西一扫帚，没什么条理，还是你讲，咱这村从西数到东，就你肚子里的墨水多，大伙都等着你往外倒呢。

我注意到人群中有两个陌生人，一男一女，五十岁上下，女的戴副眼镜，比较斯文，我不由上下打量了一下。见我有些狐疑，王大柱赶忙说，就忙得说话了，忘记介绍了，这两位是乡里给咱们请的老师，专门帮助编纂村史。王大柱一指女同志，她叫王福茹，又一指那个男同志，他叫李满天。他们是两口子。我冲他们两个礼貌性地点了点头，说，欢迎二位老师。那个叫王福茹的老师，马上对我说，陈老师您好，我们在乡里、区里的史志上看到您的资料了，您是大作家，大名鼎鼎。我一笑，说，徒有虚名，我们彼此互相学习。

坐在我旁边的是杨明大哥。杨明的父亲是老工人，年轻时和我爷爷一起到北京城里做事，后来到一皮鞋厂当了工人，我爷爷则到积水潭医院当了厨师。杨明比我大十几岁，我记事时，他已经到舟山当兵去了。印象中，他穿着海军服，每次探亲回来都会到我们家坐会儿。几年后，他从舟山某海军舰队调到北京的海军司令部做文艺工作。这样，他回家的次数就多了起来。我喜欢杨明大哥穿的四个兜的军衣。在陈家庄的东北、西北和西南方向，分别有三个电台，每天，党中央和毛主席的最高指示都要通过这几个电台向世界发布。从小，我们对电台就充满好奇。电台里边分工作区和生活区，生活区我们是可以出入的，而工作区则有解放军站岗。电台里的解放军不是很多，也就二三十人，时间长了，他们每个人的模样我都能记得清。我喜欢解放军，一个是喜欢看他们出操，喊口号，声音很整齐，也很有气势。再有，就喜欢他们每天早晨起来的起床号，那军号声一响，我也跟着起来，只是人家解放军开始出操，而我则拿着镰刀、背筐，去给猪砍青菜去了。遇到农忙的时候，电台里的解放军会主动找我父亲联系，他们会帮村里插秧、运稻苗，冬天甚至是帮助出河工。到我家里来的常常是一个姓周的班长和一个姓石的战士。或许我见杨明大哥的次数多了，我发现杨明大哥的军衣和周班长他们明显不同，海军服装是白色的，而陆军是绿色的。这是明显的不同。再有就是，杨大哥的军衣是四个兜，周班长他们的是两个兜。我问父亲，父亲说，你杨明大哥提干了。我说，班长不是干部吗？父亲说，班长当然是干部，就是小了点。我又问父亲，当多大官就可以穿四个兜的军衣了？父亲说，起码得是排长吧。

父亲的话，使我联想到下的军棋。在军棋中，除了工兵，排长是最小的。人们通常让排长去趟地雷，去碰炸弹，即使三个排长都牺牲了，人们也不觉得有多大损失。只有牺牲到师长，那才觉得是个大事。可是，在成人以后，我发现，下棋时如果把排长的作用发挥好了，常会有奇迹发生。从那时起，我就对排长肃然起敬了。我想，杨明大哥能穿四个兜的军衣，一定是当上了排长，甚至是比排长还大的官。也许是团长、旅长呢。

九十年代初，我从郊区调到市里的一家报社，从事工业方面的报道。这时，杨明大哥也从部队转业了，具体到什么单位不得而知。一次偶然的机会，我到国贸大厦去见国家经贸委的一个局长，在接待室等候的时候，正遇到杨明大哥从里边出来。我主动上前与杨大哥打招呼，杨大哥一见是我，一愣，说你怎么到这儿来了？我说我是来采访方局长的。杨大哥说，局长正在开会，让他出来先接待我一下，过一会儿他会给我留出采访时间。杨大哥把我领到他的办公室，我看了看门口的提示牌，上面写着某某处处长办公室。落座后，杨大哥告诉我，他是前年转业的，现在在这个处当处长。我问杨大哥，你转业前干到什么职务了，起码是团长吧？杨大哥说，副团。转业时给了个团职待遇。我笑着说，那可是大官了。杨大哥说，团职在基层部队确实是个挺大的官，可到了总部机关，就是个工兵。我说，小时候我可崇拜你了。杨大哥说，崇拜什么？我说，你穿四个兜。

  杨大哥和我父亲一样，喜欢唱京剧。不过，他很少和村上的戏迷唱，他喜欢到城里和一些老干部玩。我听他唱过包公戏，很有气势。他也能唱评剧，如《刘巧儿》《夺印》。杨大哥对着杨福茹说："我觉得，咱们陈家庄这些年最有意思的是1962年村里排的评剧。记得当时刚成立人民公社没几年，家底很穷，各家各户也不富裕，可就这样，咱们村还是成立了评剧团，服装、道具、幕布都是大伙三块五块出钱攒起来的。虽然说我当时才七八岁，可我就觉得那戏演的水平比城里的专业剧团一点都不差。这事应该好好写一笔。"

  杨大哥话音未落，刘大妈接过话："杨明说的没错，我是1963年嫁到陈家庄的。说实话，按经济条件，你们陈家庄没有我们小马庄富裕，我在家当时已经担任了妇女队长。"

  "既然你们小马庄那么好，那你干吗还要嫁陈家庄来？"一个大叔愤愤道。

  "还不是你们陈家庄的评剧唱得好。记得1962年秋天，你们村的评剧团到我们小马庄村演出，那人把整个场院都挤满了。"

  "这话不假，我听我爸爸也讲过，他还演过一个角色呢。"我插话道。

"对，老书记过去演过一个角色，外号叫黑七。"

"如果不是后来搞四清闹'文革'，说不定咱们村评剧团还能再演几年。"

"只可惜，那一茬人如今没剩下几个了。好像谁，那谁来着——"

提起村上的小剧团，村里上点岁数的人都有记忆。人们如数家珍，滔滔不绝地回忆着。对于往昔，不管你经历过多少坎坷与不幸，随着时间的流逝，岁月会逐渐将人们心中种种的不愉快忘得干干净净。就在这个座谈会中间，有人提出，如何写新中国成立前地主剥削村民，又如何写"文化大革命"中的阶级和阶级斗争。有人主张要真实地记录历史，也有人表示反对，意思是我们编的这本村志要留给后人的。如果我们把前人的恩恩怨怨都写在这里，势必会影响后人的团结。本来陈家庄拆迁后，已经有三分之一的家庭主动拿着钱到别处买房安居了。假如真的不加选择地记录过去，那么，修村史的意义又将何在呢？

"杨明，在咱村当兵的十几个人当中，就你官大。听说你当年学毛选成为全军的标兵，还受到过林彪的接见呢！"村西头的王大爷说。

王大柱听罢，赶忙插言："咱们不扯政治，那事太远了。"

"说就说。"杨明见对方话里带有讽刺，就说，"我当年学习毛主席著作在当时的部队确实很出名，也确实受到林彪的接见，我并不认为有什么不妥。现在的电影、电视剧不都正面树立林彪的形象吗？这说明我们的党坚持实事求是，是一种成熟进步的表现。"

"杨明说的是。我们必须坚持实事求是，我听说北平新中国成立前夕，林彪指挥的四野还到过陈家庄？"杨福茹提示道。

"当然，1949年初，四野的一个营就驻扎在陈家庄。听老人说，在村西解放北平外围的战役中，从村里去的解放军牺牲了好几十呢。"杨明说。

"这个我知道，那时候我七八岁，已经记事了。那是一个下午，村里突然来了一支队伍，有二三百人，有的住老乡家里，有的住村西大庙里，那些当兵的待人和气，还帮助住户扫院子、挑水，据说他们一来，把村里的井水都喝干了。"老大妈插话说。

见乡亲们聊得如此热烈，我不由也激动起来。我说，大家说的我基本同意，跟历史出入不大。在此，我想就陈家庄的历史跟大家絮叨絮叨，希望对编纂村史有所帮助。

陈家庄位于北京广渠门以东八华里，据大运河张家湾古镇二十五华里。在明朝以前，这一代还是一片荒芜之地，偶尔有人烟出没，大都是王孙贵族到这一代骑马狩猎来了。还有，就是北京城里死了人，人们在这一带找块风水宝地，就成了墓地。有的人家若还有钱，还可以花钱雇人给看坟。因此，在北京东郊有好多的村庄起的名字都与坟有关，如陈家庄四周就有金家坟、于家坟、史家坟、何家坟、苏家坟、孟家坟等。陈家庄有文字记载，是在清朝末年的公案侠义小说《永庆升平》上。书中第四十一回说，康熙皇帝的御前侍卫顾焕章一次到通州暗访白莲教，本来先查了通州有个于家务村有白莲教的一个坛主，后来顺藤摸瓜，发现陈家庄也有白莲教活动，领头的是一个叫于珍的庄主。于是，顾焕章奏请康熙，把陈家庄放火烧掉。至于陈家庄当时有多少户多少口人，书中没有记载。但从历史资料中对周围村庄定辛庄、石槽村、常营村的描述看，这一地区人口真正开始集中，应该始于明朝燕王朱棣进北京那一时期。譬如，定辛庄，原名为定心庄，据说燕王带着军队从通州张家湾沿着陆路进军北京时，走到定辛庄一带，感觉人困马乏，于是有人提议，问燕王可否在此休息一会儿。朱棣也正想休息，就说，那就停下来，定定心神再走吧。就这样，当地的人，就把燕王休息的地方叫作定心庄了。

我告诉乡亲们，鲁迅先生于1919年到1923年，与其兄弟周作人曾居住在北京西直门内八道湾11号一所大院里，在这里鲁迅写出了著名的代表作《阿Q正传》《故乡》《风波》等八篇小说，后收入小说集《呐喊》。另外，鲁迅在八道湾还编订了《中国小说史略》的上卷。在这期间，《永庆升平》被很多民间艺人改编成评书，故事在市井中频繁演出。具体鲁迅听没听说过，没有史料佐证，但可以肯定的是，鲁迅一定看过《永庆升平》，既然《永庆升平》被收入了《中国小说史略》，我在此断言说陈家庄进入了中国文学史，怕也就在情理之中了。

对于我的讲述，乡亲们听后瞬间觉得很是振奋人心。在当地中学任教的武老师问我："按你这么一说，咱们陈家庄还真让人刮目相看呢。你再说说，还有什么传奇的地方？"

"我查过资料，1860年英法联军进攻北京，在通州八里桥与僧格林沁率领的三万清军激战三天，最后英法联军派出一支部队绕道陈家庄，抄了清军的后路，两面夹击，才把清军打败。当时，八里桥附近的许多老百姓都参与了这场战斗，陈家庄也去了许多后生。你们不会想到，关于八里桥之战，还被马克思写进《共产党宣言》了。"

"新中国成立前有什么革命故事吗？"

"1938年，日本鬼子在陈家庄村北的双桥火车站建了一个据点，不断剥削附近的农民，还强行将石槽、双树和咸宁侯三个村的土地霸占过去，建起了电台，当地老百姓不服，跟他们据理力争，结果活活被日本鬼子给打死了。"

"陈家庄被日本人打死过人吗？"

"没有。"我肯定地回答，"当时村里出了一个开明人士，还当上了伪乡长，这老兄跟国民党、共产党、日本人还有土匪都有交往，谁都不得罪，这就在很大程度上保护了村民。"

"看来这位伪乡长还是有一套的。在那个年月，也是难得。"

"尽管如此，在1941年，村里还是有人秘密加入了游击队，在一个冬天的夜晚，他们袭击了双桥火车站，杀死了日本军曹，把许多粮食和物资分发给附近的老百姓。"

"您能告诉我村里当时都有谁参加游击队了吗？这很重要。"杨福茹问我。

"史料上只提到这个事件，没有写出具体的人名。当时或许是出于保密需要吧。"

"就是说，陈家庄有过自己的革命史。"杨福茹一边记录，一边说，"您再给我们讲讲村里新中国成立前的情况吧。"

我喝了一口水，抬头看了看枣树上的太阳，时间已经快到正午了。我说，我是六十年代生人，对陈家庄的过去没有记忆。不过，听我父亲及村上的老人回忆，我在一篇文章里曾经这样描述：陈家庄往东南到张家湾二十五里，往西到广渠门二十里，在放弃漕运走陆路之后，陈家庄无疑是从张家湾到京城必不可少的交通驿站。昔日大道上行人不绝，车马如梭。大道两侧，买卖商行、粮食货物、丝绸布匹——店户林立，至于告急文件、皇宫旨意、钦差大臣、进京赶考之人更是满目皆是。因为村子的特殊位置，许多有钱人纷纷聚到这里来做买卖，而本村的财主多是地主兼开买卖或者兼开客店。据说那时最有钱的是一个山西人，他在村里有五顷多地，雇着二十多个长工。由于北京城里不许磨油，他就在这里开了个油坊，名曰：晋隆号。有一百多名伙计为他磨油。此外，他还养着一百多头牲口，拥有几十辆大车，天天往城里送油，其财其势在当地都是首屈一指的。其次当属郭家店，分南北两部分，北店名曰：北泰来，南店名曰：南泰来。光停放大车的场子就有十几亩地，一天能有四五百辆大车在这里熄火、停歇。昼夜杀猪宰羊。再其次的是杨家店、冯家店，自然要比郭家店小得多了。除此，尚有大大小小的羊肉铺、米面铺、油盐铺、杂货铺、饭馆等，倒也色彩纷呈，一派热闹景象。

"听你这么说，陈家庄过去很像个集镇，比现在热闹多了。"武老师说。

"我说的这种景象，大致持续到新中国成立前后。"对于新中国成立后，特别是最近一些年村子里发生的事，如知青下乡、土地承包、兴办乡镇企业，以至如今的腾退拆迁，由于都是今天人们所经历的，我以为村子里都有一些文字记录，我就不想再进行梳理了。特别是村里发生的许多事情，都是我父亲直接领导参与的，作为后人，我是不好发表意见的。我说："每个时代都有每个时代的记忆，或许一个人一个村的历史，就是一个国家历史的缩影。在当下的中国，很多的乡村正在消失，在这个时候，乡里村里提出编纂村志，我觉得正恰逢其时。如果我们现在不抓紧，再过个一二十年，随着老人的纷纷离去，人们再也不会知道自己从哪里来了。人们不知道从哪里来，怎么会知道自己到哪里去呢？"

我的话使在座的人都陷入了沉重的思考中。王大柱见天色已然正午，就说，今天咱们先聊这么多。我建议咱们能写点文字的，把自己所知道的都写出来，就像陈老师那样。我手摸着大枣树说，对，每个人都写一写，大家写得多了，对村里的认识了解也就会越全面。譬如，鲁迅先生不就是从"在我的后园，可以看见墙外有两株树，一株是枣树,还有一株也是枣树"写起的吗?我们不妨就从这棵马牙枣树写起,这棵树确实是我们陈家庄的历史见证啊!

2018年8月25日西坝河

(原载2018年第12期《天津文学》)

随风飘送

贾玲玲发完今晚最后一个红包，已经是凌晨一点零五分了。她穿着睡衣跑到卫生间放松了一下，麻利地溜到床上，掀开被子躺了进去。她顺手关掉了台灯，可手机还在亮着，她举在眼前，迷糊着看了一眼，只见一个叫大猫的人给她留言：亲，睡了吗？实在睡不着，可以再聊会儿，哥陪你。贾玲玲回复道：睡吧，明天还得上班呢，晚安。

夜色不管是冬天还是夏天，你只要进入梦乡，它一定是温柔的甜蜜的。贾玲玲今年刚过五十，半年前她办理了离婚手续后心血来潮，建了一个88—8同学微信群。这半年来，她几乎每天都沉浸在与同学的互动中。88—8是简称，全称为北京市东郊中学88届初中同学会。这一届共有8个班，贾玲玲在4班，担任学习委员。本来，最初贾玲玲只想将他们4班的同学整个微信群，可刚一有这个想法，其他班的几个同学就来凑热闹，说要整就整一个全年级的吧。贾玲玲想，这八个班的同学，都生活在这一地区，往往是你中有我，我中有你，非要分个清清楚楚，也是很难的。

贾玲玲当群主比当办事处副主任容易多了。离婚前，贾玲玲在街道办事处主管民事调解，这工作很具体，但时间上比较有弹性。贾玲玲的性格开朗，大气，凡事放得开，既可以跟领导开玩笑，也能跟街道里的大老爷们说荤话。社会上把贾玲玲这种人叫吃得开。贾玲玲自己也承认，她是个不怕事大的人。

大猫是贾玲玲他们那一届的初中同学，跟玲玲不在一个班，应该是5班的。不过，他们小学在一个班，贾玲玲是纪律班长，大猫是体育班长，用时兴的话说，都属班子成员。不过，贾玲玲给别人的感觉总是很高傲，这也难怪，谁让她爸爸是农场的党委书记呢。

　　大猫小时候很怕贾玲玲。上体育课时，大猫喊稍息立正齐步走，贾玲玲总是找各种原因不配合，更有意思的是，有一次她居然耍开了一顺腿，把同学们笑得前仰后合。大猫很尴尬，他很想冲过去，照着贾玲玲的双腿踹上一脚。可那只是一瞬间的念头，借他一百个胆子他也不敢。大猫常想，他为什么怕贾玲玲那么厉害？难道就真的因为她爸爸是农场的干部吗？

　　大猫的爸爸在农场的奶牛场是一名挤奶工。一天要上三班，每次要挤十头牛。时间长了，爸爸的腰有些驼了，双手肿得像小馒头。大猫曾问爸爸，你干吗总是干挤奶工呀，难道就不能当个书记、场长啥的，哪怕到食堂做饭也行呀。爸爸说，咱没文化，能干个挤奶工就不错了。如果你将来有出息，你来当个场长书记吧。

　　东郊农场很大，大小企业上百家，职工能有上万人。贾玲玲的爸爸原来在部队，十年前转业到农场。她妈妈在东郊中学当老师，后来当了校长。大猫没见过贾玲玲的爸爸，据说个头很高，浓眉大眼，一看就是个大干部。大猫问他爸爸，您见过农场的贾书记吗？大猫爸爸说，咋没见过嘛，人高马大的，还到牛舍里参观跟我们工人握过手呢。大猫一听，觉得他和贾玲玲的关系一下套进了很多。一天，他对贾玲玲说，咱俩可以握个手吗？贾玲玲说，为什么呀？大猫说，革命同学象征革命友谊呗！贾玲玲说，我要是不跟你握呢？大猫说，你要是不握，就说明你身上有官僚主义，这一点你可不像你爸爸。贾玲玲说，你认识我爸爸吗？大猫说，我不认识，可我爸爸认识，他们还握过手呢。贾玲玲上下打量了一下大猫，问道："你爸爸是干什的？"大猫看着贾玲玲直射来的目光，怯怯地说，牛场挤奶工！贾玲玲听罢哈哈地笑了起来，说，我还以为你爸爸是多大的干部呢，原来就是个挤奶工。大猫看着贾玲玲得意的样子，他感觉面红耳赤，想发作，可又不知怎么发作。从那天以后，他就很少再和贾玲玲说话了。

贾玲玲上初一时，她妈妈尚冬菊在东郊中学还没当校长。不过，贾玲玲的父亲一转业就在东郊农场当了党委副书记。虽然东郊中学直接隶属于区教育局，可跟农场总是有拉不开扯不断的关系。每年开学第一天，农场都要来一名领导参加开学典礼，这种事农场的党委书记、场长很少参加，一般都委派副书记副场长莅临。自从贾玲玲的父亲来到农场后，每年到学校开会，或者学校有什么事都要找贾书记。这样，贾玲玲的妈妈尚老师在学校的地位就显得尤为重要了。待贾玲玲上了初三，她妈妈已经是副校长了。

贾玲玲上初一开学那天，贾书记出席东郊中学开学典礼。在学校操场上上千人的目光中，贾书记在校长、副校长、教导主任及农场教育科长、宣传科长的陪同下缓缓走上主席台。校长介绍了一下学校的有关情况后，最后请贾书记发表热情洋溢的讲话。当时，大猫就站在第一排，虽然他是斜着看的贾书记，可他还是被贾书记的神态给镇住了。他偷偷地回眸看了4班的贾玲玲，发现贾玲玲看她爸爸的神情比他还专注。贾玲玲自然没注意大猫在一直偷看她，或许她从来就没在乎大猫的存在。大猫对贾玲玲的恨或者说是嫉妒藏在心里，他期盼着有一天他能混出个人样，可以像贾玲玲对她那样居高临下、趾高气扬。

大猫刚上初一的时候，学习成绩比贾玲玲差不了多少，都在年级的前十名。但上了初二后，贾玲玲就跃居年级前三名了。而大猫则排到三十几名。大猫恨死代数了，他怎么学也弄不明白，如果不是代数拉分，他的成绩不会排在十名后。学习成绩落后，这只是大猫的一个短板，更重要的是，贾玲玲到初二长得越发水灵了，好多男孩子都主动向她示好。大猫也曾想向贾玲玲套套近乎，一次，他们在去锅炉房打水时，大猫好心要替贾玲玲打，可贾玲玲给拒绝了。这让大猫很没面子。

学校要开秋季运动会了。各班同学都摩拳擦掌，似乎大有誓与天公试比高的劲头。大猫作为五班的体育班长，他最为头痛的倒不是因为体力，最让他头疼的是学校要每个班出二十人的仪仗队，而且仪仗队要统一着装。班主任老师规定，一律白衬衫、蓝裤子、白网鞋，大猫问老师得多少钱，老师说，个人单订230元，集体购买180元。大猫听后吐了下舌头，心说，他爸爸挤一个月牛奶也才挣300多块钱。而且那300多块钱，还要给爷爷奶奶15块，姥爷姥姥10块，剩下的要给母亲治病，给弟弟妹妹交学费、吃饭等，根本不够花。大猫犹豫了几天，当老师最后问他怎么还不交服装费时，大猫嗫嚅地说，我——我关节疼，这次就不参加仪仗队了。老师说，这怎么行，你是体育班长，不能轻易换人。大猫说，我问正骨大夫了，说如果剧烈活动，会出大问题的。老师问，哪儿的正骨大夫？大猫说，就是那个罗老太太。听大猫这么一说，老师不再坚持了。罗老太太在东郊地区，甚至是在北京正骨界名声大得很，据说有个外国总统颈椎出了问题，到好多国家都没治好，最后来到中国，在周恩来总理的直接过问下，通过各种渠道找到罗老太太，罗老太太只按摩了三次，那个总统的颈椎病就痊愈了。

运动会开幕那天，贾玲玲的父亲贾书记没有来学校。但在升国旗时，贾玲玲和另一名初三男同学一起将红旗升到最高处。看着红旗迎风飘扬的瞬间，大猫觉得贾玲玲此时是世界上最漂亮的女孩。他认识初三的那个男孩,他父亲是农场下属一个乡的乡长。大猫明白,这学校也不是什么净土,也存在名利场。很快,同学间就有人疯传,说那个乡长的儿子在追贾玲玲,直接证据是某天放学后,乡长的儿子骑着自行车把贾玲玲送到家,而且贾玲玲的双手从后边还抱着那个男孩的腰。大猫听后,觉得这是一个挺大的事,他有些闷闷不乐,可几天过后他又觉得自己很可笑,贾玲玲爱和谁好就和谁好,关自己屁事。最好,贾玲玲让那个男孩给睡了才好。

初三那年,学校八个班进行重新分班。学习好的放在一班二班,中等的放三四五六七班,最差的放八班。贾玲玲毫无疑问被放在一班。大猫那次期末考试不单数学出了问题,物理、外语也没考好。结果,他继续留在了五班。每天,大猫都要从一班门口经过,他不知道为什么,每次他都要往一班的教室里瞄一下,说是有一搭无一搭,可在他的内心里还是希望能看到贾玲玲。

初三中考,规定的是要考语文、数学、政治、化学、物理、外语六门课,由于东郊中学等郊区中学的外语老师奇缺,好多学校到初三就没有外语课了,这样,中考时有的学校就考五门。东郊中学一班是重点班,必须考外语,其他班考生自愿,可以考五门也可以考六门。大猫问老师,如果要考外语,外语课怎么个学法?老师说,自愿报名,只要够人数,就可以开班。大猫想,考外语毕竟有机会多选择几所学校,如果不考外语,中考几乎死定了。大猫和几个同学到别的班去张罗,三天后,没想到竟然有七八十人报名。学校见学生的热情很高,就找几个英语老师商量,能否用周二周四下午放学和周六下午为学生补课。老师问,有补课费吗?校领导说,暂时没有,如果过一段申请下来,就考虑。

补习班分成两个班。一班的同学是不参加的。大猫和李平、毛毛、小凤几个要好的同学在一个班。毛毛的爸爸在农场的工会任职，跟贾玲玲平常有些来往。大猫挨着毛毛坐着，课前课后，他总爱和毛毛聊同学间的事。一天，他试探性地问毛毛，你和贾玲玲他爸爸说过话吗？毛毛说，我到过我爸的办公室，有一次赶上贾玲玲他爸也在，我爸让我叫他贾伯伯。大猫说，他那么大的官，一定很盛气凌人吧？毛毛说，那我倒没觉得。怎么，你咋想到问这个问题？大猫说，我小学和贾玲玲在一个班，总觉得他爸爸是个神秘的人物。哦，我问你一个私密的问题，以你和贾玲玲的关系，你能告诉我她和那个乡长的儿子真的有点那个吗？贾玲玲看了大猫一眼，说你怎么这样龌龊？大猫说，同学都这么说，我就是想核实一下。

毛毛当然不会告诉大猫什么。毛毛小学和贾玲玲不在一个班，虽然彼此都知道对方的名字，但几乎没怎么说过话，上了中学以后，由于都住在农场宿舍，上学路上经常在一起，久而久之就成了要好的朋友。贾玲玲喜欢看《知音》《女友》《八小时以外》那样的刊物，她妈妈不怎么支持，怕贾玲玲早恋，不过她爸爸贾书记并不反对，他觉得孩子多看些社会生活的报刊，能使孩子早熟。他甚至觉得，女孩子必须要早熟。毛毛觉得贾玲玲思想很解放，知道的事也多。在别人眼里，贾玲玲她爸爸是农场党委书记，她妈妈是学校副校长，她一定很清高，不好接触，可毛毛就没这个顾虑，她和贾玲玲几乎什么都可以说。至于贾玲玲和那个乡长的儿子，贾玲玲早就告诉过毛毛，那个乡长其实是贾玲玲的亲舅舅，只是出于官场上诸多不便，贾玲玲从来不轻易对别人说。既然不轻易对别人说，毛毛也就没必要告诉大猫。

英语补习班只上了三个月，原来那些想学英语的同学大都知难而退了。大猫问李平、毛毛、小凤几个人还学吗？他们说，学呀。英语老师让大猫统计一下，两个班最后能剩几个同学。本来，大猫也是有些犹豫的，但他一问李平、毛毛、小凤几个人，他们都想学，说如果不学上不了高中，将来没法考大学。大猫想想也是，就和其他几个同学一起报了名。英语老师见有七八个学生想学，就说，我即使不拿任何讲课费我也教你们。

英语老师姓罗，三十来岁，身材苗挑，大约一米七高，头发卷着波浪，穿着半高跟皮鞋，是全校公认的大美人。罗老师很喜欢大猫，大猫也喜欢罗老师，不过大猫从来没跟别人说过这个秘密。大猫以前有点迷恋贾玲玲，现在，他开始迷恋罗老师。他每天上学都希望能看到罗老师的身影。

罗老师是七十年代最后一批知青。她先在农场果园当工人，后来由农场保送去大学代培，毕业后调到东郊中学当老师。同学们私下里都叫罗老师真优美，可能是日本电影《追捕》看多了。罗老师家住农场，和贾玲玲在一栋楼。罗老师的爱人好像在公安局工作，平常也不跟外人接触。大猫一直想看看罗老师的爱人，那得是一个多么帅的男人啊！

大猫在初中阶段一直是懵懂的。他不知道他是学习第一还是恋爱第一，每当他想发奋学习的时候，他的脑海里便经常出现漂亮女孩的影子，有时是贾玲玲，有时是罗老师，有一次做梦他居然跟毛毛抱在了一起。第二天上学，他见到毛毛，感到脸一红，一下把头转到了一边。大猫暗暗地骂自己，是不是有点过于流氓了？后来，他在和其他男同学聊天时，发现别的同学也有这种现象，他这才放心了。

情窦初开的日子实在是美好的。大猫在临毕业时收到小凤给他的一张纸条。那纸条是夹在一本《英语学习》的课外读物里。平心而论，大猫对小凤是没有感觉的。尽管小凤长得并不丑。小凤不是本地人，她是随父母在铁路迁移过来的。她的户口在山东，就是说，她

随风飘送　　169

是借读生，而要参加中考，必须回到山东去考。小凤在信里说，她一直暗自喜欢大猫，希望可以跟他做终生的朋友。如果有可能，她甚至可以——在这里，小凤没有说出口，大猫当然很明白。大猫知道小凤很快就要走了，在她离开东郊中学告别同学们的前夕，他绝不能让她感到失望。如果此刻他拒绝了她，那对一个女孩的一生将是很残忍的。

在一天的放学后，大猫把小凤约到学校操场的单杠边。大猫在单杠上先做了几个动作，稍微平静了一下他对小凤说，我没想到你会给我写信。不管以后怎么样，我今天先得谢谢你。因为你是第一个给我写纸条的人。小凤眼睛直愣愣地看着大猫，说，我是真心的，你要知道，我写那纸条也是经过思想斗争的。大猫问，你就给我一个人写了？小凤一听急了，说大猫你什么意思？大猫连忙说，我只是随便问问。小凤问，下月我就回山东了，你究竟怎么想？大猫想了想，说，我们毕竟才初三，等再过几年吧。要不这样，咱们作个约定，如果二十岁时，你我都没有交朋友，到时咱们俩就定了，你看怎样？小凤立起眉毛，说，你到时可不许耍我？大猫连忙说，我向毛主席保证！

中考如期而至。尽管大猫他们做了最大的努力，他的英语成绩也才53分。总分加起来不要说重点高中，连师范的分都不够。贾玲玲分数不错，考到了市里一所重点中学。正当大猫变得无所适从时，农场和东郊中学突然决定从今年起在东郊中学办畜牧职业高中。这样，大猫和很多的初中毕业生，也包括附近其他几所中学的，都可以考到这里了。参加这个班的好处是，毕业直接分配，当然是农场里的牛场、猪场、鸭场、鸡场和渔场了。不管怎么说，那些畜牧单位都是国营的，可以端铁饭碗。

小凤来信了。她中考的成绩也不太好。他父亲希望她在铁路上干临时工，如果有机会，可以弄个列车员干干。她问大猫如何，大猫说，啥也没考上，估计要在家当农民了。他没有告诉小凤他要上畜牧职业高中了。在一般人眼里，在畜牧场工作是挺不体面的。特别是他看到他父亲每天三班在牛场挤牛奶，还有贾玲玲在他面前那高傲的样子，他就觉得身子像火烤一样难受。他现在再也不敢想贾玲玲了，人家就要变成城里人，是名副其实的金凤凰。

大猫和小凤陆续书信往来有半年，后来就渐渐失去了联系。大猫上畜牧职业高中一点心思都没有，班主任让他当班长他都谢绝了。一天，专业老师在讲课时说，大家好好学，将来毕业有了出息，可以当技术员，甚至是当场长。大猫一听乐了，这让他想起在小学时，语文老师在教写作文时，曾把一篇长大要当拖拉机手的范文念给同学听。大猫当时就想，如果同学们长大了都当拖拉机手，那谁去实现四个现代化呢？

大猫的爸爸在牛场当了快三十年的挤奶工。他的技术在牛场是数一数二的，光徒弟就有十几个。最辉煌的时候，他差点当了全国劳模。对于这种荣誉，大猫从来就看不上眼，他觉得你越是劳模，你越得加倍地干活。看着父亲不到五十岁，腰已经开始驼了。大猫有些心疼，他几次劝爸爸换个工种，可爸爸说他喜欢干这个，他跟牛有感情。大猫想对父亲说，你就是一头老牛，只会拉车，不会看方向。大猫不想再走父亲的路，他要换个活法。

初中毕业后，大猫再也没有见到贾玲玲。偶尔，毛毛和大猫说到贾玲玲，也是轻描淡写。事实上，毛毛也很少能见到贾玲玲。贾玲玲住校，一个月才回来一次。在大猫的内心，虽然贾玲玲不一定看得起他，可他还是以和贾玲玲做同学为荣的。大猫上职高后，贾玲玲的母亲开始担任东郊中学的校长了。每次在学校里见到贾玲玲的母亲，大猫都毕恭毕敬地叫一声校长好。

　　转眼就到高考了。大猫距高考还差一个月被分配到农场的鸡场。鸡场有五万只鸡，分别在十几栋鸡舍里饲养。大猫到鸡场先干杂活，然后跟着老师傅喂鸡捡鸡蛋。三个月后，他开始干技术员。大猫没想到的是，在鸡场的老师傅中，有个女工杨师傅竟然是他初中同学李平的母亲。李平初中毕业，没有上高中，她爸爸托人让她在农场的制药厂做了一名车间工人。大猫和杨师傅聊天中得知，李平上边还有个姐姐，下边有个妹妹。李平上学的时候，属于不温不火，你如果不注意，可以忽略不存在的那种女孩。大猫回忆了一下，他和李平说过的话不会超过十句。因了这种关系，李平的母亲总爱儿子儿子地叫大猫。大猫开始琢磨，如果要是娶了李平，也是不错的选择。

　　大猫没有想到，贾玲玲高考很不理想。她的分数刚好在二本分数线。大猫问毛毛怎么回事，毛毛死活不想说。大猫最后急了，说你再不说咱们绝交。毛毛没办法，她只得如实地告诉了大猫。毛毛说，你必须向我起誓，我说过的话你不许再告诉任何一个人。大猫说，我是什么人你应该知道，我要是传出去，不得好死。

　　毛毛告诉大猫，在高考的前夕，贾玲玲在学校收到一封匿名信。信的内容大致是，贾玲玲的父亲贾书记在农场机关一直和女广播员有不正当关系，为了增加可信度，还夹寄了一张贾书记和女广播员拥抱的照片。这封信让贾玲玲很震惊，也很害怕。一连几天她都失眠，上课也走神。本来，她的学习成绩在班里一直在10名左右，短短一周，她的测考成绩就落到二十几名。老师见贾玲玲一天到晚魂不守舍的样子，就担心地问她怎么回事，贾玲玲咬紧牙关，说没什么，就是有点紧张，过几天就好了。

　　贾玲玲利用星期日回到家里，看着父亲和妈妈亲热的样子，她本来想要质问爸爸和那个女广播员怎么回事,可话到嘴边又收住了口。她不愿破坏家里的大好局面,她相信爸爸始终是爱妈妈的。妈妈一人在家的时候,她想问妈妈,爸爸是不是在外边还有别的女人?她刚要问,妈妈就用别的话题给岔开了。爸爸一人在家的时候,他真想质问爸爸,你和那个女广播员究竟是怎么回事?可当她看着爸爸一副大义凛然的样子,她马上就打消了这个念头。想想也是,妈妈是中学校长,爸爸怎么能轻易看得上一女广播员呢?

贾玲玲是在迷迷糊糊中参加高考的。所幸,她的分数将将过了二本分数线。否则,她就要复读。如果那样,她在同学中就会成为笑话,就会抬不起头来。从小到大,她可从来都是扬头走路的,她是宠儿,是若干男孩心中的白雪公主。

大猫听了毛毛的叙述,非常气愤地说,贾玲玲知道写信的是什么人吗?多么卑鄙无耻的小人!看来准是他爸爸得罪人了。毛毛说,我也这么觉得。那写匿名信的人一定对贾玲玲家的情况很熟悉。不然,我们帮贾玲玲查查那个写匿名信的人。大猫说,茫茫人海,农场好几万人,上哪查去,还是找机会安慰一下玲玲吧。

贾玲玲上了市属的一所普通高校。学校学习环境很轻松。她观察了一下父母的动静,也没觉得什么异样,那匿名信的事也就告一段落。

大猫上班总爱往李平母亲杨师傅的鸡舍跑。几个爱说闲话的老职工说,大猫在巴结老杨,是不是他想当老杨的姑爷呢。国庆前夕,农场在工人文化宫组织文艺会演,单位给了几张票。大猫很早就去了,拿到节目单一看,他愣了,没想到李平竟然独唱《我爱你塞北的雪》。大猫对殷秀梅的歌很痴迷,当然,对殷秀梅也痴迷。只要殷秀梅的声音一出来,她就感到人世间最美好的声音就在这里。他要好好看看，李平究竟唱的像不像殷秀梅。

李平的出场让大猫眼前一亮，红色长裙，白色高跟鞋，亭亭玉立，仙女下凡。大猫恨不得拧下自己的大腿，这是他的初中同学吗？现在成了大姑娘，成了耀眼的明星了？李平第一句一出口，就引得热烈的掌声，那声音真可以以假乱真殷秀梅。大猫那一刻恍惚了，这世界变化真是快啊！

大猫回到单位，把拍到的李平演出的照片给李平妈看。杨师傅说，太妖气了，我都快不认识了。大猫说，您没去现场，李平可受欢迎了。她在药厂是不是有很多男工追求她？本来，大猫是带有试探性地问了一句，不料，杨师傅的一句"她早被厂长的儿子看中了"差点把他噎死。大猫说，厂长有钱，这样也好。从这天以后，大猫就很少再到杨师傅的鸡舍了。

一晃三年过去了。这一年，农场实行企业改革，按照市里统一部署，农场和所辖乡政府政企分开，农场的五十岁以上职工保持不变，等退休办手续。四十岁到五十岁的可去可留。四十岁以下的工龄一次性买断。一时间，农场上下弄得鸡犬不宁。很多职工纷纷到农场机关请愿，要求给这样那样的说法。有的工人干脆到农场贾书记家静坐，不给满意答复绝不离开。贾书记没办法，只好搬到机关去住。他同时打电话叮嘱贾玲玲，最近先不要回家。

大猫的父亲已经过了五十岁，可以在家拿工资等退休。但对于农场把奶牛卖了，把大片的饲料地、场房改成房地产，他有点想不明白。他觉得他一个老工人，挤了一辈子牛奶，这工作咋说没就没了呢？大猫参加工作年头少，只给了一万多块钱，就把工龄买断了。大猫倒是想得开，本来他也不想干这又脏又累的活儿。

贾书记虽然是当兵出身，身体一直不错。但自从转业到农场后,每天应酬很多,锻炼的时间很少。这次农场实行改革,确实让他头疼。工人们连续不断地到场部和家里闹事,最终还是把他击垮了。一天早晨,他在上厕所时,突然感觉眼前一黑,就什么也不知道了。等他苏醒时,他已经被拉到农场医院进行抢救。医生说,多亏救助及时,不然就会有生命危险。即使这样,仍然弄了个半身不遂。半个月后,局里来了任免通知,贾书记被免去党委书记职务,按正职待遇,直到退休办理手续。

贾书记被免职了。农场里的职工有高兴的,也有同情惋惜的。大猫和几个同学才不管贾书记的去留呢,他们哥几个商量好了,到附近的村里承包鱼塘。大猫的爸爸很支持儿子,说你们承包鱼塘,别忘了在鱼塘给我支个棚子,我给你们看鱼。大猫故意逗老爸说,看鱼可以,可我没钱给您发工资。大猫爸爸说,臭小子,老子有工资,还不是怕在家里寂寞。

对贾书记的生病免职,最受打击的是贾玲玲。这年她马上面临毕业,本来想在城里找份工作,可一连往十几个机关、公司投了简历,基本没有消息。她原本不想求爸爸帮助,但眼看别的同学都陆续确定了工作单位,她心里有些着急,就想跟爸爸谈谈,让爸爸在市里给找个单位。她知道,爸爸的熟人多,战友多,有的官位还不低。但她回家看到爸爸的身体状况,她还是打消了这个念头。他找到在乡政府当党委书记的舅舅,希望舅舅给想个办法。舅舅说,乡政府也在改革,现在随着城镇化的进程,乡政府和各个村庄逐渐要过渡到办事处和社区,目前正需要人才,不妨你考考公务员试试。如果考上了,你就在这里上班,离家也近,照顾父母也方便。最后,舅舅开玩笑说,你可要凭真本事哦!

大猫和几个同学承包鱼塘三年,捞得了人生第一桶金。他们分别娶了媳妇。据说,这东郊地区大片的村庄将要腾退改为绿化用地,大猫他们就动开了脑筋,他们跟村里要签承包鱼塘二十年的合同,村里不同意,几番争持,就签了10年。大猫想,10年足以迎来土地腾退了。到时,肯定能好好地跟政府敲一笔,这可比养鱼来得快。

贾玲玲顺利地考上公务员。舅舅先让她在行政服务大厅工作,熟悉一下各部门的业务,一年后,就让她调到民政科。几年后,等贾玲玲当上了科长时,她舅舅已经调到区里的水务局当局长了。贾玲玲所在的办事处和大猫他们承包的鱼塘在一个地区,这样,他们见面的机会很多。最初几年,大家见面还有点拘着,待陆续成家都有了孩子后,人们再见面就像又回到小学、初中同学时的那份纯真美好。贾玲玲也变了,她愿意有事没事和大猫他们一起到小酒馆里吃吃饭,吹吹牛。

有一天,贾玲玲酒喝多了。大猫扶她去卫生间,贾玲玲双脚实在走不动了,一软,就势扑在大猫的怀里。那一刻,大猫的血液都快凝固了。他抱着贾玲玲,任凭贾玲玲的双手在他的身上狂抓。贾玲玲喊道,我没醉,咱们继续喝,喝!大猫说,你先到卫生间吐了,回来再喝。贾玲玲并没有松开手,她对大猫说,我知道你一直喜欢我,可你为什么不追求我,你给我说,你倒是说呀!大猫没想到贾玲玲会说出这样的话,他禁不住亲吻了一下贾玲玲的脸蛋。贾玲玲将头一摇,说,大猫,你要是有本事,你就要了我!

大猫被贾玲玲的言辞吓坏了。他用力强把她拖进卫生间,让她趴在洗手池呕吐。大猫一边给她拍着背,一边给她接水漱嘴。吐过一阵,贾玲玲直起腰来,她看了看大猫,扑哧笑了,大猫说你傻笑什么?贾玲玲说,我笑你胆小。大猫也苦笑道,我是胆小,不然早把你拿下了。

东郊地区绿化腾退拆迁开始了。大猫如期所愿，他们承包的鱼塘被补偿了近百万，再加上他家里原有的平房拆迁，大猫现在名下有三套房。贾玲玲的家在农场，虽然也是商品房，但毕竟只有九十平米，比起大猫那些曾经的农村同学，那就明显的捉襟见肘了。大猫问贾玲玲，你在办事处当官，在我们这也弄套房吧？贾玲玲说，我在农场有房。大猫说，要不把我的一套房平价卖给你。贾玲玲说，我要买，就买你楼上那套。大猫百思不得其解，说，你啥意思？你想永远在我面前高高在上啊？当心，我把楼板捅塌了，让你无处藏身。贾玲玲笑了，说你敢把楼板捅塌了，我就把你人压扁了。大猫说，我倒是求之不得呢。

大猫和贾玲玲他们每天就这样过着快乐的日子。他们之间似乎什么都可以说，但在每个人的内心又有一条不可逾越的鸿沟。大猫和贾玲玲试图打破，但那一步终究是无法迈过去。或许时间能解决这个问题。

终于有一天，贾玲玲的88—8同学微信群传来李平的语音：我在北京到青岛的高铁上见到小凤，她比原来漂亮多了。我想把她拉进咱们的88—8同学微信群，她犹豫一下，说以后再说吧。贾玲玲回复：我都不记得她长得什么样了。大猫回复：祝她幸福！

2019年7月28日西坝河

（原载2019年第11期《福建文学》）

梨花处处开

孩儿他妈是村里老奔头对他媳妇的简称。孩儿他妈当年嫁到我们于家铺时，我还没有出生。不过后来我和孩儿他妈的儿子白瓜成了幼儿园的玩伴。读者看到这里，一定会说，你和白瓜既然是玩伴，那白瓜上边是不是还有个孩子。对，您说得不错，白瓜上边有个姐姐，叫大妞。小时候大妞人样子长得出众，我们都叫她大美人。

我必须说明，大美人不是老奔头的血脉，她是孩儿她妈从前夫那头带过来的。要不老奔头怎么一口一个地管自己的媳妇叫孩儿他妈呢。在我们那地方，男人有本事没本事，都爱装大，他们在称呼媳妇时用的词通常是我们家里的，我们家屋里的，我们那口子，能说我们家孩儿他妈的很少。老奔头称呼媳妇孩儿他妈出于无奈。孩儿他妈是有名姓的，而且挺雅，叫叶梨花。起初，刚结婚时，老奔头也曾称媳妇梨花，后来村里人嘲笑他说，你梨什么花，你媳妇第一次被男人犁过的又不是你，你还好意思。于是，老奔头就将媳妇改叫成我们家孩儿他妈，可村里人还是嘲笑他，说你瞎说什么，孩子明明是人家带来的，怎么就成了我们家孩儿他妈，你干脆就叫她孩儿他妈吧。老奔头想想也是，就这么开始叫了。他这么叫，村里人也跟着叫，时间长了，人们反而不知道叶梨花是何许人了。

回过头来，咱们再说老奔头。

老奔头并不太老，比我父亲要小上七八岁，本名张小权，小名小犬儿。狗剩的意思。他父亲张大权新中国成立前在城里给有钱人做力巴，新中国成立后回农村劳动。张大权在城里游荡惯了，回到村里依然游手好闲，好不容易说了个媳妇，几年就把人家活活气跑了。这下苦了张小权，他跟着没出息的爹饥一顿饱一顿地度过了自己的童年。等到上初中时，他身高才一米三四，体重不过六七十斤。老师瞅他可怜，就说你先回家养几年等身体壮实些再来吧。这样，张小权就又回到小学读了两年五年级。等再去念中学，老师说现在政治挂帅，学校暂时都不上课了，你回家随便干点什么吧。张小权就回家找父亲张大权，说爹我已经十四五岁，我不想上学了，你找村里的干部说说，我干活挣工分吧。张大权说是哩，你真该去干活，不然我们俩都要喝西北风了。

张小权个头小，村领导对张大权说，凑合干，一天给三分吧。张大权说好着哩，只要给口饭吃，不给工分也行哩！村干部倒也因人设事，让张小权当小力巴，一会儿传达通知，一会儿送文件。农忙的时候，他还要提着热水瓶到田头给拖拉机手送水。这些活儿张小权干着挺带劲儿。见他整天像风筝一样飘来飘去，村里人就给他起了个外号，叫小奔头，结婚后改成老奔头。所谓老奔头，就是形容这个人喜欢忙碌，停不下来。张小权对小奔头这个名并不介意，小奔头就是小奔头，无非是个名字而已。不过张大权从来不叫儿子小奔头，他至死都叫儿子小犬儿。这说明他很是爱自己的儿子的。

张大权死于林彪坐飞机逃跑出事那年。当时我已经三岁，能记点事情。一天我从幼儿园回来，路过张小权家，也就是日后的老奔头家，只听得院里传出一阵哭声，门口的路边燃烧着一个脏兮兮的枕头。我妈抱着我，说快走。这时，我见到跟我同在幼儿园的白瓜由他姐姐领着走出院门，他们左胳膊上缠着黑纱，头脚扎着白布，我想和白瓜说话，可不等我说话，我妈已经脚下一溜风似的走出很远。我问妈妈白瓜家怎么了，妈说，白瓜爷爷死了。我问怎么死的，妈说白瓜

梨花处处开　179

爷爷头天晚上到村里的菜地偷黄瓜，被看地的人发现了，一不留神掉进水井给呛死了。

我没想到张大权的死竟是这样一个结局。一连数日，我们家都不买村里卖的菜吃，我妈说，那菜浇的水有贼性味哩！我问什么叫贼性味，我妈说贼性味就是不干净的味，说白了就是死人味。

咱不说张大权了。张小权结婚时二十岁整。这事也凑巧，村里有个本家嫂子，山东人，她娘家哥哥得了癫痫到北京看病。说是看病，兜里连路费都勉强。一家三口千里迢迢到我们于家铺找妹妹，就是借钱来的，或者说是投靠来的。可他哪里知道，妹妹家的日子也是光棍子挑光棍面，上下两面光啊。不久，哥哥的病大发了，在抽过一阵羊角风后很快没气了。在村里热心人的帮助下，妹妹用一领破炕席草草将哥哥埋葬了。几天后，妹妹问嫂子，下面的日子你咋过哩？嫂子说，俺不想回老家了，那家穷得叮当响，连锅都生锈了，俺就住在你家。妹妹说，不中，俺家的情况你也看到了，俺养不了你们。嫂子说，俺不用你养，你跟村里的干部讲讲，俺就在你们村干活，俺有的是力气。妹妹说，你不是俺村人，你让俺咋跟村干部说。嫂子说，俺咋不是你们村人，俺明明是你嫂子嘛，这谁不知道！妹妹说，俺说的不是这个意思，俺是说你没有村里的户口，人家不认哩！嫂子说，那你给俺想办法。

本家嫂子能有啥办法呢？他到家找我父亲问，我父亲说我也没办法，不行你去请教大先生，他是智多星。父亲说的大先生，是村里的一个半拉子中医，一天到晚神神道道的，村里人遇到解不开的疙瘩都爱找他问问。

大先生是出了名的闲人。他最大的爱好就是看病聊天。在他看来，人本来是不得病的，但凡生病最初都是心病。本家嫂子从我家出来找到大先生时，刚一进门，大先生就乐了。嫂子说，俺的脑袋都快急炸了，您咋还有心思笑。大先生说，你一进门，我就知道你什么事，其实这世间的事没那么复杂，关键是看你有没有认识的方法和解决的能力，这就叫会者不难难者不会。本家嫂子说，大先生，您就是活神仙，活祖宗，这回俺是真的求您来了。

大先生并不着慌，说你嫂子是不是不肯走，这好办，在当地嫁个人家不就全有了。本家嫂子说，您说的倒也是，不过俺哥哥刚过世，您说让俺这个当妹子的咋说出口。再说哪有那么合适的？大先生说，这特殊的事就得特殊办。你要是不介意，我寻思着给张大权家说说。本家嫂子一听，说他家也太穷了，除了两根光棍啥也没有。大先生说，这你就不懂了，俩光棍不是问题，问题是家里缺少女人。你嫂子要是嫁过去，保准儿进门就当家。本家嫂子说，当家不当家好说，可俺嫂子的年龄上不上下不下的，嫁老的还是嫁小的？大先生说当然嫁小的，我不能让你嫂子刚嫁过去几年再守寡吧。婶子说，可俺嫂子比小奔头大七八岁，而且还有孩子，人家能同意吗？大先生说，我心里有数，我只要去说，张大权一准儿同意。

听大先生说来保媒，张大权自然心花怒放。自从媳妇被他打跑后，他一直寻思再搞个女人。可是，随着政治运动的一浪高过一浪，他本来还有的一点幻想也就暂时搁置了。眼下，他正在看着儿子张小权长大。早几年，由于营养不良，孩子一直瘦小枯干。谁料，这几年到村里上班后，竟然猛地长结实了，十八九岁，有模有样。这也就是在他家，否则早就被谁家的大姑娘惦记上了。记得十五六岁时，一天晚上儿子突然醒来，他慌慌张张地摇醒了父亲，说我刚才做梦，搂村上一个女人了，结果从鸡巴里滋出一股黏糊糊的东西，你说我是不是坏人呢！张大权一听，扑哧笑了，一把将儿子搂住，说俺犬儿莫慌，

梨花处处开

你一点都不坏,你长大了。你如果真不想女人,那爹才慌哩!张小权似乎明白了什么,对父亲说,我想女人啦,那你是不是也想?张大权说,当然想哩,不想那还咋叫男人嘛!张小权说,你这话说得不对嘛,一个家里两个男人,咋能两个男人都想女人。你想我也想,那不乱套嘛!张大权说,你这个狗娃,咋是猪脑子,你想你的女人,我想我的女人,我们又不是想同一个女人。张小权说,我总觉得你不要脸,你都多大岁数啦,还成天想女人。我得提醒你,我要是想女人时,你不许想,你只可以睡觉。否则,我就不管你叫爹。

对于儿子的警告,张大权才不予理睬。白天,对大姑娘小媳妇该咋看咋看,晚上该咋想咋想。只是从那次与儿子交谈以后,他们爷俩再也没有谈论过男女方面的事。不同的是,张小权晚上睡觉,开始关门了。张大权就想,孩子大了,有自己的心事了。

要说张大权自从把媳妇打跑,一次想女人的念头都没有,那也不现实。张大权在村里人眼里属于游手好闲的人,一般不招人喜欢。那时兴集体劳动,张大权分在哪个组都让人腻歪。一次,村里组织给玉米苗薅草,还没干到一半,张大权就借口上茅房溜了。队长上家里将他捉住,想不到他正跟张小权几个小孩儿在地上玩弹球呢。队长没好气地说,张大权啊张大权,你都多大了,你咋还玩起这个哩!张大权说,队长你莫急嘛,我回家刚上完茅房,就见犬儿从外边哭着回来。我问他咋回事,他说球输了,几个孩子合伙欺负他。我一听就来气啦,咱娃没娘疼,可还有爹哩!我就叫娃约上那几个孩子到家里玩,我要帮娃把球赢回来。等赢了球,我再到地里干活去。队长说,你赢个啥球!你就是个球。明天你就给我掏大粪去!队长的话张大权并不当真,他知道他这球样子领导让他干啥都不放心。

可这次张大权想错了。第二天队长真的让他掏大粪去了。张大权没说什么,他推着前任用过的粪车就到队长家去了。队长说你这是干什么,张大权说我这服务要从你家开始,你是村干部,吃的喝的应比别的人家好,拉出的粪尿也比别人家的油水大,我怕那东西蒸发了,就先到你家。队长说你胡说什么,我家的日子咋会比别人家好,大家都差不多嘛,你多天看见我家吃猪肉炖粉条了?你要干就好好干,不愿意干爱到哪球哪球去,我才懒得管你哩!见队长真的发火了,张大权大嘴巴一咧,满脸堆着笑说,好着哩好着哩,我这就去干活。

张大权早晨九点去掏的茅房,下午三点钟村里的张寡妇就到地里找队长哭闹,说张大权借掏茅房耍流氓。队长说,你莫急,把话说明白。张寡妇说,你让张大权掏茅房,事先我不知道。他到我家茅房,在里边半天不出来,我说你这人咋这样,全村那么多的茅房,你干吗非上我家,你看多不方便。张大权说,我谁家都去,这回轮到你家了,你不让是咋地啦?我说不让,你看,你是个光棍,我是个寡妇,你在我家的茅房里待这么长的时间多蹩脚。他说,那有啥蹩脚,谁说光棍寡妇不能上茅房,你就上,我看谁能把咱俩咋地!队长啊,你听听,他说的什么话,大白天的,他非要我跟他上茅房,这不是欺负人耍流氓是什么!队长说你听错了,张大权的意思是你上你的茅房,他也可以上你家的茅房,并不是你们俩一起上茅房。他在里边待时间长了,是在干活哩!张寡妇说,你是不知道啊,这几天我不是来那个不是,血里呼啦的茅房里都看得见。这要是让张大权看到,我这脸往哪搁啊!丢死人啦!

队长不再跟张寡妇理论。再往下说,张寡妇准会说张大权已经看到了那血里呼啦的东西,而且还对她进行挑逗骚扰什么的话,这样的事村里发生的还少吗?队长想想这事也怪自己,他当初让张大权掏茅房就是个错误,让谁去不好,非让个老光棍。当晚,队长就通知张大权明天不用掏茅房了。张大权说,我就知道你明天不让我干了,就是怕我惦记那些女人哩!队长说你胡咧咧个什么,再说当心我弄你个现形。

从那以后,张大权就很少再考虑女人的事了。

如今,想不到大先生会亲自登门来保媒。张大权自然是心花怒放。大先生问张大权,你最近晚上爱做梦不?张大权说,咋不做嘛,一个接一个地做。大先生说,都做啥梦哩?张大权说,竟梦见在河边鹅卵石上吃葡萄。大先生说,你龟儿子做春梦哩!张大权说,你咋知道?大先生说,那鹅卵石就是女人的屁股,葡萄就是女人的乳房,亏你做的出来。张大权听后,嗤嗤地笑了。大先生说,别看你想女人想的心里慌慌,可我这次不想把这个女人说给你。张大权,你说的是哪个女人?大先生说,是村里来的那个山东寡妇。

山东寡妇年龄二十七八,领着一个女孩,五六岁的样子。她的出现,确实让张大权心里激灵了一下,后来他就有意无意从人家门口走。偶尔从街门缝里看到山东寡妇,他的心就开始热烈,甚至腿都有点软。他想象着,如果这个寡妇能嫁给他张大权,他这后半生也就幸福生活万年长了。

大先生告诉张大权,他打算把山东寡妇说给他儿子张小权。张大权听后,眼睛惊愕地快要蹦出来,直愣愣地问大先生,你不许取笑俺,俺还没有成家呢,小权着急个啥?大先生说,你别急,我前几天到你家的坟地转了一圈,发现那地方长出了一棵梨树,那梨树开花了实在好看,后来你家的堂侄媳妇告诉我,她那山东寡妇嫂子的名字就叫叶梨花。你说这事是巧呀还是不巧,我还隐约听到你家的先人说,就让这个女人给你家传宗接代。如果要不这样,你家就会出大问题。

张大权说，你别吓唬我，我身体还棒着哩，完全可以让那女人再生两三个娃！

张大权的话让大先生有些恼火，说你这个人咋这么浪呢！我从来没说你不行，你想想啊，那山东寡妇是谁？她是你本家侄媳妇的嫂子，如果她嫁给了你，你们家的辈分岂不是乱套了！那样的话，你们家不出事才怪哩！

"可我家小犬儿刚满二十哩，让他取个寡妇岂不吃亏大发了！"张大权见自己的春梦没有戏，就心有不甘地说。

"亏啥哩，你家小犬儿在人家地上一天没有犁过，就白得个闺女，你家是烧高香哩！"

"不能光听你说，我得问问我家小犬儿乐意不乐意嘛！"张大权执拗着。

"你去问吧，你家小犬儿会高兴得找不到北哩！"

大先生在村里说话向来是最有分量的人，连我父亲他们几个村干部都相信他的话。大先生看着张大权的一副委屈相，心说就凭你家的穷酸相，能找到山东寡妇也真是烧了高香哩。多年以后，我父亲告诉我，是他找的大先生，让他从中略施小计，让张小权和山东寡妇成亲的。至于村里那个本家嫂子咋跟我父亲说的，我没有问。

张大权在傍晚的时候，见到收工回来的儿子张小权。他见张小权哼着语录歌，很是兴奋的样子，就说你个怂孩子，在外面吃了啥迷魂药，这么高兴。张小权说，我见到大先生了。他问我想媳妇不？我说咋不想嘛，晚上睡觉我的鸡鸡都跟冰棍蒜肠似的哩！张大权说，你咋不说跟电线杆子似的，你个浪鬼！

"大先生说，他中午到咱家来哩！"张小权有意往深处引话。

"来哩。"张大权沉闷地抽着旱烟。

"大先生说啥哩？"

"怎么他没告诉你？"张大权疑惑地看着儿子。

"他让我回来问你。"

听到张小权的话，张大权唉了一声不再作声了。张小权见父亲一脸的愁苦，就说："爸你咋了？大先生让你为难了？"

张大权说："我倒是不为难，主要为难的是孩子你！"

张小权说："我有啥为难的，您说出来我听听。"

张大权说："大先生来咱家是保媒来了。"

"是哪个女人？"张小权迫不及待地想知道。

"山东寡妇！"张大权愤愤地说。

"你俩要真能成，我看挺好！"张小权赞许地说。

"不像你想的那样。"张大权无奈地赌气说，"他是给你提的亲！"

"给我提的亲？那敢情好，你咋不早说，我还以为给你提的亲呢！"

"你个缺心少肺的东西，你是愿意咋的？那可是个寡妇！他男人刚死！"张大权觉得自己的儿子缺心眼儿，他加大嗓门吼起来。

"我不怕，爸，我娶她。"张小权肯定地说。

望着一本正经回答的儿子，张大权觉得这孩子受了魔怔了。他实在想不明白，张小权为什么这么快就答应要娶那个山东寡妇呢？

张小权要娶山东寡妇的事在1971年末的冬天，成了我们于家铺村最大的新闻。在村里人看来，这一年，中国发生了两件大事，一个是林彪叛国出逃，坠机身亡，另一个就是张小权要娶山东寡妇。

在农村，大姑娘嫁小丈夫的事屡见不鲜。我记得评剧中就有《小女婿》那样一出戏。张小权的婚礼主持人是我父亲，我父亲那时在村里担任着贫协主席。张小权成亲那天,张大权并不显得高兴,偶尔有点笑脸,也是强装出来的。而张小权就不然了,他兴奋得到处跑,像个活宝。对于这个小女婿,山东寡妇叶梨花是认可的,只是她显得很稳重,逢人并不表现得多么洋洋得意、幸福无比。她毕竟是孩子的妈,而且丈夫刚过世百天。

叶梨花嫁给张小权后,就正式成为我们于家铺村里的人了。从此,人们当面背后就没有人称她山东寡妇了,人们一般都喜欢叫她梨花,也有叫她大妞妈的。只有当着张小权,人们才故意称呼孩儿她妈。时间长了,叶梨花的口音也渐渐地会说北京郊区当地话了,至于大妞,基本就没怎么说过山东话。

七十年代的北京郊区,政策虽然没有外省那么严厉,但当地的日子也不富裕。村里的地里一年生长两季庄稼,夏天收割小麦,秋天收割水稻。像玉米、红薯一类的东西,就很少种植。我父亲在村里一直当干部,对下田种地并不在行,他喜欢政治,喜欢民间文艺,喜欢帮助村里人料理婚丧嫁娶。等到了八十年代,我父亲在村里当了支书,这些琐事他就交给了他的徒弟。

我认识张小权是在1970年,那时我一两岁。他经常到我们家串门。自从叶梨花嫁给他以后,他就像变了一个人,衣服也穿戴整齐了,连说话都文明了许多。父亲说,山东是孔子出生的地方,很讲究礼仪的。几年后,我上了小学,学校开展批林批孔运动,我对父亲过去说过的话就表示怀疑。父亲说,在公开场合可以跟着喊几句口号,在内心里可不要这样想,孔子是大圣人,圣人是不可以亵渎的。我那时还不懂亵渎是什么意思。

叶梨花给我最早的记忆是我在村里的幼儿园,我们那个幼儿园不分大小班,由几名老太太看管着。叶梨花和张小权结婚后,她就到村里参加劳动了。第一年，梨花对我们这里的农业活干得不是很熟悉，村里只给她每天七分，第二年她就挣到十分了。梨花的闺女大妞比我大两岁，我们在幼儿园一起长大。等梨花和张小权有了他们的儿子白瓜时，我都六岁了。那一年，大妞上了小学。记得大妞上了小学那年，我找父亲哭闹了一天，非央求爸爸找小学校长说说让我提前上学，这样我就可以和大妞一班了。可我的愿望落空了，校长说我的年龄不够，哪怕差半年他都可以想办法。这样，我在幼儿园又玩了两年。

张小权和叶梨花结婚后的第二年头上，他们得了儿子白瓜。白瓜比我小几岁，长得像叶梨花，个子高大，挺拔，比村里同龄孩子明显壮实。我们那时还不懂遗传这一说，只知道他妈的身板好，只有身板好的女人才能生出这样的娃娃。幼儿园阿姨也喜欢白瓜，见大人们这样，我和另外几个小孩就很嫉妒，大家商量非要治治这个小山东。

这一年的冬天特别冷。尽管屋里生了炉子，可窗户上的玻璃还是落满了各式各样的冰花。那个年代，村上虽然产大米，可大部分都交了公粮。很多家庭，更多的时候还得吃玉米面。按照幼儿园的规定，每个孩子每天必须交二两白米，我印象中每天早晨我妈都用暖瓶盖在米袋里抓一瓶，这样我两顿饭的口粮就算有了。白瓜跟我们一样，也要每天由她妈送来一小碗白米。一天，我突发奇想，既然白瓜叫白瓜，我们何不管她姐姐大妞叫白米呢！于是，我把这个想法告诉了其他小朋友，大家都觉得好。这样，我们就"白瓜白米都姓白，吃到嘴里不出来"整天的乱喊乱叫。白瓜起初觉得没什么，但叫过两天后，他就听出这不是什么好话了，他开始发作，拼命地哭。特别是当他妈梨花接他的时候，他哭得更邪乎。

白瓜发烧了，他一连几天不上幼儿园了。我们几个小朋友觉得寂寞了很多。一天晚上收工回来，我妈到幼儿园接我，一位阿姨对我妈说，白瓜妈今天下午找来了，说白瓜发烧好了，可就是哭着闹着不来幼儿园。后来问清楚了，说是你们家红子带着几个孩子给白瓜姐姐起外号，叫什么白米，白瓜气不过，只好哭。哭得多了，孩子上火，就发烧了。白瓜妈的意思，让我妈教育我们，在幼儿园不许欺负白瓜，更不许叫他姐姐白米了。我妈听后，狠狠地训斥了我，让我保证再也不欺负白瓜了。

白瓜来幼儿园了。他妈看见我，说你是哥哥，要照顾白瓜。千万不要再叫他姐姐白米了。我脸一红，嗯了一声算是答应了她的请求。其实，从我的内心深处，我也不愿意叫大妞白米，我之所以叫她，不过是我不能和她一起上学和自己较劲罢了。可是，我不叫，不等于别人不叫。几天后，在一次游戏当中，一个男孩因为一件玩具与白瓜争执了起来，结果那男孩又说起来了"白瓜白米都姓白，吃到嘴里不出来"，弄得白瓜好一阵哭闹。最后，白瓜也不知道从哪来的勇气，他居然把那个男孩的棉窝给扔进了炉膛，使得那个男孩也跟着大哭。晚上下班，男孩的妈妈和白瓜的妈妈为了孩子的事两人大吵起来，一个要求赔鞋，另一个表示不赔，无奈，两个女人撕扯在一起，把个小小的幼儿园搞得鸡飞狗跳。我们一帮小孩都给吓坏了，纷纷躲在墙角里哆嗦成一团。

晚饭后，父亲听说了幼儿园发生吵架的事，便去找吵架的双方家长调解。父亲在村子里威望很高，他出面调解夫妻吵架、婆媳不和、邻里不睦很是有一套。我母亲对我父亲说，你好好说说二宝他妈，不要以为本村的姑奶奶就可以耍横，人家梨花孤儿寡母嫁到咱村里不容易。我父亲说，是这样的，我们不能欺负人家梨花。

梨花并不是窝囊的女人。他嫁给张小权后，很快她就从张大权

梨花处处开　189

手里把家里的大权拿过来了,她给那爷俩规定什么时间出工,什么时间吃饭,喝酒要喝多少,衣服要多长时间洗一次。她甚至规定张小权每周只能和她亲热一回。小权问她为什么,梨花说,我身子大,你身子薄,如果你那事干得勤了,会把你累死的。小权说,我听你的,你让我什么时间睡就什么时间睡。

梨花不愧是山东人,力气出奇的惊人。我亲眼见到她在田地里施肥、收割水稻和小麦,她的数量完全可以跟男劳力媲美。我还看到她在帮助乡亲家盖房子时,能用双手将铁锹里的麦秸泥甩到房上,壮实的男人也不过如此。更让村里人津津乐道的是,有一次为了孩子的事,梨花和张小权拌嘴,最后两个人说茬了动手,梨花一个大别子便将张小权摔到了菜地里。从此,叶梨花会摔跤就成了人们的谈资。还有说得邪乎的,说某年叶梨花外出到合作社买东西回来,半路遇上两个劫道的,哪料,叶梨花两膀一较劲,三两下就把两个贼人给扔到路边的污水河里了。

我上小学那年,叶梨花当上了妇女队长。她经常和我父亲在村上开班子会,关于她的许多事情,我在父亲和我妈聊天中听了很多。我觉得,这个叫梨花的山东女人相当了得。每次见到她,我都会亲切地叫她一声梨花婶。或许由于我父亲从中成全她嫁给张小权的事,梨花对我父亲一直心存感激。我妈不止一次对我父亲开玩笑说,要是政策容许,你当初把梨花纳个妾就好了。父亲听后,说我倒是愿意,可哪有那样的好事呢!

我和大妞、白瓜陆续长大了。等我上了小学五年级,大妞上了中学。白瓜也上了小学三年级。不曾想到的是,这一年的夏天,白瓜突然病了,得了大脑炎。张小权和叶梨花急大了,他们四处借钱,带着白瓜在北京的几家医院奔波,可最终还是没能保住白瓜的命。我永远忘不了那个落叶纷飞的秋天,我放学回家快到村口时,看到有一群人哭哭啼啼从村口出来,等到近前,我才看到梨花婶子怀里抱着用棉被裹着的已经死去的白瓜。张小权在一旁被人架着,我父亲在前边指挥着人们不要在马路上耽搁,说时间长了大人会哭死的。我看到了大妞,她显然已经提前放学回家了,或者说她就没有上学。大妞一手抹着眼泪,一手拉着妈妈的衣襟,此时,我再也站不住了,也跟着人群呜呜地边哭边开始移动。

这是一支送葬的队伍。这是我看到的最悲怆的队伍。从此,我再也看不到那个叫白瓜的玩伴了。我在心里一遍又一遍地忏悔,我再也不喊"白瓜白米都姓白,吃到嘴里不出来"了。不知什么时候,大妞看到了我,她哭得更伤心了。显然,看到了我,她一定会联想到我们一起玩耍时的情形。我拉着大妞的手说,姐姐,你别哭了,我也想白瓜啊!

父亲从人群中发现了我,他把我拉到路边,说,赶紧回家,这里不是小孩子凑热闹的地方。我泪流满面地哭诉着,我想看看白瓜,父亲说,不要看了,以后有的是时间去想。无奈,我只得站在路旁,看着悲伤的人群渐渐向村西的坟地走去。

晚上,父亲对母亲说,白瓜属于夭折,张小权家里穷,打不起棺材,用一领炕席就将白瓜埋了。母亲叹息道,梨花的命咋就那么苦呢!父亲说,她还真得找大先生给他家好好看看风水。母亲说,再怎么看,白瓜也是没有了。父亲说,人毕竟还得往前走,不看,梨花以后可得怎么过呢?

是啊,梨花今后该怎么过?

其实,在人们心疼梨花的时候,也必然会想到张小权。他又何尝不是苦命人呢。有一天,张小权到家里和父亲谈工作时,正赶上大先生来串门。闲聊时,张小权就问大先生,说叔啊,你说我的命咋就这么苦呢?大先生看了看张小权,说你印堂发暗,心脏不是很好,你要注意啦!张小权一听,感到有些害怕,说叔你别吓我,我家已经够倒霉的了,我要是有个三长两短,你让我家孩儿她妈咋活嘛!大先生说,你先不要管人家咋活,你先问问你咋活?张小权说,叔的意思是我要活不成?大先生说,你的内心已经杂乱无章,如同脚下没有了根基,大树随时要倒下。父亲见张小权开始六神无主了,便插言,说大先生可不敢再吓唬小权了,怎么也得帮帮他。大先生说,不是我吓唬他,不信咱测测看。父亲问,你咋测法?大先生顺手拿过一张《人民日报》,又把我的一支铅笔拿起来递给张小权,说小权啊,咱们玩个游戏,你就在报纸的空白处随便写个字,有道是字由心生,我看看你在想什么?

张小权识字不多,将铅笔尖在舌尖咬了咬,略微思考了一下,便写了一个菩萨的"菩",结果,当把报纸举给大先生看时,大先生笑了,说小权哪,你是不是想写菩萨的"菩"?小权说对呀。大先生说,可是你写错了,你把菩萨的"菩"写成受苦的"苦"了,看来你是紧跟一步赶上苦,慢走一步苦赶上,你是掉到苦坑里了。张小权听罢,两只小眼瞬间僵住了,他不知道该如何是好。

"大先生,你是咱村里的活菩萨,你得给小权出个主意,把这灾给遮了。"父亲替张小权求助大先生。

"办法倒是有,只是——"大先生意味深长地说。

"您说吧,我听您的!"张小权态度坚决地应和着。

"你得和你媳妇梨花离婚!"大先生单刀直入地说。

"这怎么行!"张小权一听就急了,"我离不开孩儿他妈!"

"你不离,那这灾就难遮了。"

"当初让我娶梨花的是你,现在让我们离的也是你,你告诉我到底哪个是对的嘛!"张小权看着大先生,恨不得把他抓起来。

大先生说:"当初是对的,现在也是对的,这就叫此一时彼一时嘛!"

"我不听你的,我听我大叔的!"张小权把最后的目光投向我父亲,他希望我父亲替他做主。

父亲看着张小权近乎绝望的眼神儿,他有些犹豫了。他当然理解,张小权家自从有了叶梨花进门,这个家庭发生了怎样的惊人变化。如果白瓜不死,他们家的生活还真让人羡慕哩!可现在不行,全村人都在议论,梨花是个方人败家的娘儿们。有的人甚至说,如果叶梨花不离开张小权,张小权指不定要出什么事呢!本来,我父亲是默许大先生的建议的,可当看到张小权的破落相儿,他的心动摇了。于是,他对张小权说,咱今天不算最后决定,你回去和你家长辈商量商量,看这事咋办。另外,抽时间我也找梨花聊聊,听听她的想法。

听父亲这么说,张小权也只得答应考虑一下。父亲说,三天后听你信儿。

在北京郊区,人们总爱说是亲三分向,也有人说,恶狗护三村。这两句话,若放到张小权和叶梨花两个人是否要离婚的问题上,很能说明问题。自白瓜去世后,叶梨花便成了村里人议论的焦点。以我对村里人的了解,同情的不多,大多数人都抱定这叶梨花就是害人精。最直接的举动就是,叶梨花在村子里不论到哪里干活儿,人们都自动地远离她、疏远她,仿佛她是村里最大的瘟疫。还有许多爱嚼舌头的女人,在背后聚在一起,总是添油加醋地议论叶梨花的种种不是。这让叶梨花很是委屈、愤懑,她几乎每天都躲在被窝里哭泣。

一天,我母亲在村小卖部见到叶梨花,见才几个月光景,梨花已经面容憔悴，两眼暗淡无光，就主动走上去和她打招呼。梨花说，婶子，你还敢跟我说话？我母亲一听，心头一怔，随即劝慰道，梨花啊，人这一辈子总会遇到这样那样的难事，谁家也没挂着无事牌，既然如此，就要打起精神来，只要自己不倒，光凭几口唾沫星子淹不死人。如果实在烦，憋闷得慌，就到我家串门儿。母亲的话使梨花很感动，她抱住母亲大叫了一声——婶子！眼泪瞬间打湿了她的面颊。母亲说，哭吧梨花，别把委屈憋在心里。

　　张小权三天后并没有把自己的决定告诉大先生和父亲，显然，张小权是舍不得和叶梨花离婚的。至于我父亲，也不好真的和叶梨花去谈离婚的事。父亲说，这世界上最说不清楚的事就是有关男女的事。

　　日子一天天过去了。我和大妞渐渐长大了。这几年，张小权和叶梨花再也没有生出属于他们自己的孩子。村里的人不管是谁，谁见到张小权两口子也只字不提孩子的事。大妞上初中时，已然有了大姑娘的模样，学校里的很多同学都惦记着她。有个别男生还偷偷地往大妞的位斗和书包里偷偷塞纸条，大妞装作没看见，没有一点动静。我虽然比大妞低两个年级，可我从内心里极不愿意有任何男同学打她的主意。等到了高中，我在读了几篇爱情小说后，终于明白了"爱情是永远排他的"道理。

　　我们那个年代，男女同学几乎是不同桌不说话的。但我和大妞说话，我们甚至一起搭伴上学放学。我不止一次遭到高年级男同学的起哄与嘲笑，甚至还遭到殴打，他们的条件只有一个，就是让我远离大妞。我不管这些，我继续和大妞一起搭伴上学。有一次我实在气不过，就把家里的一把剁猪草用的菜刀放到书包里，心里横下了狠心，只要有人再欺负我，我就对他下毒手。我不相信这世界上还有不怕死的人。

　　大妞是很有定力的女孩。或许从小受家庭的影响，使她内心一直有自己的理想与目标。我上初二的时候，她考入了一所重点中学。那所重点中学是我们当地学生很难企及的。大妞学习好在学校是有名的，但她好到能考到重点中学是我们是谁也没有想到的。有人说，大妞学习好是一方面，关键是她有个远房的姨夫在那所重点中学当副校长。为了让大妞能考上重点中学，她妈叶梨花不知给那个亲戚送了多少礼。

　　我不相信叶梨花给人送礼的事。她家的家境能吃饱饭就不错，哪里来的钱去送礼。不过，听我母亲说，叶梨花在城里确实有门亲戚，好像是叶梨花的表姐。在过去贫穷的时期，人们是不好走亲戚的。现在日子好过多了，亲戚也就自动找上门来了。我没见过大妞的表姨长得什么样，反正叶梨花只要到城里去上一回，大妞的衣服就会换新的。当然，叶梨花至多一年去过三四回，老去家里的地谁种啊！

　　大妞上的重点中学在城里，由于离家远，交通也不方便，大妞就住校了。只有到了寒暑假，她才回来住上几日。更多的时间，她喜欢住她表姨家。久而久之，大妞就俨然成了城里人。我们再见面的时候，便无形产生了陌生感。我有几次曾试图叫她到我家玩，可话到嘴边，我又缩了回去。在我的内心深处，城与郊已然有了巨大的落差。

　　大妞上高三的那一年，是我最灰色的日子，中考失败，我考入了农场里的畜牧职业高中，这就意味着毕业后我将成为农场的畜牧工人，每天面临着与鸡鸭猪牛马鱼打交道。暑假我百无聊赖地在村子里转悠，不经意间看到大妞，我的脸瞬间红到脖颈，我连跟她打个招呼的勇气都没有。大妞知道我中考失败，也不好多说什么，她让他妈梨花婶子将几本文学书籍送给我。我很感激大妞，没人的时候，我捧着那几本书难过地涌出了泪水。我知道，那是一个农村青年面对前途的痛苦与绝望。

也就是在这一年的夏天，为了支持大妞参加高考，梨花婶子辞去了村里妇女队长职务，经城里表姐的帮助，在一个副食品公司做起了临时工。这样，她就可以天天为大妞做饭了。张小权这时也已经不当村上的小干部，而是到城里的建筑队当了一名业务员。不久，他们顺利在城里租了一间房，那房子虽小，却也其乐融融。我不止一次地对我父母说，村里我最佩服的就是张小权和叶梨花夫妇，别看他们本事不大，但对待大妞的学习上，两个人什么都豁得出去。我父亲说，张小权他们两口子把一家人的希望都砸在大妞身上了。如果大妞能如愿考上大学，那他们家大妞就是咱们村出来的第一个状元！

父亲的话听得让我激动而神伤。从那时起，我开始了写诗，写散文，写小说。这一年的冬天，我写出了十二万字的小说《青春的答卷》。这部小说不是写给我的，更不是写给我父辈的，而是写给梨花婶子的。至今三十年过去了，这部小说还藏在我的抽屉里，既没有发表，也没有给梨花婶子和大妞看。至于大妞和她母亲以后的日子，读者一定会想象得出，我在此就不必再赘述了。

2016年12月10日西坝河
（原载2017年第2期《山东文学》）

光熙门

凡是有城的地方，必定有门。大些的城市，往往要有九个门，要不然就不会有九门提督这个职务。我所居住的北京东北三环附近，也有个门，叫光熙门。上网上一查，呈现的条目竟然不是北京的，而是属于韩国首尔，也就是过去汉城边上的一个地名。这就给我弄懵了，北京的光熙门和韩国的光熙门难道真的有什么关系吗？

从光熙门往南到重庆饭店，有一条四五百米的斜街，名曰七圣南路。所以叫七圣，是由于这地方过去曾经有座七圣庙。七圣庙我没有见过，听岁数大的人说，那庙不大，充其量是家小庙。要说大庙，离这里不远，东边三四里地有个太阳宫，西南四五里有个雍和宫，那在京城都是赫赫有名的地方。

紧邻光熙门，有家叫蟹老宋的香锅店。蟹老宋，不卖炒菜，专营香辣蟹，一年四季生意都挺红火。我到过蟹老宋几次，是和诗人老风，还有他的几个女友一起去的。老风早年毕业于北京第二外国语学院，说的一口流利的英语。许多先锋诗人他都认识，他把他们的诗翻译到国外，使他们很早就成为国际诗人。老风跟我说，他的诗在国外比在国内有名。我在老风家，他从脏乱的书堆里给我找出几本发黄的英文报刊，他指着其中的几首诗说，那就是他写的。我不大懂英文，想用汉语拼音方式读，发现很蹩脚，肯定词不达意。老风说，你不需要懂，你只知道哥们在国外有名就行了。

我和老风相识于二十年前，是在芳草湖公园。老风那时和几个流浪画家一起开了个天天画廊，三天两头组织画家诗人到那里聚会。

老风的朋友多，天南地北，也不管有钱没钱，来了就喝酒，成听的易拉罐啤酒管够。老风喜欢喝啤酒，从早晨喝到晚上，整天醉醺醺的。我的朋友，是一家报社的记者，她和老风的女友小萌是朋友。小萌比老风小七八岁，他们相好几年了。老风的媳妇咪咪是个摄影家，喜欢到世界各地拍风光片。她知道老风很风骚，在他们谈恋爱的时候，他们就约定，他们将来过丁克，不要孩子，而且互不干涉彼此的私生活。这样的夫妻在很多人眼里觉得很怪异，可他们自己觉得这实在是太好了。

　　我去的那天，正赶上老风生日，他邀请了上百人前来助兴。我对报社的朋友说，事先你也不问清楚，今天是老风生日，我们不能一点表示也没有。朋友说，老风是诗人，不看重这个，你只要夸夸他的诗好就行了。我说，来的漂亮女孩很多，他们夸他比我有动力。这时，小萌走过来，我朋友说，我们来给老风助兴来了，你看添点什么。小萌说，这还不好办，让公园小卖部往这送十箱啤酒，老风就喜欢这个。我说这好办，于是拿出600块钱，交给画廊一个管事的服务生，说，你让小卖部给送点啤酒来。

　　芳草湖四周属于北京商务区，毗邻使馆区，许多老外也喜欢到公园散步。自从公园里增添了天天画廊，老外们就更爱光顾了。老风喜欢和老外打交道，小萌说，有几个外国女人也很喜欢老风。后来跟老风熟了，我就问他泡外国妞什么感觉，老风一脸陶醉地说，只管爱，想怎么爱就怎么爱，人家很开放，绝不会事后逼你离婚、打胎。我说，这有点像萧军、徐志摩那个年代的爱情，爱就爱了，不爱就不爱了。

　　老风的媳妇咪咪长得很迷人，像个舞蹈演员，走道腰肢甩甩的，说话直来直去。我第一次见到她，她正给几个老外在一幅俄罗斯油画前照相。可能是一个老外的头遮住了画像重要的位置,她就扯着嗓门喊道:脑袋别像萝卜似的乱晃,看我,看我!我问咪咪,你那么大声喊,他们听得懂吗?咪咪说,挨训的时候,全世界的人都一个表情,没哪个不懂!

对于老风,咪咪其实还是很迷恋的。开始,她也曾试图跟他一心一意地过日子,后来发现老风就是个情种,他喜欢一切女人。有个关于老风经典的段子。话说某日,老风陪他母亲到协和医院看病,在光熙门地铁等车的时候,他突然从对面车上看到一个女孩,那女孩穿着红色的连衣裙,走路轻盈飘逸,虽然只是从眼前那么一闪,却足以让老风心弦一颤。他下意识地紧跟了几步,那女孩似乎感觉到什么,稍一斜头,猛然间看到长发飘飘的老风,感到有点惊异,瞬间又扭过去,这时,老风再也控制不住自己,他对母亲说了句您等我一下,然后就尾随红裙女孩而去。不巧的是,等他追到电梯口,女孩已经消失在人流中。老风在那里痴痴地足足站了三分钟,他多么希望那女孩重新出现啊!

从那天以后,老风一连三天都去地铁站,他总觉得那个红裙女孩一定会出现。多年的经验告诉老风,人身上都是有某种特殊气息的,这种气息对于某些人是一种排斥,而对另一些人就是一种吸引。就像西门庆遇到了潘金莲,两个情种凑到一起,想不出事都难。

天天画廊开的时间不算短,也不算长,成了北京继圆明园流浪画家群之后的又一风景。芳草湖不同于圆明园,毕竟在闹市区,社会治安管理的很严。即使这样,也经常有便衣警察来这里监视。想想也是,来这里的画家、诗人、音乐人打扮都很怪,留长发的,光头的,穿喇叭裤的,还有个别玩行为艺术的。有个画家,有一天突发奇想,他在一棵槐树上仿鸟巢搭了一个窝,他在上边连续蹲了十天。人们除了每天给他送点水以外，他就那么待着。老风觉得这个人有意思，说不行我来陪陪你。老风就在疯子画家对面树上也搭了一个窝，让人弄了一箱啤酒挂在树上。老风说，你们不要问我什么时候下来，等我把啤酒喝完了，就自动下来了。有人说，我们天天给你送啤酒，你就不用下来了。多年以后，你就和树成为化石了。老风说，那可不行，我还得交女朋友呢。

我最后一次去天天画廊，是在2007年秋天。按合同，天天画廊还可以干两年。可上边突然来了个令，说要清理外地人口，这样，一些流浪画家、诗人就和许多民工被纷纷遣送回家，有坚持不走的，就给弄到郊区建筑工地去筛沙子。记得一天早晨，我还没睡醒，就被一阵电话声惊醒了。我那时最怕电话响，主要是父母身体不好，随时担心他们会生病。好在这次不是家里，是我单位同事打来的。同事是个女博士，老公是河南人，他们在北京南三环劲松一带买了个独居。前几日，老公家的婆婆带着小姑子和小姑子的孩子千里迢迢地来北京看儿子来了。女博士看着婆家来人，眉头紧皱，说这么热的天，咋住嘛。婆婆说，没关系，你们原来咋住就咋住，我们娘三个睡地下。女博士说，您睡地下，我们在床上咋好意思，还是我们睡地下吧。婆婆说，我们农村人身子没有你们城里人娇贵，睡地下其实也挺好，凉快着哪。女博士犟不过婆婆，就说，那您就将就将就，等将来有钱了买了大房子，一定让您睡双人床。就这样，婆婆一家住了下来。女博士的每一天都是度日如年。

不料，头天下午，婆婆一家在外出到通州见一亲戚时，被通州警方给拉网拘留了。现在，一家三口就关在一家破旧的工厂里，好像有好几百人。女博士问我，在通州认识警方的人吗？我说，我认识通州的一帮文友，虽然没有警察，可也有几个小官员，估计打个招呼能管用。女博士说，求求人家，无论如何得把我婆婆放出来，还有个五六岁的小孩呢。我玩笑道，你不是成天烦他们住你家不走嘛。女博士说，烦是烦，可她毕竟是我婆婆啊。我硬着头皮给通州的一个朋友打电话，朋友倒也不撅我的面子，说我给您问问。大约一个小时候，女博士给我打来电话，说她婆婆和小孩被放了出来，只是她小姑子还被押在里边，问能不能再托托人，孩子不能没妈呀。于是，我又打电话问朋友帮忙，朋友说，这忙可能帮不了，我问为什么，朋友说，昨天市里拉网，各区县都有指标，岁数大的，可以放，但年轻的就得算数。我问通州多少数，朋友说，他也不知道。他告诉我，让老太太带着孩子赶紧回河南，再抓住，想托人都不行。我一听，说，岂有此理，一个老人能咋地。朋友说，你还甭较劲，不服抓住让他们筛沙子去。

　　天天画廊，虽说开在北京，可人来人往的还是外地人居多。如今的外地人被拉网了，天天画廊的日子一下就冷清了下来。老风开始想再撑撑，可架不住每天的开销。过去，狐朋狗友多，你给点他给点，即使赚不了什么钱，也不至于经营不下去。

　　老风是不甘寂寞的。天天画廊不干了，他就经常带一帮人到光熙门一带小聚。蟹老宋是他们聚会的主要餐馆。老风其实不怎么吃螃蟹，他嫌麻烦。前些年，老风还能吃点辣的，辣螃蟹虽然他不怎么喜欢吃，可真的坐下来，他也能吃个两三只。吃螃蟹的人都知道，螃蟹偏凉性，容易伤肠胃，吃的时候最好能喝上几杯白酒。老风不喜欢喝白酒，他总是一听一听地喝啤酒。

　　小萌新近交了一个男朋友，是个画家。江苏镇江的，开始在一家报社做美术编辑，后来给一些有名的画家写评论，逐渐有了些名气，就很少画画，反而以文字为生了。小伙子名字叫大卫，长得很潇洒。他喜欢小萌,也知道小萌跟老风相好。他觉得,这男女的事,不必太认真,今天好,今晚就跟她睡。至于明天她又跟谁好上了,那就是明天的事了。大卫也喜欢到蟹老宋与老风聚会,与其说他为了找老风,倒不如说他为了找老风身边的氛围。

老风跟我成了朋友后,他几乎天天都叫我过来陪他喝酒、聊天。我起初还能坚持,但时间长了,就有点盯不住。我跟老风说,我熬不了夜,晚上还得有写作任务。老风听后,诡秘地一笑说,什么狗屁任务,肯定是向组织交公粮。我说,我还没有上级,组织正在考察我。老风说,我就是组织,你有了什么思想动态马上告诉我。实在不行,哥们给你找几个。我说老风你其实就是嘴上吹牛,到处说你有过三十六梦,你以为你是水泊梁山一百单八将呀!

咪咪偶尔也到蟹老宋参加我们的聚会。她来了,小萌等一些女友就相对收敛一些。咪咪这女人不是一般大气,她对老风的要求是,你有女友可以,甚至带到家里也可以,但要做男女间的事,最好不要让她看见。如果看见,他们的婚姻就此结束。每次咪咪外出回来,她总是提前两个小时打电话给老风,告诉老风,她大约什么时间回来。老风呢,这时就会把女友劝走,然后把房屋床被打扫干净。好像什么都没有发生。老风跟我说这些的时候,显得很轻松。我听起来,觉得他们的婚姻像神话。

小萌告诉我,咪咪虽然爱老风,但她也有自己的空间。她为什么爱摄影,还不是她对外面的世界始终有新鲜感。据说,咪咪有一个摄影发烧友,他跟咪咪形影不离,他们经常一起到全国各地去拍片子。有一年,他们俩一同去了青藏高原,一去就是一个多月。你能想象,一男一女在那个荒无人烟的地方将是怎样的相依为命,如果他们之间没有爱情是不可能有这样的选择的。至于为了艺术,那不过是借口,只是一句空壳。

我很感谢咪咪,我后来结婚时,她和老凤专程到我郊区的老家祝贺。事实上,她那时和老凤已经分手了。为了我的面子,他们俩装作什么也没有发生。我为此说过老凤,说你他妈就是情种,可是,你为了一些毫不相干的女人,却失去了咪咪,你真的不值。老凤承认,在他所结束的三次婚姻中,咪咪是最令他不舍的。咪咪不仅对老凤好,对老凤的父母也好。老凤父亲中风后,咪咪不顾羞涩,亲自为公公接屎接尿,一干就是两年。老凤和咪咪离婚后,她母亲住院,也是咪咪跑前跑后。老凤的母亲在弥留之际,曾经问过咪咪,你还能给我做儿媳吗?咪咪哭着说,她愿意。于是,老太太让老凤在她面前发誓,要一辈子对咪咪好。老凤发誓是真的,发过誓很快忘记也是真的。咪咪说过,老凤不是个坏人,他就是离不开女人。

老凤是典型的北京男人。他不歧视外地人,但常以北京人自居。他家居住在和平里国家林业部对面,他父亲在国家林业部机关是个局级干部,新中国成立前参加的革命。和平里一代在北京属于老居民区,住的都是中央单位的职工。老凤过去在一家外文杂志做翻译,后来下海热,他就出来单干了。他们家哥俩,他大哥在国家机关工作,中规中矩,很少管家里的事,对老凤的事就更懒得管。老凤他父亲机关分了两套房,也就是二加二那种。老凤有个小两居,六十多平米,在一层,他有一年闲的没事,找几个哥们搬来几百块砖,在窗外又接出一间。物业有意见,找老凤交涉,老凤给他们送了几条烟就给搪塞过去了。

从和平里到光熙门也就一站地。和平里那一带也有许多饭店,光烤鸭店就两三家。老凤不喜欢在家门口吃饭,他喜欢走十几分钟到光熙门。光熙门不同于东直门、朝阳门、德胜门,属于明朝时期的建

光熙门 203

筑。光熙门是元朝的城门,大运河从杭州到通州张家湾,而从张家湾再到京城,就得走三条漕运河,包括萧太后河、通惠河与坝河。坝河的终点站,就是到光熙门。进了光熙门,就是真正的元大都了。老风家不是从元朝搬到北京来的,他父亲是山东人,跟随二野转战后来到北京的。老风会说山东话,但说的没有英语好。我听过老风用英语朗诵雪莱的诗,确实好听,声音充满磁性,很讨女孩的喜欢。

老风和小萌两人好快十年了。小萌毕业于北京广播学院,在电台做主持人。广院与老风就读的外语学院相邻,老风上大学的时候,小萌才上初中。小萌是在一个诗会上认识老风的。在八十年代,诗人满街飞,谁不写诗似乎谁不正常。小萌在学校就写诗,当然,诗写得一般,只在校报上发过几首。老风就不同了,他不但自己大量的发表诗,还翻译,中译英,英译中,神出鬼没。在一次由区文化馆组织的诗歌朗诵会上,老风以一口流利的英语朗诵完普希金的诗歌后,坐在下边的文学爱好者们简直疯狂了,纷纷把老风围住。小萌没有围上去,她只是冷冷地看着老风,等人们陆续合影签名后,她才过去主动找老风。老风以为这个小姑娘是找她签名的,就主动拿起笔,准备在笔记本上写什么。哪料,小萌并没有让他签名,而只是说了句,我一点都不喜欢你的诗,太涩。小萌的话让老风觉得脸红,他把艰涩难懂的涩听成了好色之徒的色。老风说,对不起,我不是写给你看的。小萌说,写诗就是给人看的。老风觉得这个女孩太伶牙俐齿了,他不再跟她争论,而是换了一副腔调,微笑着说,咱们交个朋友吧。

小萌把自己交给老风,是在一年的春节。咪咪的母亲生病住院,她去陪护,虽说家里人轮着,但考虑她同医院的大夫熟悉,家里人就让咪咪住娘家,娘家距医院就两站地。小萌的父母是外交官,春节在国外过。小萌觉得孤单,一个人猫在家里,偶尔也跟同学见个面。年三十那天,白天老风去了趟医院,同咪咪一起照顾岳母,岳母本来闹着要出院,可情绪一激动,血压又高了起来。医生说,血压不稳,不能出院,不然容易得脑溢血。既然岳母出不了院,咪咪就得继续陪母亲。咪咪让老风回家,和公公婆婆过年。

一个人的春节无论如何是寂寞无聊的。小萌下午睡了一觉,晚上她想看看春节晚会。可当夕阳西下,夜幕悄悄来临时,窗外不断传来鞭炮声,这让小萌不免有点恐慌,或者说是恐惧。她本来想给几个同学打电话,但拿起电话又放下了。她不知道跟同学该说些什么,如果问候一句过年好,人家也会问过年好,这个年对于别人来说,或许说很好,一派大好,可对于小萌就显得有些尴尬。想来想去,还是不打的好。然而,不打,又觉得空落落的,很想找个人说话。她在通讯录上信手翻阅着,不由把目光盯在老风的号码上。她觉得这时候给老风打电话最合适,不论咪咪在不在家,她都不会在意。如果有可能,说不定还能跟老风见上一面呢。

小萌打来电话的时候,老风正准备去父母家吃年夜饭。按往年习惯,从年三十晚上到正月初五,他和咪咪都在父母家吃饭。家里平常有保姆,可过节了,保姆回乡下了,这做饭的任务就由老风的母亲承担。咪咪偶尔也帮助打个下手,也就是做做样子。老风喜欢做饭,而且他会做西餐。可是,老风的父母是地道的山东人,喜欢吃面食,尤其爱吃呛面大馒头。咪咪家是南方人,父母又是外交官,吃饭比较讲究,接受西餐。老风想了想,他决定每天午餐和晚餐分开,中午做中餐,晚上做西餐。今年情况特殊,晚餐还是以中餐为主。

按北京的习俗,过节要吃团圆饭。儿女们三十晚上都要围在父母身边,包饺子,看春晚,只有子夜的钟声敲过,三十饺子吃完,才可以回家睡觉。在八十年代以前,人们过年是要守岁的。现如今,生活条件好了，人们反而体力不行了。一般家庭，一点钟以前就都睡觉了。不过，三十晚上睡觉通常是不关灯的，寓意着来年红红火火。老风从小养成春节晚上放炮的习惯，这几年每年政府都贴出告示，在五环以内禁止放烟花，可市民们才不管，该放还是放。

小萌问老风干什么呢，老风坏坏地回答，等你呢。小萌说，鬼才相信你的话。于是，老风只好说了实话，他实在不愿跟小萌逗闷子，这丫头的嘴巴就是厉害，哪次交锋也没有占过便宜。凭经验，老风知道小萌现在的心情很寂寞，就说，你要是一个人烦得慌，咱俩找个地方一起喝酒去。小萌说，那多不合适啊，你过节不得陪你父母啊？老风说，我先过去一会儿，待个把小时就回来，反正他们也知道我岳母住院了。我就说到医院陪咪咪去了。小萌想了想，说，那你到我家吧，打个出租车，也就是二十分钟。

小萌的家在永安里外交部宿舍，是一个三居室。这里，老风过去也来过几次。但到小萌家他还是第一次。老风在超市买了一些水果副食，还特意带了一瓶红酒，他想象着和小萌见面的样子。临出门时，老风的父母告诉老风，让他带点水果点心给岳母，就说是他们的心意。老风说，他早就准备好了。

对于老风的到来，小萌内心充满激动，但还是免不了有点紧张。毕竟她一个女孩子家，家里突然来个男人。多亏他住在外交部宿舍，这里的人与人之间互不认识，见面至多是彼此点个头。老风敲门的时候，小萌已经收拾好，她力求以一个温馨的家庭气氛来迎接她心中的诗人。小萌嘴上说不喜欢老风的诗，可她家里收藏着老风所有的诗集，包括他的译作。这就是女孩子的心里，当她嘴上说你讨厌时，你可千万别当真，有时那却是一种爱的反义表达。老风是什么人哪，他最懂女人。

206 风吹麦浪

小萌在开门的瞬间,就被老风的气息吸引住了。不等老风把手里的东西放下,他们两个就相拥在一起。小萌吻了老风胡子拉碴的脸,说谢谢你过来陪我。老风用手拍了拍小萌的肩,将头埋进小萌的长发里,说我知道会有这么一天的。小萌用手使劲抓了一下老风,嗲嗲地说,你坏死了。老风说,男人不坏,女人不爱。说完,他顺势把小萌抱起,移步到沙发上。小萌两手紧紧地搂着老风的头,紧闭双眼,任老风在她的脸上、脖子上狂吻。吻到激情处,小萌开始呻吟起来,她对老风说,我要你那个。老风说,你要想好了,你可还是个姑娘呢。小萌说,我不管,我现在就是想要,我愿意。

老风在与小萌之前,至少跟十几个女人上过床。咪咪是他的第三个老婆。熟悉老风的人都说,应该把他骗了,看他究竟有多少荷尔蒙。老风说,他看见漂亮女人就想,有时讲课时看见台下有漂亮女人都想。咪咪以前比较疯狂,几乎每周跟他要两三次。这几年明显冷淡多了,从来不主动,即使老风要求多次,也只是匆匆敷衍了事。老风问咪咪怎么回事,咪咪说,多好的男人,其实就是一块抹布,想用就擦一下,不用就扔在一边。何况,你不知道这抹布擦过多少张桌子,想着都恶心。老风知道,他和咪咪之间已经出现感情危机了。

小萌在老风的波涛汹涌中哭了。老风说,是不是弄疼你了。小萌没有说话,她用嘴紧紧地咬住老风的肩膀。老风知道,小萌这是真正的激动了。一个女人,这是她人生最重要的时刻,从今天起,她已经不再是一个姑娘了,她开始成为一个女人。是老风改变了这一切。小萌也是疯了,她一连让老风干了她三次。老风和小萌筋疲力尽地瘫在沙发上。本来,他们想好好弄几个菜喝喝红酒的,现在这一切都显得多余。他们疯狂地拥抱着,亲吻着,恨不得把对方融进自己的肉体里。

光熙门 207

老风是凌晨才离开小萌家的。小萌不肯让他走，可老风想到咪咪在医院熬了一宿，他多少有些愧疚。他想回家睡会儿，然后去医院去换咪咪。等到了家，刚要睡下，大哥打来电话。大哥平常很少与他联系，昨晚在爸妈家，他们匆匆见了一面，说好今天他们一起陪父母打牌。可现在，大哥电话来了，一定有什么急事。大哥告诉老风，半夜时分，老父亲的心脏病发作，多亏妈打电话叫了120，现在已经平稳了，在医院观察。当时，他跑到老风家叫他，却发现他家里没人。他问老风干什么去了，老风说，他和几个朋友到酒吧喝酒去了。大哥一听急了，说你就整天喝酒，你还有点正事没有？咱爸这是命大，如果晚上要是抢救不及时，你就后悔去吧。老风一听，当时觉得头大了，困意顿时全消，他赶忙说，我这就去医院，今天我陪着。

在去医院的路上，老风就想，他昨天夜里是不是就不该去见小萌。这是不是在暗示，他如果再跟小萌来往，他的家里一定会出什么大事。再细想，自己的媳妇在陪岳母住院，而自己却三十晚上舍弃陪父母而去同一个女孩厮混，不管怎么说，这都不是理由，这都不可以原谅自己。但她一想到小萌抱着她幸福地哭泣的样子，他又觉得那也实在拒绝不了。

跟小萌有了第一次，就会有第二次。小萌频繁地约老风，老风那段时间把心都交给了小萌。他跟咪咪再也不提那点要求了。咪咪也感觉到什么，只是不把话说明了，日子就那么一天天地过着。彼此倒也相安无事。

五六年前，蟹老宋对面开了一家叫爱琴海的大型购物中心。距光熙门地铁也就一百多米。附近的居民都喜欢到这里购物。这种大型购物中心，买东西不是主要目的，到里边休闲，吃喝，看电影似乎成了主流。老风经常到里边的酒吧聊天，一坐就是半夜。他不喜欢看电影,任何大片他都没兴趣。

老风与朋友开了一家文化公司,出书、拍专题片,也曾经组织过演出,还弄过电视剧,很是热闹,但不怎么赚钱。合作伙伴不指着老风赚钱,人家看中的是老风的人脉关系。老风在文人圈子中属于老炮儿那种人物,有文人情怀,也讲究江湖义气。

小萌和老风好是好,但他们怎么也走入不了婚姻。咪咪知道他们俩的事后,也不说透,照常一起吃饭。小萌和咪咪处的宛如姐妹,小萌电台里有重要活动,她经常邀请咪咪去拍照。他们还一起去郊区旅游。在外人看来,小萌和咪咪就是一对亲姐妹,也可以视作闺蜜。事情往往就是这样,有的人喜欢杀熟,也有的时候,因为过熟,而令对方不忍下手。小萌曾经不止一次地对自己说,该跟老风摊牌了,可每每面对咪咪,她欲言又止。

既然老风给不了小萌结果,小萌的父母就催促女儿尽快重新选择。小萌试图交往了几个男人,但稍微一接触,就打消了念头。在她眼里,一般的男人,不论有钱的还是当官的,大都达不到老风的魅力。画家大卫的出现,让小萌有了一丝希望,大卫虽然没有老风潇洒,但不失文人的风流。他们一起同居过一段,彼此都觉得对方还可以满足。然而,正当老风准备成全小萌他们的时候,一件意想不到的事发生了。

一天傍晚,大卫和小萌到光熙门路南的莱德曼歌厅去唱歌。歌厅里人很多,灯红酒绿,男男女女,形形色色。在跳舞时,有几个酒鬼过来约小萌跳,被小萌拒绝了。结果,一个家伙将嘴里的啤酒喷了小萌一脸。小萌骂那几个家伙流氓。其中有个上来就要打小萌。这时,大卫冲了过来,他说你们再这么无理取闹我就报警,结果不等大卫再说什么,一个家伙上来就给大卫一拳,还有个家伙则拔出一把尖刀对大卫说，识相点，就赶紧滚，否则就让你白刀子进去红刀子出来。大卫被这突如其来的举动震慑住了，他一连退了几步，嘴里结巴地说，你们不要动她，我走，我走。面对大卫的软弱，小萌忍无可忍，她把桌子上的酒瓶举起来，照桌角上猛的一砸，那酒瓶"啪"的一声炸裂，她握紧酒瓶嘴，将破碎的锋利的玻璃朝外举起，她对那几个无赖喊道："你们谁要是不怕死，就过来。"小萌的举动，把几个无赖瞬间镇住了，有个无赖过来打圆场，说，姐妹，别当真，哥几个跟你闹着玩呢。跳舞，继续跳舞！

大卫从歌厅出来，直奔蟹老宋餐厅。他知道老风一帮文人在那里喝酒。他跟跄着跑到二楼，径直跑到老风面前说，大哥，不好了，小萌在莱德曼出事了。老风问，怎么回事？大卫说，小萌在莱德曼被几个无赖欺负了，你赶紧去，去晚了说不定命都没了。老风听罢，对几个文友说，别跟这戳着了，有种的抄家伙，跟我去莱德曼！

老风他们赶到莱德曼，小萌已经走出店门。见老风来了，小萌一下扑到老风怀里哭了。老风用力抱了一下小萌，说，那几个混混在哪呢？小萌说，没事的，他们没怎么着我。老风说，那不行，我今天非收拾他们几个。

老风的吵吵声，惊动了保安，保安怕事情惹大了，就去里边把值班经理找来。值班经理一看门口站着的是老风，就马上笑脸相迎，说原来是老风老师啊，谁把您惹着了。老风说，到里边把那几个混混叫出来，就说我要会会他们。值班经理说，老风老师，您消消气，那几个小子有眼不识泰山，在咱这光熙门一带，提起您老风，谁不低头让三分啊！我回头让他们给您当面赔不是。小萌见状，就说，算了吧，以后不到你们莱德曼了。值班经理说，别介呀，您要这么说，这不打我的脸吗？

在光熙门，或者说在和平里一带，大凡有点头面的人物，几乎都认识老风。过去，经常打群架的诸如奔头、二鬼、马六，在中学时就跟老风是哥们儿。老风为他们出过头，脑袋上挨过板砖。这几年，这帮家伙不怎么打架了，纷纷经商做起了买卖，有开饭馆的，也有倒腾服装、股票、期货的。就是没有写诗的。老风上高二时转学到西城，不然他无论如何考不上北外。哥几个聚会，经常以老风为骄傲，有时也请老风喝一顿。

人的心理变化有时就在一瞬间。莱德曼事件，深深地刺痛了刺醒了小萌，她知道，她的一生只有交给老风，才是她唯一正确的选择。她果断决定，和大卫分手。大卫也知道自己骨子里有懦弱的东西，他是驾驭不了保护不了小萌的。

咪咪终于决定和老风分手了。老风邀请了一帮好友在光熙门附近的玫瑰酒吧举行了一场别开生面的分手晚会。在他和咪咪最后拥抱时，好多人都哭了。咪咪也哭了，她说，她他妈的太爱老风了。不过，爱老风就得付出代价，最大的代价就是容忍。好在，现在她终于解脱了，她祝福未来的女人能够跟老风有个好的归宿。

咪咪和老风分手三个月后，老风有一天打电话给我，说他最近感觉喉咙不舒服，问我跟哪个医院熟悉。我告诉他，我认识解放军301医院的大夫，他们的耳鼻喉科全国闻名。我还告诉老风，你不用紧张，你把烟酒戒了，少熬夜，很快就会好的。老风说，他有一种预感，他可能患了喉癌，跟相声演员李文华得的病一样。我说，你的声音像头公狮，女人们需要你。老风一听笑了，说但愿如此吧。

一星期后，化验结果出来了，定性为喉癌。老风把我和几个朋友找到蟹老宋，他说，一周后他就要做手术，手术后有两种可能：一种是癌细胞扩散，只有一两年的活头；另一种手术成功，但嗓子不能正常说话，即使说也是气嗓。所以，这几天他想找个录音棚，他要把他的诗用他的原声朗诵记录下来。不然，他就再也听不到他的声音了。老风很坚强，说这话时一点也不觉得伤感，听得我们跟没事人似的。倒是小萌有点忍不住了，她偷偷跑到卫生间痛哭了一会儿。我们几个人跟老风开着玩笑，说你也别担心，嗓子眼有点障碍，不影响你下边的功能，你仍然可以泡妞。老风听后，狠狠地抽了一根烟，说，以后这烟也抽不成了。

老风手术后反应比较大，还要不断地化疗。咪咪知道后，手术当天一直陪着老风。还有几个女孩，也不断地来看望老风。小萌在一旁陪着聊天，也帮着老风大小便。我们去看老风，老风拿着签字笔在一写字板上与我们写字交流。看着他痛苦的表情，我的眼泪直往心里流。多好的老风啊，一夜之间竟变得如此陌生。

老风出院后，什么工作也不做了。只在家看看书。小萌白天上班，晚上陪老风吃饭聊天。双休日，他们就一起到附近的地坛公园散步，有时也到昌平、怀柔等郊区旅游。大约过了半年，老风的病情稳定了，小萌提出她要和老风结婚。老风拒绝了。小萌找到我，希望我能说服老风。我想了想，说能说服老风的只有一个人，那就是咪咪。

小萌找到咪咪，告诉她，她要和老风结婚，她真的离不开老风。咪咪说，老风的心就像光熙门，不管你从多么远的地方来，只要进了那扇门，就再也走不出。虽然他们已经分手了，至今她仍然忘不了老风。老风这辈子就是为女人而来的。小萌听罢，附和道，谁说不是呢？

2018年8月1日 西坝河
（原载2018年第11期《广州文艺》）

芳草地

120急救车驶入大都医院地下一层急救中心的时候，时针正好指在晚六点。这是中秋前的一天，护士兰草下意识地回头看了一眼从急救车上跳下来的医生、护士和护工，她知道这又是一个高危的病人光顾了。还没等兰草移开脚步，从急救中心外面的台阶上跌跌撞撞跑进一个五六十岁的中年妇女，她哭喊着，丫头哎，你怎么那么想不开，喝什么不好，你干吗非得喝敌敌畏吔！这时，保安上前拦住了中年妇女，说，急救中心止步，请不要大声喧哗！中年妇女哪里听得进劝阻，双腿一软，瘫倒在急救中心门前，依然大声地哭叫着，闺女哎，你怎么就一点也想不开呦——

急救中心门口惊心动魄的这一幕，一般的病人或家属，一定会觉得很刺激，可对于每天在急救中心工作的兰草，这是太司空见惯的事了。兰草步履轻盈地走出急救中心，顺着步行台阶，走到一层通道，再沿着门诊通道走50米，就可以走出医院大门了。这时，她的手机响了，兰草低头看了一眼显示屏，见是男朋友孟达打来的，就按了一下，笑眯眯地问，你在哪里，我刚出来。孟达说，我在芳草地西街15号，稍微有点堵，很快就到。兰草说，好吧，我在马克西姆餐厅门口等你。

大都医院位于京城的东部，其地理位置位于三环的内侧，属芳草地地区。兰草的父亲曾经是芳草地地区的街道办事处主任，几年前光荣退休了。兰草从小就想当一名护士，她在高考时第一志愿就填写的北京医科大学护理专业。这让在芳草地第一百货商场当经理的母亲很恼火，她说，她干了几十年站柜台的活儿，总想找个坐办公室的工作，结果等了30年。好不容易终于当上了经理，只坐了两年的办公室，就退休回家了。退休那天，她看着熟悉的转椅，恨不得搬家去再坐坐。这倒不是说她家里没有，家里的转椅再好，也没有坐在单位办公室的那种感觉更优雅。

兰草的家距大都医院也就四五站地，本来她有一辆自己的本田轿车，可她很少开到医院里。这倒不是因为车位紧张，关键是兰草想下班多到户外呼吸新鲜空气。急救中心本来就在地下一层，空气流通差，抢救大厅里每天都有三四十个危重病人，再加上医生、护士、卫生员、护工、家属，总得有近百人在里边穿梭晃悠。累点脏点兰草不觉得可怕，她所顾忌的就是那里的气氛，死亡带给人们的近乎窒息的气氛。

兰草到大都医院已经是第五个年头了，她先后在呼吸科、心内科工作过，去年她被调到了急救中心。护理部主任私下里对兰草说，只要在急救中心待上两年，就有可能调到别的科当上护士长。兰草觉得当护士长没什么好的，她就想当她的小护士。她喜欢那种急急火火的节奏，尤其当她把针头准确无误地扎进病人的血管，病人冲她投以赞许的目光时，她就觉得自己挺神圣的。

孟达跟兰草认识纯属偶然。今年清明过后的一天，晚上十点钟，孟达随着一辆120急救车来到大都医院急救中心。护工和孟达一起抬下的病人是一位六十多岁的老人，老人突发脑溢血。当时，兰草正在班上，她亲眼看见了孟达怎样的为老人签字、缴费等事宜。等都弄利索了，时间就到了11点。兰草在给老人输液时，孟达问兰草，像钟老师这样的状况，一般要多长时间才能醒过来。兰草听孟达称眼前的老人为钟老师，不由问道，这老人不是你父亲啊！孟达说，他是我中学数学老师，他有一个女儿，在加拿大呢。

像钟老师这种情况的，兰草在医院见多了。好多老人到医院看病，要么是自己或老伴搀扶着来，要么是亲戚朋友学生带着来。他们的儿女，很多都在国外，有的是求学，有的是工作，也有的是瞎混。兰草母亲的一个同学，为了女儿出国，把在四环的一套房都卖了，老两口回郊区老家盖了三间平房住。据说那地方几年后有拆迁的可能，也不知道是真是假。一次，妈妈的同学来医院看病，诊断为胃癌，需要做手术。爸爸给远在澳洲的女儿打电话，希望她能回来照看一段时间。可女儿说，她刚找到一份稳定工作，如果回来，再回去就很难找到了。她对父亲说，胃癌是各种癌症中风险比较小的，做完手术注意保养，一般是不会出大问题的。父亲听到女儿的话感到很凄然，说，我们就你这一个女儿，你真的不回来陪陪你妈啦，万一她有个三长两短，你会后悔一辈子的。女儿说，我不是不想回去，我实在没办法，您给我一点时间，让我考虑一下。结果，半个月后当母亲真的做了胃癌手术时，女儿也没有回来。有几次，兰草把母亲炖好的鸡汤送给阿姨时，阿姨拉着兰草的手哭了，说我白养了一个女儿，那简直就是白眼狼啊！

孟达上中学时数学成绩并不好，可他对钟老师很敬重。钟老师是插队知青，后来由于表现好被推荐到首都师范大学成了工农兵大学生。对于钟老师这一代人，孟达读过不少关于他们的书，譬如叶辛的《蹉跎岁月》、梁晓声的《今夜有暴风雪》等。孟达数学不好，不是都不好，他几何成绩就很好，等到了代数，就糊里糊涂。后来，他听一位作家讲课时说，代数这样的课程，即使是王蒙、丛维熙那样的作家也学不好，不是因为个人不努力，主要是人的大脑思维方法出了问题。有了这样的认识，孟达就心安理得地让代数分数始终在五六十分

芳草地　215

晃悠。为此，钟老师找孟达谈话，问他愿不愿意放学补课，孟达说，他对代数没感觉，即使补了恐怕也学不会。钟老师说，你不补永远也不会，补了兴许会有所提高，咱们试试看。孟达喜欢钟老师的温和，他从来不用命令的语气，要求你必须怎样。即使是在课堂上，他对同学也是如此。时间长了，有同学就认为钟老师性格软弱，便上课说话搞小动作。钟老师见怪不怪，说你们不爱听，只能说明我讲得不好，你们考试考得不好，影响你们升学，那你们就怪你们命不好，谁让你们摊上我这么个老师呢！

一个月后，代数测验考试，孟达竟然考了89分，差点进入班上的前三名。钟老师很兴奋，他在班上总结会上说，通过孟达的例证，说明每个人都是可以把代数学好的。不要相信有人说的大脑思维出了问题，关键是你是否愿意学。孟达的代数成绩上来了，也激发了他其他几科的成绩，等到中考时，他的总分已然是全年级的第五名。当他拿着重点中学的录取通知书去告诉钟老师时，钟老师已然向学校请假，利用假期去陪夫人到海南疗养去了。据说他夫人长期患哮喘病，每天半夜都要坐起来咳嗽一两个小时，真不知道这几年是怎么熬过来的。孟达感到很失落，他的幸福没有让钟老师在第一时间分享到。

孟达是个有情有义的人。上高中、上大学以至参加工作后，他始终跟钟老师保持着紧密的联系。钟老师的女儿钟旭去加拿大是在孟达大学毕业的那一年，那一年正好是北京举办奥运会。年初，钟旭母亲的哮喘病突然加重了，经过大都医院的抢救勉强度过了鬼门关。也就在这时，钟旭的男朋友从加拿大来信说，他把那里的一切都安顿好了，就等钟旭到那里完婚，然后就在加拿大定居。钟旭跟父母说了，钟老师说你能不能在国内多待几年，你妈的病说犯就犯，我一个人可顾不过来。钟旭说，我也不想走，可那边也不容易，如果我不去，他要是变心了，这几年我不就白瞎了。听女儿这么说，钟旭妈就说，等我看完北京奥运会，你就踏实去吧。

北京奥运会闭幕不久，钟旭妈就犯病了，这次她终于没有熬过来。她走的时候，仔细叮咛钟旭，到了加拿大，两口子要好好过日子，外边实在不好待，就回北京。办完了母亲的后事，钟旭一个月后离开了父亲，告别了北京。那天，孟达陪着钟老师一起乘出租车去的首都机场3号楼。在钟老师上厕所的空隙，钟旭拥抱了孟达，她说，姐这一去加拿大，不知什么时候才回来，我爸所有的事我就都托付你了。我知道，在我爸所有的学生中，你是对他最好的，他对你也是最信任的。人世间的事有很多是需要勇气的，托付终身大事托付生死都是生死之交，不论对双方的哪一方，都是一种艰难的选择。看着钟旭的眼泪滴在自己的肩头上，孟达想都没想就说，姐你放心，钟老师所有的事都包在我身上。你在那边就过你的幸福生活吧。

钟旭到加拿大以后的两年，钟老师一个人的日子倒也风平浪静。孟达还像过去那样，有事没事总要到钟老师家报个到，赶上饭点儿的时候师生还要小酌一杯。钟老师看着孟达，心里很不是滋味儿。他想，要是女儿能在自己身边多好。他还甚至想，要是孟达能做他的女婿就更好了。可是，天底下的事哪有那么让人顺心的！每当想到此，钟老师就闷闷不乐。

今年清明前几天，钟旭从加拿大给父亲打来电话，说她想妈妈了，想家了，想北京的烤鸭涮羊肉了。钟老师说想家你就回来住一段。钟旭说着说着就哭了。钟老师问女儿，你怎么了，受了什么委屈了？钟旭那头只是哭，什么也不想说。钟老师急了，说你给我说实话，天塌下来老爸给你顶着。钟旭哭诉道，孩子他爸有外遇，跟一个留学生好上了。钟老师说，你有什么证据吗？钟旭说，那女孩拿着医院诊断证明给她看，已经怀孕3个月了——钟老师听到此，感到一阵眩晕，瘫倒在沙发上。

　　钟老师身体虽然不是很强壮，但往日也很少生病。他去医院的日子，几乎都是陪夫人看病。这次他晕倒在沙发上，显然是情急所致，他在沙发上静待了十几分钟，慢慢缓过劲来，他不由愤愤地骂道，畜生！猪狗不如的畜生！骂完后他回味了一下，不由苦笑了起来，猪狗就是家畜，不如猪狗又是什么呢？他自己一时也想不起来。他拿起电话，想拨孟达的电话，刚拨了两个号码，他又放下了。他觉得，钟旭的事不是什么好事，能不让孟达知道最好。孟达如果知道，他会怎样想呢！

　　孟达对钟旭的感觉很复杂。钟旭比孟达大两岁，上中学的时候他们就认识。在曾经的幻想中，孟达做过无数次的梦，他很想把钟旭娶到手。上学时的钟旭很文静，模样长得当然很好看。不少同学背后都对钟旭想入非非，可遇到钟旭又都不敢吱声。孟达和钟旭第一次说话，是一次在去钟老师的办公室里。那天，钟旭跟父亲要钱，说她要买卫生巾，钟老师说他今天出门钱包忘记带了，放学后回家再说。钟旭说爸您能不能跟别的老师借一下，明天就还给人家。钟老师说，我不好和别人开口，好像我不怎么关心孩子。爸爸的话使钟旭很不开心，她悻悻地要出门。这时，正巧孟达走进来。老师问孟达什么事，孟达说初中一年级的一个学生得了白血病，学校正组织师生捐款呢。他想问问钟老师，他们班捐多少合适。听孟达这么一说，钟老师叫住钟旭，说你们班也在捐款吗？钟旭说，大家都捐差不多了，我是学生会干部，我想多捐点，又怕您不给——见孟达在旁边，钟旭把要说的话收了回来。见此情形，孟达从兜里掏出一百块钱，走过去递给钟旭说，我这有，你先捐上吧。钟旭将孟达的手推开，说，我不要，我会自己解决的。说完，钟旭头也不回地走出办公室。孟达只好将那一百块钱塞进口袋里。钟老师的脸上有些发红，嘟囔着，这孩子太任性，一点儿都不从实际出发。

钟旭的任性决定了她的命运。钟旭大学毕业在区文化局工作，她的男朋友应聘到一家外贸企业搞销售。虽然男朋友的户口还落不到北京，但有了钟旭这个女友，未来买房子、生孩子、上户口、买车也就都不是问题。本来，他们两个计划工作几年后就实施婚姻计划，可两年后，男友就被公司派往国外去做大区营销主管了。这个年代的年轻人谁不想到国外闯闯呢？如果不是考了公务员，钟旭也想到外面去看看。对男友到国外的安排，她是从心里支持的。只是那时，她还没有想有一天自己去到国外生活。可时间一长，她发现身边的好多同学、朋友、同事都有到国外求学生活的，攀比之心让她不得不蠢蠢欲动。她也曾考虑到父母年龄大了，需要照顾了，但一想到那些出国的人的得意样子，她本能地就有一种不服输的心理，她要出去，一定要出去，哪怕在外面待上一年半载，这样她就可以获得平衡，获得满足，否则她将度日如年、焦躁不安，说不定会急出什么病来。男友到国外去了一年后，钟旭感觉他来的电话没那么多了。她几次嗔怒于对方，对方总以工作忙生活不稳定为借口向她解释。后来，钟旭从同学那里得知，他们有个师妹也在那个国家，是学习是工作不得而知，知道的是他们经常在一起。这让钟旭很愤怒，她必须作出选择，即使她因此对男友失去几分热情也不会让那个不要脸的师妹如愿以偿。这不是竞争，不是嫉妒，这是一场战争，关于女人的战争。她必须胜利，只能胜利。至于父母的事情，只得往后放放，战争来了，一切都得往后放，你别无选择，你必须这样选择。

关于孟达，这个爸爸的学生，自己的小学弟，钟旭谈不上喜欢,但绝不讨厌。她看到孟达经常到家里来,一个劲儿地叫她姐,她感到很骄傲很满足。很多街坊、朋友甚至是他们的同学、师弟、师妹,原以为他们俩是在交男女朋友呢。每到这时,钟旭就会说,孟达还是个小屁孩,他懂得什么叫爱情。父母也曾经问过女儿,对孟达印象如何,钟旭说挺好的,是个好好学习、天天向上的好孩子。父亲问她,你没有想和他处成男女朋友的样子,钟旭笑了,说您想哪去了,我和孟达是姐弟,我从来没动过那心思。钟老师也曾问过孟达,你想过追求钟旭没有?孟达说,钟旭是我师姐,我到您家里来,主要是冲您来的,跟钟旭无关。孟达说这话时铮铮铁骨,其实他内心并不完全如此,他喜欢钟旭,可他实在无法表达。人熟了在很多事情上都是好事,唯有在爱情上往往让你无所适从,更无法下手。孟达想到一首诗的几句:如果爱你/我就默默地注视你/你消失在人群里/我消失在对你的记忆里。

钟旭最终选择了去国外,是为了爱情,也是为了捍卫爱情这个领土。至于为此付出的代价值不值,除了钟旭自己,没人跟她算这个账。假如钟旭不去国外,她选择孟达,也不失明智之举。也许有人认为他们需要爱情的基础、火花,这对于后来她母亲的离去、父亲的脑溢血导致半身不遂,这又算什么呢?不要过于相信爱情的力量,在疾病、生命面前,爱情有时显得很脆弱,脆弱得就像一阵风、一个屁,什么也不是,什么也不值。生活就是这个样,包括婚姻,人人都知道那是个坑,可还是心甘情愿义无反顾地往里跳,跳得烈火中烧,跳得热油里熬。等一切都消失殆尽遍体鳞伤,才知道生活原本可以这样可以那样,但一切都悔之晚矣,一切都将结束。

孟达从钟老师那里知道钟旭在国外的遭遇,是钟老师那天接到钟旭电话突然晕倒后的第二天。本来钟老师是想坚持一段时间的,可晕倒醒来后他就觉得脑子已经不像之前那么清晰了。他想，这都是让钟旭那个电话刺激的，或许休息几天就会好。他到社区医院开了脑立清一类的药，吃了几次，感觉稍好些，也没在意。等到了第三天，孟达来家里看他的时候，发现他的脸色有些不对。孟达问老师，您身体怎么了，脸色有些发黑，是不是生病了？老师说，这两天脑子有点懵，可能是累了。孟达说，不行我带您到医院看看吧？钟老师摆摆手，说，不用不用，我已经到社区医院开了点药。孟达看着钟老师，从钟老师的眼神里，他发现老师充满了忧伤，有很多的难言之隐。他不禁说到，您心里一定有难处，您不妨跟我说说，说出来就痛快了。见孟达这么追问，钟老师长叹了一口气，索性将钟旭的事都告诉了孟达。孟达听后，不知怎么回答才能让老师满意，说了句他自己都不满意的话：不行就让钟旭姐回家来吧。钟老师说，钟旭的脾气我知道，她从小就凡事不服输，你让她就这么像打了败仗的将军一样，灰溜溜地回国，那是不可能的。我的女儿我最了解她。

　　孟达安慰了一通钟老师后，离开了。他临出门说，您身体不舒服别硬撑着，要去医院随时可以给我打电话。出了钟家的门，孟达看了看外面的天空，雾蒙蒙的。这时，他仿佛受到了天大的委屈，眼泪噙满了他的眼眶。或许他真的是爱钟旭的，即使钟旭不爱他，他也不希望钟旭在那边受到委屈。他希望钟旭回来，他会以最大限度的温暖爱抚她。

　　孟达没有想到，当天夜里钟老师就给他打电话，说他感觉不好，要到医院。等孟达赶到钟老师家，钟老师已经没有开门的力气了。孟达在一连喊了钟老师几声没有听到屋内的声音后，他用足力气将门撞开，进得屋里，他发现钟老师已经斜歪在沙发上。他赶紧拨打120，好在钟老师家离大都医院不远，否则钟老师就要告别这个世界了。

医生告知孟达，钟老师患的是脑溢血，已经是两三天了。医生问孟达，钟老师患病之前有受什么刺激没有？孟达说，为了她女儿的事，生了点气。医生没有问因为什么，又问，以前病人得过什么大病没有？孟达说，老师身体一直很好，很少到医院看病。不过，她老伴倒是长期生病，几年前已经去世了。医生说，这和病人脑溢血没什么关系。医生问，病人的家属没有别人吗？孟达说，老师就一个女儿，在国外，很少回来。医生说，你老师的病很危险，最好让她女儿尽快回来，有些事你能做主吗？孟达说，我尽快通知，我能做主。

孟达以学生的身份来负责钟老师在医院的所有事宜，这让兰草和急救中心的大夫、护士很敬佩。兰草在下半夜，看着孟达一脸疲倦的样子，她提示说，明天你找个护工吧，谁也不知道你老师什么时候醒来。孟达说，我坚持两天，不行再说。直到这时，孟达也没有给钟旭打电话，他知道他打了，三五天钟旭也不会回来。他想等钟老师苏醒后，情绪稳定些，他再打电话告诉钟旭家里发生的一切。

急救中心里的气氛很紧张，空气也很污浊，不知道什么时候就会进来一个危重病人，也不知道什么时候就会有病人停止呼吸。在钟老师病床的旁边，有一位快七十岁的老妇人，比钟老师要早来三四天，人已经上了呼吸机。她家没有雇护工，完全由老头和女儿伺候。孟达在当晚就听到女儿和大夫的争吵。大夫对女儿说，你母亲的身体已经进入心衰期，不会坚持很长时间，你们家里要做好准备。女儿愤怒地说，你们怎么能这样说，我妈来的时候头脑还是清醒的，怎么才几天就这样了，你们是怎么治的？医生说，病人的身体变化并不是药物全能控制的，作为医生，我们已经尽了最大努力。女儿说，我对你们的这种说法不能接受，你们不能眼睁睁地让我看着我妈去死，我实在无法接受。老头说，孩子，与其让你妈这样活受罪，我们不妨听医生的,就放弃治疗吧?女儿一听,吼道,你闭嘴,你怎么能这样呢?年轻时你对我妈就不好,到现在还这样,你让我对你说什么好!女儿吼完,双手拉着妈妈的手,头趴在床上呜呜地哭泣起来。看着女孩哭得抖动的双肩,孟达本能地想过去安慰一下,这时兰草正从旁边经过,她用手势制止了孟达。她小声对孟达说,要理解做女儿的心,想哭就让她哭出声来。这时候你去劝她,她说不定会把一肚子火都撒向你。

兰草的话让孟达伸了一下舌头。他很温存地看了一眼兰草,此时的兰草也带着体恤的眼神儿看着他。在那一刻,他们都彼此感觉到对方传达出的善意与温暖,因为这善意与温暖,使他们在接下来的几天很快就熟络起来。以至,兰草利用她在医院的方便,帮助孟达为钟老师从急救中心转到重症监护室再到普通病房。尽管在这期间,孟达也为钟老师请了护工,可他每天还要早晚来医院两趟去探望,询问医生钟老师的病情恢复情况。如果时间允许,他尽可能地和兰草见上一面,哪怕说上三两分钟的话他也会觉得很满足。有几次,孟达还和兰草一起到医院对面的马克西姆茶餐厅吃了晚饭。孟达和兰草都明白,他们的恋爱已经悄然开始了。

钟老师终于出院了。虽然度过了危险,可留下了半身不遂的后遗症。他的左腿怎么也不听使唤,医生说这得回去进行康复治疗。孟达这次犯了难,钟老师目前生活不能自理,他自己虽然是个律师,时间相对自由,可要每天长时间的守护,那也不是个办法。他打电话问钟旭什么时间回国,钟旭说她在做最后的努力,如果在加拿大任何希望都没了,她就尽快回来。在钟老师住院期间,孟达把钟老师的病情大致说了一下,但轻描淡写多了,他只暗示钟旭,如果有可能尽早地回国,这里毕竟有她的亲人,有她的家。他甚至给她讲,在生命面

芳草地　223

前,什么面子都不重要,重要的是人必须活着,有质量地活着。钟旭说孟达,两年多没见,你怎么一下长大了,成熟了,是个真爷们儿了?

钟旭的话并没让孟达感到高兴,他虽然多年从心里喜欢钟旭,惧怕钟旭,但通过钟旭的离职、对父母的态度,包括婚姻的变化,他可以毫不客气的认为,钟旭的人生是失败的。他自从和兰草好上了,在他心里对钟旭的惦念也就疏淡了很多,他甚至庆幸自己没有和钟旭结合,假如他娶了钟旭,他的一生将是被奴役的痛苦的,是不堪忍受的。他把心里的一切始终藏在心底,对谁都不会讲,永远不会讲,这是他心存的秘密,一个人的最后秘密,这就像一株芳草,曾经是那样的芳香,如今枯萎了,可是再枯萎,它也是芳草变的,可以不去收割它,可也不至于让它随风而去。

兰草给孟达一个好的建议,她的一个同学在郊区的康复医院,条件还不错,据说连植物人都收。孟达问医疗费高不高,兰草说,住宿费不高,关键是治疗费,还有护理费,估计一个疗程得2万元。孟达问一个疗程多长时间,兰草说三个月。孟达说,如果在家雇一个全职保姆,一个月至少要5000元。两相比较,还是到康复医院划算。兰草说,费用的事你跟钟老师商量了吗?孟达说,我告诉钟老师了,不过没跟他说那么多,我怕他心疼,我只说了12000元。兰草说,钟老师住院这么长时间,他女儿也该回来了吧?孟达说,快了,再等一段时间。她那边有些事要处理。

孟达坚持每周都要去看钟老师。兰草跟着去了几趟,见康复医院里的护士不够,她每次去还主动当一天的义工。很多病人、老人,看着孟达和兰草双双出入康复医院,都投来赞美的目光。那意思好像说,谁家里要是有这么一对小夫妻,那真是前世修来的福分了。

前几天，钟旭给孟达打来电话，告诉他她已经买了回国的机票，大约在今天晚上十点到达首都机场。孟达很高兴，他约上兰草，要一起去接钟旭。孟达的律师事务所，也在芳草地，下午他接了一个离婚案。一对老夫妻，都六十多了，前一段女儿在三里屯酒吧跟一个外国小伙子好上了。本来说好小伙子要来登门拜访的，谁料前些日子姑娘回来说小伙子得了一种怪病，让姑娘陪他回国治疗。想不到的是，手续还未办完，公安局刑警队就来人通知，说自己的女儿被几个外国人轮奸了，女孩羞辱难当，投湖自尽了。老两口被吓蒙了，这是从何说起呢。等他们到了医院的太平间去辨认，发现那冰柜里的僵尸确实是自己的女儿。老两口抱头痛哭，要求警察必须严惩那几个流氓老外。警察说，案件目前还在调查中，究竟什么时间结案，是一个未知数。老两口说，如果不结案，他们就不将女儿的尸体火化。警察说，你们愿意等结果就等，这样的案子办起来确实有难度。

女儿没了，老两口一起整理女儿的遗物。在翻箱倒柜中，老婆意外发现一个箱子，打开一看，是一百多封信件。她抽出几封一看，发现竟是同一个女人在十几年中给她丈夫的情书。老婆看罢火冒三丈，跟老头扭打起来，最后她决定，必须跟老头离婚。孟达听到这个离奇的故事，劝了一下午，说你们女儿的事情还没解决，还有心思闹离婚。老婆哭诉道，我女儿没了，老头十几年心里一直装着别的女人，你说我活得多失败，我也不想活了，我先离婚，离完婚我就跳河，我绝不让这个老东西给我收尸！孟达说，您说的都是气话，老伴十几年了一直有别人，说明您老伴还有魅力，您可要往宽处想，您老伴外面再火，可锅底的肉还不是在您嘴里。这婚您最好不离，老伴老伴，归根结底，老了还得有个伴。我跟您说，我的一个中学老师，人很优秀，可现在如何，老伴没了，孩子出国了，前些日子得了脑溢血，在医院抢救都没有一个亲人在场。想想这些，您就都明白了。我给您三天时间，回家好好想想，如果非要坚持离，我免费给你们写离婚协议。

　　在马克西姆餐厅，孟达和兰草面对面坐下，兰草闻着孟达的身上有一股芳草的香味。她不由问道，你身上怎么有一种芳草的味道？孟达说，我给钟旭买了一束花，毕竟从国外回来嘛。兰草说，你可真够浪漫的，咱俩认识这么长时间，你还没给我买过花呢！孟达笑了，说你也出国，回来我拉一车花迎接你。说笑间，墙上悬挂的电视荧屏已经到了新闻联播时间。熟悉的音乐，熟悉的播音员，只见男女播音员互相播送着今天的新闻内容。在最后一个关于国际新闻的报道中，女播音员一脸严肃地说，今天下午15时，在西太平洋有一架从加拿大飞往北京的客机发生劫机事件，造成2死15伤，劫机歹徒被当场击毙，具体情况尚在调查中。听到这个消息，孟达和兰草两个人都感到十分惊愕，兰草哆嗦着对孟达说，赶紧查看一下，看出事的是不是钟旭坐的那趟班机。孟达连忙打开手机，去搜索有关加拿大到北京班机的情况，经过紧张的搜索，他终于露出了笑脸，说，不是钟旭坐的那架班机。兰草听后，移出自己的座位依在孟达的肩上，双眼噙满泪水说，太可怕了，要真的是钟旭乘坐的飞机，我们该向钟老师怎么说呢？孟达顺势将钟旭搂在怀里，说，亲爱的，别那样想，我们的心里一直是有光明的，钟老师和钟旭也是有光明的，有光明的地方就会长满芳草。

　　兰草说，我们快点到机场吧，我想见到钟旭。孟达也说，是的，我们快点到机场，去晚了鲜花就不鲜了。说完，他们二人手牵手走出了餐厅。导航显示：从芳草地到首都机场3号楼56公里。

2016年10月9日西坝河
（原载2017年第1期《广州文艺》）

手脚冰凉

北京的冬天太阳出来的格外晚。天刚蒙蒙亮，王小二就骑着自行车顶着凛冽的寒风向机关进发。昨晚都快十二点了，处长给他打电话，让他务必在早晨八点以前第一个到办公室，看看办公室里面的家具摆设文件位置有无变化。王小二问处长什么意思，处长说没什么意思，你只要留心一点就行了。

处长的话让王小二头脑有些发蒙。他清楚地记得，昨天下午快六点时，他是跟随着处长的屁股一起离开办公室的。而且，他还记得，他亲自锁的门，怕没锁好，还反复转了几下。处长当时也没什么反常，他还对王小二开玩笑说，是不是又要见小红啊，当心越了雷池。

王小二是去年才分配到机关的大学生。和他一起参加公务员考试的有上百人，他是其中最幸运的三个中的一个。他们的这个机关是市环保局，他所在的处是信息管理处。处长叫王连举，跟过去一部电影中的反面人物同名，人们这么叫，怕他不乐意，就都叫他王处。王小二刚到机关的时候，也曾跟大家一样叫处长王处，后来王处觉得不妥，说别人叫王处可以，大家毕竟在一起工作多年了。你刚来就王处王处的叫不妥，不如你就叫我处长吧，这样显得尊重些，也受听。从此，王小二就永远的"处长好"，"处长您吃饭了吗？""处长这个文件是否批复"的问候、请示下去了。至于处长怎么叫王小二，那就看处长的心情了。处长有时叫他小王，有时叫他小二，遇到生气时直接骂他"二"。为此，王小二背地里很生父母的气，说你们给我起个啥名字不好，干吗非给起了个王小二，乍一听跟饭馆里跑堂的似的。

唯一不嫌弃王小二这个名字不小气不土气的是他的女朋友小红。小红原来在歌厅上班，说得准确点是三陪：陪喝、陪唱、陪聊。小红只干了一天，就改行到商场租柜台卖服装了。王小二认识小红就是在商场里认识的。王小二参加公务员考试笔试通过后，人事部门通知他去面试。王小二家在贵州山区，家里的日子不富裕，这几年他日常的经济来源主要靠他做家教挣点钱。接到面试通知的当晚，王小二踌躇了半天，他知道和他一起接受面试的将有十五人。他曾设想，这十五人当中有没有人家有背景，有没有人认识环保局的领导请客送礼，有没有人长得比自己英俊口若悬河等等。他反复琢磨，我将以什么样的形象站在面试的舞台上？考官会是男的还是女的，是年龄偏大还是偏年轻的？

小红是河北张家口人，她初中毕业就和几个镇上的同学到北京打工了。她干过洗碗工，也干过保姆，一年前她的一个姐妹动员她到红玫瑰KTV做三陪，说那地方挣钱多。小红到歌厅去过几次，她接受不了三陪的生活。老乡就劝她，做三陪不太丢人，只要掌握分寸就行了。小红问，啥叫分寸？老乡说，只要坐台不出台就行。小红明白，老乡的意思是只要不跟男人到外边做性交易，啥都可以。小红说，我不！见小红挺坚决，老乡也不好再说什么。谁料，小红当天晚上就从做保姆的家里跑出来。那天，小红回到家里，家里的女主人带孩子回娘家了。半夜，她上厕所时，正赶上男主人也上厕所，就在他们在厕所门口碰到的刹那，男主人忽然将小红抱了起来在她的脸上疯狂地亲吻。小红使劲地扭动自己的脸，她喊大哥你不能这样，大姐说不定马上就会回来的。大哥说，你就一万个放心吧，你大姐三天都不会回来。小红说，大姐三年不回来你也不能这样，你这样做我不乐意。大哥说，你就依了我吧，我什么条件都答应你。小红说，你先住手，如果你还这样，我就到你们单位告你，让你处长当不成。听到小红这样说，当处长的大哥的双手只好松下来。他泄了气地说，你这是何苦呢。

小红不敢在处长大哥家住下去了，她简单地拿了几样行李，连夜就跑到红玫瑰KTV去找她的老乡姐妹。老乡见小红一脸惊慌地跑来，摸了摸她的手，发现手脚冰凉，不由得问怎么回事，小红就简单地把事情经过说了。老乡说，既然从那里出来了，就在我们这儿干吧。小红没说行，也没说不行，这一晚她只能在红玫瑰KTV住下了。

第二天中午，老乡带着红玫瑰KTV的领班找小红，领班很和气，说小红你一个女孩出来也不容易，在歌舞厅工作听起来难听，其实想开了也没什么。这年头，人们不看你有多么善良多么本分，关键看你有多少收入，人没钱，哪里还谈得上尊严面子，就说你回村里，人家不关心你在外面干什么，更关心你挣到钱没有。如果你挣到钱了，在县城里买了房，甚至在市里在省里在北京买了房，那才叫扬眉吐气，否则，就叫低三下四，会被人永远瞧不起。领班的话让小红有些心动，她想，反正眼前也没什么好工作，干一天算一天，实在不行就走。

小红和领班谈好，她先试几天，如果适应就干，如果不适应，就走。领班说，你得让你的老乡当保人，说好每挣一笔钱跟店里对分，酒水提成另算。老乡说，好说，我愿意担保，有什么事她负责。说完，老乡就带着小红到更衣室换衣服。店里的服装是统一的，红上衣黑短裙，蕾丝内衣，粉红色高跟皮鞋，头发高挽，脸部化着浓妆，虽然有些别扭，但在男人看来还是性感妖娆的。等都收拾完以后，老乡拍了一下小红的肩说，想不到你这一打扮很靓，肯定是个迷人的

手脚冰凉

主。小红说，吓死人了。我该跟人说些什么呀？老乡说，你先别忙着接活儿，先跟我到包厢里闪两下，有几回你就全懂了。

小红跟着老乡和几个女孩走到999包厢，里边有五六个男人正准备唱歌喝啤酒。见小红她们进来，男人们的色眼瞬间贼亮起来，几个男人赶紧张罗着，互相让对方挑选自己喜爱的女孩陪着喝酒唱歌。老乡和小红同时被一个老板看中，本来小红想对老板说，让老乡一个人陪他好了。可老乡一句"哥你喜欢听什么歌啊"，马上就拉着小红开始了公关行动。那位被称作哥的老板将老乡搂在沙发上，说我想听的你不一定会，老乡撒娇地说，我不会还有我妹妹呢。说着，她把小红也拉到沙发上，在老板的右边坐下。这时，老板突然来了兴致，他一手搂着一个女孩，喊道，给我来一首——你有几个好妹妹！

歌舞厅包厢里的空气向来是污浊的。烟味、酒味、汗味、地毯的霉味、女人劣质的化妆品味搅和在一起，让人觉得胸闷、恶心。本来这味道已经令小红有些作呕了，哪想那老板右手把小红搂到怀里，嘴巴一个劲儿地往小红的脸上找，小红拼命向后仰，就是不让老板亲到，老板本以为小红是在有意撒娇，等几次不如愿时，便气急败坏地将小红往地下一推，嘴里骂道，给脸不要脸的东西。小红站立不稳，头碰在茶几上，前额瞬间流出了鲜血，面对这突如其来的一幕，人们都始料不及，小红的老乡赶忙过去搀扶小红，小红委屈地哭了。老板觉得没趣，从口袋里摸出五六百块钱，往茶几上一甩，冲那几个朋友说，走，到别处玩去，真他妈丧气。

小红离开了歌舞厅，老乡陪她去附近医院进行了包扎。医生说，摔得不轻，再深点，就得缝针了。以后出门做事得小心点。小红她们没告诉医生小红是在歌舞厅受伤的，她们只说小红不小心撞在办公桌上了。回来的路上，老乡问小红，你还打算在歌舞厅干不。小红说，打死也不干了。她还劝老乡，你也别干了，那地方多危险啊。老乡说，不干我干什么呀！小红说，我打算做点服装生意。老乡说，你懂？小红说，她认识一个做服装生意的大姐，可以找她帮忙。

小红带着伤找到位于北通市动物园附近的服装批发市场，她在里边转悠了一圈才找到姓张的胖姐。胖姐半个月没看到小红了，她问小红你怎么受伤了？小红说，在家刷碗时不小心碰到油烟机了。胖姐说，你怎么那么不小心。小红说，没多大事，就蹭破了一点皮，几天就会好的。胖姐打量了一下小红，见她一副歌厅小姐的样子，就问，你肯定没给人家当保姆，是不是改行了？小红见掩饰不住了，就哭着把歌舞厅里发生的一切全都告诉了胖姐。胖姐很心疼地给小红擦了擦眼泪，骂了句男人没几个好东西，然后问小红下一步打算怎么办。小红说，我在北通市也不认识谁，我只想到了你，你当初不是问我是否愿意跟你做服装生意吗？胖姐想了想，说，本来我在幸福居大超市租了一个柜台，昨天刚聘了一个小丫头，既然这样，不妨你先跟我探探路，等熟了，我就交给你一个柜台。

一个月后，小红就顶替了在幸福居大超市打理服装店的小丫头。那女孩说是小丫头，其实与小红差不多，只不过不太活泛。按胖姐的要求，这个只有15平米的柜台，每月的营业额不能少于5万元。只有这样，才能保证不亏损，略有盈余。胖姐对小红比较关照，每月给1000块钱的基本工资，每卖一件衣服，按实际销售价给百分之十的提成。另外，胖姐还负责几个销售员的房租。小红粗算了一下，每个月如果正常，可以有四五千的收入。

王小二和小红认识是在一个周末。那天，王小二在机关里加完班，已经是华灯初放，他走出机关，一路闲逛，无意中走到幸福居大超市。或许从小生活在山里，对城里的物质世界太渴望，王小二自从

手脚冰凉　　231

考大学到了大城市，没事他就喜欢到商场、超市里转悠。他转悠没有明确的目标，对商场、超市里的一切他都喜欢。王小二爱说一句话，要的就是感觉。

大学期间，王小二是班里家境最贫穷的学生。从走进大学校门那天，他就发誓再也不要家里出一分钱。他在第一二两年，寒暑假他都没有回家，他独自一人去啤酒厂、食品厂应聘当推销员，他要挣钱，拼命地挣钱。为了钱，他不怕吃苦，不怕低三下四。一次，他为了将食品厂的肉食品打入一家大型超市，他一连七天每天都在超市经理的门口苦等，他相信总有一天上帝会为他开门的。结果，前六天他都没有被经理接见。第七天，经理终于发现在办公室门口有个让他看着顺眼的小伙子了，他便把王小二叫到办公室。经理问王小二，你为什么每天在门口等我，可我并不想见你？王小二说，见不到你，我们公司的产品就打入不到你们这家大型超市，如果你们能接受我们的产品，我们就可以打入其他超市。经理接着问，如果今天我还不见你，你还会坚持吗？王小二说，这世界上很多成功的人，不是他们比别人更聪明，往往是他们比别人更有毅力，毅力达到一定的量时，事物的性质就会发生改变。王小二的话让经理很认同，他问王小二，你不是公司的销售员，听口气你好像是在校的大学生。王小二说，我确实是大学生，学的是环境保护专业，我的家在贵州山区，那里现在还很贫穷，我不想让家里人再为我交学费，实际家里也交不起学费。我必须自己打工，把我下学期的学费、生活费挣出来。

超市经理很认可王小二，他不但特许王小二经销的肉食品进入超市，甚至在某一天召集超市的所有员工，让王小二给做了一堂励志的报告。那场报告很热烈，超市经理破例给王小二发了三千元讲课费，那费用相当于一个大学教授的待遇。更让王小二不曾想到的是，超市里的员工听了王小二的报告后，一连半个多月，他们都纷纷买王小二经销的肉食品。一时间，很多顾客以买王小二经销的肉食品为荣耀，以至影响了周边五六个超市都进王小二的货。那时的王小二，真有心休学以自己的名字注册一个商标，那样他就可以挣到很多的钱了。可王小二最终还是放弃了，他不能对不起父母，对不起村里的乡亲们，他是村里几十年第一个走出大山的大学生。他是大山的荣誉，也是大山的希望。

王小二大学毕业，本可以不考公务员。以前他跟过的几家公司都希望他去，有的提出让他当总经理助理，可王小二的父母就是不答应。他父亲说，咱山沟里出一个大学生不容易，你不要当什么销售经理，你要想办法到政府衙门去当官，在北通那样的大城市，当个科长处长什么的。回到家乡，看谁敢欺负咱！王小二深知父亲的良苦用心。小时候，他亲眼看到村长把他父亲打过，只因乡长的小舅子看上了他家的二亩鱼塘，非要霸占，村长出面说和，小二的父亲仍然不肯，结果村长动怒，打了小二父亲两个耳光。从那个时候，王小二就像着了魔似的，他天天翻看小人书《闪闪的红星》，他立志要学习潘冬子，长大要杀掉胡汉三，给妈妈报仇。等王小二长大了，他并没有去杀人报仇。他把仇恨都用在了读书上。他唯一报仇的行动，就是高一那年暑假，他趁村长到镇上开会的空档，他用砖头把村长家的窗玻璃给砸了。砸完后，他也有些害怕，他一个人趴在床下手脚冰凉，生怕警察查出来。三天后，村子里一片寂静，根本没人说村长家的玻璃被人砸了一事。等一个月后，村里换届选举村长，人们在互相交流信息时才知道，村长这次不再被提名为村长候选人了。原因是，跟他好的穿一条裤子的乡长因为贪污公款被双规了，据说还要判刑呢。想必王小二那天用砖头砸村长家玻璃的时候，正是乡长、村长被纪委谈话

手脚冰凉　233

的关节点上。尽管乡长被抓了，村长也不再当了，可王小二还觉得不出气，他总想当着村里人的面，将村长狠狠地暴打一顿，只有那样他才解气。

王小二的复仇计划一直有，可他从来没有机会实施。他期待着那一天。

随着考上了大学，王小二变成了城市人，他复仇的计划就渐渐淡忘了。他想，只要好好地在机关干，夹着尾巴做人，熬个三年五载，弄个科长、处长干干，总会有出头之日的。必须说明的是，由于家境贫困，在大学期间，王小二从来没有过谈恋爱的念头。当然，也没有哪个女孩主动向他示好。看着同学们在大学即将毕业，许多人纷纷牵手并肩在校园徜徉的幸福样子，王小二也曾经有过梦想。可他在床上想了半天，也没觉得有哪个女孩和他般配。他喜欢看路遥的《平凡的世界》，他觉得他就是那个不甘于平凡又命里注定平凡的孙少平。王小二为此苦恼，也为此神伤，他多么渴望有一天出人头地，也渴望能拥有一次属于自己想要的爱情。

王小二毕业了。他像很多的外地学生一样，选择到北通郊区的某个乡镇去当村官，这样就可以把户口落下来。户口这个东西，对中国人太敏感了。在九十年代前，你拥有什么样的户口就会有什么样的人生。像电影中的孙少安、高加林，他们这些农村青年，不能说不优秀，可就是因为农民的身份，让他们命运坎坷，始终不敢不能寻找属于他们的爱情。王小二在城市里看管惯了男女谈恋爱的样子，他也希望有朝一日自己也找个城市女孩。而要想找到城市女孩，你最低也得有个城市户口。至于后来的房子、车子、票子，他相信，凭他的本事，一切都会解决的。

王小二正准备当村官的时候，一个偶然的机会他看到北通市环保局招考公务员的通知。他本无心去考，他知道什么叫千军万马走独木桥，他也知道什么叫潜规则，他是被一个同学鼓动或者说是拉着去的。他没想到，他的考试成绩会排在第三名。面试时，环保局的陈局长坐在屏风后，由主管人事的副局长和几个处长负责问话。按笔试成绩，人家前两名先面试，每人谈话15分钟。问完话，回去等通知。具体前面谈了什么，谁也不知道。半小时之后，王小二被人事处长叫到考场。他本以为这考场会壁垒森严，想不到进去后，人事处长给他面前放了一杯水，说小伙子别紧张，我们一起聊聊。王小二觉得这环保局的领导挺和蔼，他马上就觉得放松了。简单地问了一些诸如家在哪里，都有什么人，在学校表现什么之后，主管副局长抬起手腕，看还有5分钟，便示意别人不要再讲话了。他态度严肃地问王小二，我想问你三个简单的问题，你只需用一分钟回答我就可以。王小二想，这回要进入抢答或者是必答题了，这才是今天面试的关键。

副局长问：第一个问题，你考公务员是你自愿的，还是听别人建议的？

王小二答：我本来想经商，可我父母让我考公务员。

副局长问：结果你就来了，为什么？

王小二答：我们家在山区很贫穷，父母一直受当地干部欺负，我只有当官了，我们家才会扬眉吐气。

副局长问：第二个问题，假如你如愿进了机关，你进办公室要做的第一件事是什么？

王小二答：看暖瓶在哪里，我要去打水。

副局长问：第三个问题，你如何处理上下级的关系？

王小二答：先领导之忧而忧，后领导之乐而乐。

对于王小二的回答，副局长和几个处长都不约而同地乐了。显然，王小二的回答让大家很满意。他们简单耳语了几句后，人事处长就说：王小二，你的面试结束了，你回去等通知吧。说罢，大家便准备收拾桌子上的文件。这时，局长秘书从屏风后面走出来，他说道：请王小二同学等一等，马上跟我到局长办公室，领导找你谈话。

王小二被局长突然的一叫，有点蒙了。他不知道将要发生什么。

王小二随着局长秘书，来到201房间。进得局长办公室，发现这是一个里外套间，偌大的古铜色写字台后，一个五十多岁五官非常周正的领导正在接电话，见王小二进来，他扬手示意王小二在靠墙的沙发上先坐下。接完电话后，领导走过来，温暖地伸过手说道："来了，王小二同学。"王小二赶忙站起来，这时秘书冲王小二介绍道："这是咱们市局陈局长。"王小二腼腆地问候着："陈局长好。"

陈局长毕竟是大干部，说话很有风度，简单地又问了几句王小二的基本情况，就说："刚才在面试时，我在屏风后面听了你们几个人的情况，说实话，我对你的回答很满意。实话不瞒你，我也是农村人，八十年代从陕北农村考到北通来，一晃三十年了。我们这一代人，几乎都有高加林的影子。你喜欢文学吧，看过路遥的《人生》吗？路遥是大作家，可是我的老乡啊！"

王小二不止一次看过《人生》，包括小说和电影。他礼貌附和着局长。

局长看了一眼秘书，对王小二说，杨秘书跟我已经三四年了，我准备安排他到下边单位任职。如果你愿意，我将考虑你来做我的秘书。你可否愿意？王小二一听，感到不知所措，他很紧张。但这紧张也就是几秒钟的事，他马上诚恳地说，感谢局长这样信任我。不过我说实话，以我目前的能力，还不足以给您当秘书，我想到基层先锻炼一两年，如果那时您觉得我还有用武之地，您再提拔我。对于王小二的回答，陈局长感到很意外，这样的好事对一般人来说简直就是突如其来，是天上掉馅饼的美事，可王小二却委婉地谢绝了。这让陈局长更加喜爱刮目相看这个叫王小二的年轻人了。

陈局长并没有让王小二到下边的基层单位，他把王小二安排在了信息管理处。这个处虽然权力不大，但可以掌握环保局的很多事情。这样，对王小二是很好的锻炼。王小二的处长对王小二来到信息管理处，自然十分欢迎。尽管王小二在王处长面前很谦卑，可王处长总担心局长会从王小二那里掌握他的情况。王处长很矛盾，一方面他想让局长多了解他的成绩，一方面他又怕局长知道他的一些情况。譬如，他经常被下边的企业领导请走去吃饭去歌厅唱歌。最近两年中央有文件，明确领导干部不许这不许那，虽然大家都老实了许多，可私底下还是有些应酬要做。他真怕出事，出了事没人替你去兜。

王小二到信息管理处，做了一名普通科员，虽然他是被局领导看好的苗子，可他还是如面试时所说的那样，每天第一个来打开水、墩地，见到处长、副处长、科长、副科长总是谦卑地打招呼。如果谁家里有什么事，他也是随叫随到。尽管处里的领导都知道局领导赏识王小二，可谁也没见过王小二到几位局领导那里去坐会儿，或者去主动说什么。在食堂吃饭，王小二见到局领导，隔挺远的就绕开走，生怕领导看见似的。时间长了，人们也就不觉得王小二是领导所期待的人了。

王小二随处里领导到下边基层单位，他只是拿出笔认真地做记录，从来没有说什么做主的话。很多领导都喜欢小二小二地叫他，就像叫家里的孩子。王小二觉得自己就是环保局里的小二，他要想做到将来的老大，他必须要不断地二下去。他懂得哲学中的量变和质变的

手脚冰凉　237

关系，他相信自己的量变的时间不会太长。

机会向来给有准备的人。本来王小二在环保局的前途很被人们看好，不料某一天有人传言，看见王小二经常往幸福居大超市里的服装柜台跑，跟一个叫小红的女孩关系不一般。

幸福居大超市距离环保局机关也就一站地的样子。局里很多人下班经常到超市里买东西。不过，双休日去的人不多。王小二喜欢逛超市，他到幸福居是最为方便的。一天，他无意中走到小红的服装店。他见小红的店里来的顾客很少，便走了过去。小红见来了个小伙子，挺文静的，便主动搭讪问想买什么样的衣服。王小二说，他没准备买，只是随便看看。小红一听，就说我今天还没开张呢，你如果看好哪件，我给你打八折。王小二一听，说，如果想买，我知道跟你侃几折。小红说，你这么自信？王小二说，我懂销售心理学。小红说，那你给我讲讲，我正愁这衣服卖不出去呢？王小二上下打量了一下小红，发现小红人长得虽不太高，但一脸的淳朴，不像油腔滑调的女孩。就问，你知道当下卖什么服装最走俏吗？小红说，说不好，这顾客一人一个眼光。王小二说，这就要看你的智慧了，你要学会把众人的目光都汇聚到你这个店里来。小红听王小二说得有道理，就说，你支我几招吧？王小二开玩笑道，那可是要交学费的！小红说，只要能赚到钱，你要多少给你多少。

王小二给小红支的招是，让小红想办法购进一批世界杯几个主要国家运动员的标志服装，如巴西、法国、德国、意大利等国的。他告诉小红，再过两个月巴西世界杯就要开始了，虽然中国足球队踢得不咋样，可中国球迷还是有的。如果你提前购进一批运动服，肯定能发财。小红说，生产这服装要经过授权的。王小二说，你得抓紧找生产厂家，人家肯定有办法取得授权。实在不行，你就亲自找你们老板,问她敢不敢做?做10万件,再批发给其他商家,几天就卖完。

小红很佩服王小二的脑子好使,她把王小二的主意讲给胖姐听。胖姐说,她想试一试。小红问,要生产10万件,那得需要不少资金的?胖姐说,没事,她找朋友一起做。但小红没有想到的是,胖姐找的那个合作伙伴,就是一年前在红玫瑰歌舞厅将她的头打破的那个老板。这当然是几个月以后小红才知道的。而且,那个老板竟然是王小二他们老家的村长。

两个月后,巴西世界杯开赛。小红按照王小二的主意,顺利卖了两千多件运动衣,按照胖姐和小红的约定,小红分得两万多块钱的提成。为了感谢王小二,她在超市顶层的东坡酒楼专门请王小二吃饭。吃饭当中,小红拿出一个装满一万元现金的信封给王小二,说王哥你帮了我的忙,话付前言,我给你一万块钱。王小二见小红说话算数,他从心里不由喜欢起小红。他说什么也不要。小红无奈,只好把钱放到书包里。她提出,王小二必须到她店里选一件衣服,就算妹妹送给哥哥的,如果王小二不要,她就不理他了。王小二见小红十分真诚,就答应饭后去店里选件衣服。在聊天中,他们各谈了自己的经历,小红担心说出实情,怕王小二看不起她,就没说她在环保局的一个王处长家做过保姆,更没说在歌舞厅头一天上班就被人打伤的事。

小红认识环保局干部王小二的事,胖姐很快就知道了。特别是胖姐知道生产世界杯运动服的主意就是王小二提出的后,她就特别叮嘱小红要与王小二多接触多亲近。几个月后,她发现小红上班经常两眼发直,直觉告诉他,这小姑娘有自己的心事了。

这一年的十一月,快到冬天取暖的时候,胖姐给小红打来电话,告诉她晚上约上王小二一起到她家附近的红星酒店吃饭。小红问胖姐有什么事吗?胖姐说,今天是她四十岁生日。小红说,那得去。

放下电话,小红又给王小二发微信,说胖姐今天生日,晚上聚会,特别要求他参加。五分钟后,王小二回复,明白。小红见王小二痛快地答应了,她马上到超市的鲜花店,定了一束188朵的红玫瑰。她想象着胖姐见到红玫瑰,一定会笑得阳光灿烂。

晚上六点,王小二准时来到小红的服装店,他特意换上了西装。小红看着帅气的王小二,感到无比的幸福。王小二问小红准备好了吗,小红说在鲜花店已经订了鲜花,一会儿取完就直接走。王小二说,他半小时前在蛋糕店也预定了生日蛋糕。小红说,估计她那里会有人给送的。王小二说,别人送是别人的,我送的是我的,我很感谢她对你这么关照。

王小二和小红预约了一辆滴滴快车,估计二十分钟后就能到红星酒店。路上,王小二拉着小红的手,他们说笑着。小红问王小二,你说胖姐生日今天会来什么人?王小二想了想,说胖姐人都四十了,几年前离婚一个人过,如今钱也挣得不少,有房有车,很可能会有男朋友了。小红说,我猜也是,说不定今天她男朋友就会出现呢!王小二说,但愿如此。这世界上的事就是这样,你越追越追不到,有时候无心插柳,却成了荫了。

王小二和小红来到红星酒店胖姐预定的包间,里边已经坐了十几个人,大都是胖姐的同学和她旗下服装店的店员。见小红和王小二进来,穿着宛如新娘打扮的胖姐走上前来,跟小红来个拥抱,然后拉着王小二的手安排在次主宾的位置坐下。小红问胖姐她帮着做点什么,胖姐说啥也不用,你只要把小二陪好就行。小二也不客气,磕着桌上的瓜子,等着最后两个嘉宾的到来。他猜想,那两个人一定有胖姐的男朋友。

工夫不大,胖姐从外边迎来两个魁梧的中年男人。其中一个身材肥胖秃顶的男人，手里抱着一大束的红玫瑰鲜花，那花朵少说也得有500朵。另一个机关干部模样的男人，手里提着巨型的生日蛋糕。他们跟胖姐说笑着，步入888包间。待他们站到主宾两侧，胖姐正要介绍时，王小二和小红看着这两个男人一下惊呆了。王小二首先看到跟他邻座的，竟然是他的上司，环保局信息管理处的王处长；另一个身材肥胖的秃顶男人，不正是他无比仇恨、无比厌恶、一心想找他复仇的那个打过他父亲的老家的那个村长吗？他怎么摇身一变成了这里的贵客？那一刻，他感到手脚冰凉，这简直太不可思议了。同样，小红见到王处长也不可思议，她跟肥姐是怎样的一层关系呢？看着旁边的王小二，小红也顿感到手脚冰凉。

　　胖姐当然不知道这其中的一切。她一脸兴奋地向大家介绍道，这位是市环保局的王处长，这位是北通百乐福购物中心的马总，大家欢迎。人们对这二位的到来，自然报以热烈的掌声。在大家的感召下，王小二和小红也只得象征性地拍了几下手。坐下后，胖姐特地走到王处长和王小二之间，满脸堆笑地说，你们俩就不用介绍了，你们比我熟。王小二只好略微地探探身子，对王处长说了声，真没想到您也会来。王处长小声道，是被那个马总抓来的，他是我妹妹的上司。看到小红，王处长的脸色攸地一红，若无其事地说，如果我没猜错，你就是小二的女朋友，你好啊！说着，他伸出手要跟小红握手，小红有些难为情地只用指尖象征性地和王处长握了一下。好在此时的王小二，他的目光一直在盯着马总，他并没有看到王处长和她彼此之间的瞬间变化。

　　胖姐当介绍完每个来宾后，举起酒杯说，今天是小女子的生日，非常感谢各位的光临，尤其感谢王处长、马总和小二同志的光临，我提议大家干杯！这时，服务生走到胖姐身边，问有三个生日蛋糕,上哪个?马总听后,马上说,上我拿来的那个,那是我精心挑选的。胖姐看了一眼王处长,就说,就上马总的这个吧,另两个我拿回家慢慢吃。王小二感到这个马总马村长莫名其妙,他来到这里到底算哪根葱呢?

王小二从中学开始,基本在外边上学,这些年很少回老家,村长被免了的事他听他父亲说过,但村长被免去了又到哪里他就不知道了。昔日的马村长自然也不会想到,在这个场合,竟然有恨他的老乡在,如果王小二不说话,他还真不敢认这个王小二。经过几次目光相视,他们俩还是感觉到对方的面熟。马总看着王小二,问王处长,小王是——?不等王处长说话,王小二愣愣地说,我是王小二,你不是马村长吗?马总见王小二叫他马村长,脸一红,说,不好意思,我没当过村长。小二说,哦,那是我记错了,我把有钱的人都爱想象成村长。小二的话引得一桌的人一阵大笑。笑过之后,马总说,今天是胖姐的生日,我想趁这个场合,正式向大家宣布一件大事,本人马大有,从今天起正式向你们的胖姐求婚,希望她能接受我的请求,请各位做个见证!马大有说着,从皮包里取出一个首饰盒,打开后,露出一枚金戒指,然后单腿跪在地下,向着胖姐祈求般地望着,说,胖姐,请接受马某的请求!胖姐虽然四十岁了,面对马总的请求,先是脸一红,脸一扭,把手伸了过去。

求婚的气氛显然是热烈的。可在那一刻,王小二无论如何也不想看见,他趁着人们起哄混乱的当口,溜出包间,他觉得肚子里一阵的绞痛。他意识到,他今天肯定会喝多的。可他碍于王处长在,他又不好去发态度,如果他搅了今天的局,败了大家的兴,明天他真不知道会发生什么。他假装上了卫生间,十分钟后又回到包间。

在王小二出去透风的空隙,王处长举着酒杯欲和小红喝一杯。

小红说，对不起，我不会喝酒。王处长说，你不要这样好不好，既然今天大家都坐在这个酒桌，也就都是胖姐的朋友，你不给我面子，但不能不给胖姐的面子，为了胖姐的生日，咱们干一杯！见王处长这么说，胖姐也鼓动着，小红，就陪王处长喝一杯，没事的！无奈，小红只得端起杯子和王处长轻轻碰了一下，算是给了他面子。说实话，此时的小红有点怕王处长，她生怕王处长把她在他家做过保姆的事讲给王小二听，如果那样，他就无法和王小二好下去了。

　　王小二重新回到包间，他尽管心里不痛快，为了小红，也是为了他自己，他还是敬了胖姐、王处长和其他朋友三杯酒。他就是没有敬马村长。马村长见王小二有些喝多了，就乘机主动过来向他敬酒，王小二提出要和马村长用瓶喝。马村长自然知道王小二内心的不平衡，或者说是不甘，仗着他身体壮实，便真的和王小二对着瓶子喝起来。

　　王小二喝多了，趴在桌子上。小红难为情地对胖姐说，他平常日子不喝酒的，今天不知哪来的酒量。胖姐说，没事，让服务员给开个房间，你扶他去休息会儿。小红和另一个小伙子，驾着王小二来到三层的客房。路上，王小二搂着小红的脖子说，喝，喝，谁怕谁啊，我就是不服你！小红说，你忍会，等酒醒了再喝。我陪你喝！到了客房，王小二趴在床上就睡着了。小红看着王小二，只好把他的鞋子脱掉，用被子将他的身子盖住。小红对那个小伙子说，这没事了，你忙去吧。小伙子看了一眼王小二，说有事随时找服务台。

　　半夜十一点多钟，胖姐和王处长他们在KTV唱完歌来到王小二的房间，见王小二睡得人事不省，就对小红说，今晚你就陪小二吧。明早吃完饭，我来接你们。小红说，你们先回吧，我能照顾好他。

　　这一夜王小二睡得死香。天快亮的时候，他才睡眼蒙眬地睁开

手脚冰凉　243

眼。等他彻底地明白过来，看见小红就躺在他的身边。他看了看自己和小红的衣服，都还整齐，这才放心。待天光大亮，他们都醒了。小红说，昨晚你喝得太多了。王小二说，我一看见那个马村长我的气就不打一处来。小红说，我也不喜欢，还有你们那个王处长，瞅女孩总是色眯眯的。王小二说，我就不明白了，这好好的胖姐怎么就跟马村长搅和到一起了。小红说，我们的服装店在马总他们的百家乐连锁店开了好几家呢，想必是马总从中帮过不少忙吧。王小二说，这就难怪了，可是我们王处跟这个马村长又是什么关系？小红说，你忘记啦，王处长说他妹妹就在马总的手下干。王小二说，我也听说了，可是我就不明白了，马村长在七八年前就被当地给免了，他怎么来的北通，摇身一变竟然成了购物中心的老总了！小红说，这我就不知道了，等我有时间问问胖姐，她兴许会知道的。

　　王小二和小红洗漱完毕，他们来到一楼的咖啡厅吃了自助早餐。这时，胖姐如约开车来接他们俩，王小二说，胖姐昨晚真不好意思，让大家笑话了。胖姐说，没事，姐生日你高兴，多喝点也是正常的。不过，昨晚你没欺负小红吧？小红说，姐你说什么呢，我们天亮才醒。咱们快走吧，过会儿店里就要上班了。

　　从酒店回环保局的路上，王小二忍不住问胖姐，你怎么认识马村长的？胖姐问，你说马总吗？他可不是什么马村长，人家七八年前从贵州山里来北通闯荡，从搞家装开始，不到三年就挣到了上千万。前年，他把百乐福购物中心的董事长说服了，聘请他担任总经理，现在干得有声有色，要不是他，我的服装店也打不进百乐福呢！胖姐说话时可能还沉浸在昨晚生日的幸福里，他说，你们知道王处长昨天为什么来吗？实话告诉你，王处长的妹妹跟董事长好了十几年，现在担任财务总监，马总就是先公关王处长的妹妹，最后才把董事长拿下的。小二啊,你在王处长手下干,你可长点心眼,他要是冒坏,还真够你受的。

　　胖姐的话,让王小二听起来感到不寒而栗。他现在明白,以他目前的实力,他还真斗不过马村长。但他相信,不论是马村长,还是王处长,这些人早晚都会出事的。他只有学会忍耐,等待着量变。只是他特别的可惜胖姐,她怎么就喜欢了马村长这个王八蛋了呢?他想劝胖姐,可话到嘴边,他又守住了。理智告诉他,人微言轻,以他现在的资历,是不可能阻止她的爱情之路的,他所能做的,就是要尽量保护好小红,争取让小红早一天离开胖姐,离开他们这个走向深潭的网。想到此,他仿佛觉得眼前亮堂了许多,他不由得对胖姐说了句,胖姐你真是个好人。小红也跟着说,胖姐是北通最好的人。听到他们俩的赞美,胖姐会心地笑了,说,好人可不好当啊。

2016年11月20日西坝河

(原载2017年第1期《福建文学》)

爱琴海

第一次看到爱琴海这三个字,苏陌是在小学地理课本上。老师尽管没有细讲,苏陌还是仔细看了几遍。爱琴海在希腊的东部,属于地中海的部分海域。爱琴海,爱情海,虽然只有一字的差别,但给人的想象都是浪漫美好的。

五年前,苏陌家附近,北京东北三环紧邻西坝河,开了一家大型综合商城,名字就叫爱琴海。从远处看,这庞然大物就像个古城堡,让人觉得无限神秘向往。苏陌没事喜欢到爱琴海闲逛,有时候有目的,有时候纯属无聊。商城地上共六层,底层还有超市和停车场。苏陌一般直接到四五层,这两层有各种美食餐厅,六层还有红太阳影城和量贩式KTV。最初,苏陌不懂什么叫量贩式。后来,他和一帮中学同学在KTV聚会,才明白是怎么一回事。

苏陌家在三环里,紧邻三环路。这是一座公寓式居民楼,22层,住着很多白领,也有一些二三线演员,更有一些蓝眼球大鼻子的外国人。苏陌一个人居住在两居室,一年前,她丈夫胡戈因突发心脏病去世了。去世前,胡戈同几个客户在三里屯酒吧喝酒,喝到午夜,在上洗手间时,用力过猛,心率加快,就昏倒在小便池上。等客户到卫生间找到他时,他的身体已经开始冰凉了。

胡戈的突然离去,让苏陌措手不及。他们结婚证刚领不到一个月,原定国庆节举办婚礼,一切都在准备当中。请柬都制作好了,饭店也预定了,主要亲属、朋友也提前打招呼了。最最重要的是,苏陌已经怀孕三个月了,肚子开始隆起,再不举行婚礼,等孩子再大一些，就很难为情了。

北京的秋天是最美的季节。苏陌处理完胡戈的丧事已然筋疲力尽。她每天都到朝阳公园去散步，看着人们三三两两说说笑笑从身旁走过，看着成群的鸽子在天空飞翔，苏陌没有一点笑容。想想自己三年前，从江南的水城来到北京，怀着无限的憧憬，苏陌感慨万千。

苏陌所在的县城在太湖边上。她大学毕业，回到家乡在乡政府任秘书，两年后担任宣传委员。虽然这个宣传委员，只是个副科级，但毕竟二十五六岁就进入当地领导班子行列，这在当地也跟明星差不多。关于苏陌，当地的传说很多。有人说，她之所以仕途顺利，主要是她的姑父在市里担任副市长。也有人说，苏陌的导师和县委书记是同学。更有人说，苏陌和乡党委书记有暧昧关系。对于这些，苏陌不可能没有听到，她不解释，她有时甚至觉得有这些道听途说的故事也很好，说不定还能起到敲山震虎、隔山打牛的作用。

苏陌所在的乡镇不大，也就二十几个村庄。这几年，随着城市化进程的推进，很多村子陆续拆迁。按照党委的分工，苏陌负责其中三个村的日常联系。三个村，甲乙两个村班子团结，凡事一商量也就解决了。最令苏陌头疼的是丙村，村里俞姓和冯姓两大家族斗争了几十年，弄得村里许多工作都不好开展。乡党委书记原本要亲自抓抓这个村，但考虑矛盾太多，摁下葫芦起来瓢，太耽误时间，况且什么事都让一把手解决，没有个缓冲，也不利于事情的解决，就抓阄给了苏陌。

对于丙村，苏陌也感到头疼。她虽然是当地人，也了解民风民俗，但终究年轻，阅历浅，没有处理重大问题的经验。她有心把这个村推掉，但看看其他领导那一脸的兴奋，她知道，她这回中了头彩，想甩那是没门的。苏陌把这事跟大学同学赵刚说了，希望赵刚能给个建设性意见。赵刚是南京人，大学毕业先在上海待了一年，打拼未果，就回到南京在一家报社做记者，虽然收入不太高，但接触人多。上学时，赵刚脑子就活泛，同学说他不经商有点糟践了。苏陌至今记得，在大学一年级时，同学们集体去厦门社会实践，当同学们纷纷跟家长要钱赞助时，赵刚没跟家里要，只到一所补习学校为几个高中生上了几节课就把费用都挣齐了。

赵刚的家境非常好，父母都是公务员，父亲还是个处级干部，管着好几十人。大学二年级时，他开始对苏陌示好。苏陌明白赵刚的心思，不就是想谈场恋爱嘛，谈就谈呗。不过苏陌有苏陌的主意，你要是主动进攻，她不反对，但也不会做出积极的反应。她在许多的报刊上看到，很多大学生谈恋爱，完全是情窦初开，一时的冲动而已，毕业时往往都各奔东西，并没有什么结果。

在大学的几年，苏陌与赵刚的关系并没有明确是恋爱关系，但彼此之间又很默契。他们一起看电影，到图书馆看书，到食堂吃饭，甚至他们还曾经到杭州玩了几天。不过，他们没有发生实质性关系，至多拥抱亲吻了几回。苏陌对赵刚是有心理防线的，她在正式结婚前绝对不可以和男人有实质的性关系。尤其是不能怀孕。苏陌看着女同学一个又一个有了归属，她并不觉得着急。私下里，她曾经和几个女生聊天，当问到对男女之间的事时，她发现每个同学好像都已经有了性体验。现在的大学也确实如此，每到周末下午，很多漂亮的女同学就被一些莫名其妙的男人接走了。转过天来，这些女孩就穿着名牌衣服很招摇地在校园里游荡。

苏陌的闺蜜娜娜恋上一个比她大十几岁的老板。娜娜和老板是在一个新产品发布会上认识的。娜娜那天给老师的一个朋友帮忙，在发布会签到处负责嘉宾引领。当老板到来的时候，发布会已经开始了。娜娜很礼貌地把老板带到一个边坐上，老板看了看攒动的人群，对娜娜说，您不是公司的员工吧？娜娜回答，我是在读大学生，今天没事过来纯属帮忙。老板顺手给了娜娜一张名片，说，以后有机会欢迎她到公司玩。娜娜想，公司有什么好玩的，这老板真逗。

娜娜是无意想到公司老板的。大三那年的暑假，娜娜回家只待了三天，就回到上海。她决定今年暑假到一个单位实习，有很多外地同学都这样做。每个人的社会关系不同，实习的地点也就不同。有到机关、报社的，也有到麦当劳、肯德基那种餐饮行业的，娜娜本来是先联系了一家教育培训机构，谁料她上班的时候，班上有几个学生改成其他老师了。这样，她的课就教不成了。

娜娜在宿舍里待了两天，看着同学们回来绘声绘色说着实习见闻，她感到很尴尬。这时，有同学问她实习咋样，娜娜红着脸说，她失业了。同学一听，笑了，说你还没就业怎么就算失业了呢。实在不行，就到我实习的肯德基餐厅吧。娜娜琢磨，肯德基可不能去，成天闻那炸鸡味，多恶心哪，弄不好会因此长胖的。

天无绝人之路。正当娜娜一筹莫展的时候，她在上街闲逛时不经意间看到一家写字楼上写有某某公司的广告。她觉得这个公司很眼熟，细想想，这个公司不就是那天在参加新产品发布会上遇到的那个老板的公司吗？娜娜眼前一亮，她的双脚不由自主地走进写字楼。

老板的名字叫石明，今年三十八岁。他是温州人，开始在上海做服装生意，后来搞家装，现在做广告策划，偶尔也做点网络电影拍摄。他在老家有老婆，还有两个孩子，一年中也就中秋、春节回去几天。老婆不是很漂亮，但很贤惠，在家里孝敬父母，带着两个孩子，石明每月都给老婆的卡上打钱，少则三千五千，多则八千一万。石明觉得，老婆只要在家把日子过好，他在上海就是累点也值得。至于他在上海还有没有女人,他老婆大抵是不过问的。

石明在上海确实和几个女人好过。这些女人,有姑娘,也有少妇,更多的是离过婚的女人。石明曾经和一个装修时的房东女主人好过半年。那个女人的老公在国外,女人家里装修,她对装修的事一窍不通,她只说,你把图纸设计好了,按照图纸施工,只要没有大的瑕疵,到时把款打给你就是了。她只有一个要求,具体的事,她一概不管。石明明白,这女人很有可能是被男人包养的。

在装修的过程中,女人隔天来一次,来了,也不多说,看个三五分钟,跟石明搭讪几句话,然后就去做美容去了。看着这个优雅的女人,石明想,她男人怎么就舍得到国外呢!要是他,他会每天都守着这个女人,每天晚上都搂着睡,说不定一晚跟她做三次爱呢。

石明想女人了。他在认识这个女人之前,虽然也交过女朋友,甚至同女人上过床,但他从来没有像现在这样渴望得到女人,一个优雅的女人。他想到自己的出身,一个小城镇的工人子弟,媳妇是当地的农村女孩,他靠自学考了个成人大专。他也曾经梦想过上大学,读研究生,找一个女大学生,可是,生活让他提前结束了梦想,他必须提前上班,去工作,去挣钱,以此来改变家庭的贫穷。

优雅的女士姓王,为了保护人家的隐私,姑且就叫王小姐吧。王小姐的老公在外企的一家证券公司,收入颇丰。每年他都要到国外工作半年。他和王小姐同居两年多,没有领结婚证。王小姐喜欢称先生老公,她觉得,叫老公有家的感觉。老公的长相、收入,应该是女人心仪的。王小姐大学没毕业时就认识老公了。他们是在地铁里认识的。最初,他们住在一个出租的公寓里。后来,王小姐为男人怀孕流产了,她觉得再这样下去就危险了。她曾经提出要与老公结婚,可老公总以各种理由推脱。她想来想去,便提出让老公为她买房,似乎也只有这样，才能拴住男人，才能保护自己。

老公虽然收入颇丰，但若让他拿出大部分积蓄买房，他多少有些不情愿。老公先交了首付，他说以后的钱慢慢还。王小姐觉得老公多少还有点诚意，首付也好几十万呢。如果他日后真的变心，房子起码也能值个百八十万。

这段时间，老公又到国外去了。他给王小姐留出了装修费，当然还有一笔生活费。他说，这一去至少三个月。王小姐说，你到那边不许花心，我在这边等你。老公说，你放心，我不会找老外的，我不喜欢他们身上的洋葱味。王小姐那一夜和老公很是缠绵，他们云雨了足有两个多小时。老公说，你太浪了，男人受不了。王小姐说，不榨干了，你就会在外面打野食。老公说，野狗再野，野够了也要回家的。王小姐说，你要敢在外面寻花问柳，我就给你戴绿帽子。老公说，你敢！如果你敢有别的想法，我就把你的腿打折！

王小姐大学毕业，前后找了几份工作，干着干着就觉得没意思，最后辞职了。有个公司老板看上了她，希望和她关系更近一层，王小姐说，你什么意思？老板说，想与她发展成情人关系。说得直白一些，就是做小三。王小姐感到老板很恶心，她虽然现在工作不稳定，但还不至于靠做小三打发日子。她没有把老板的想法告诉老公，她知道，男人的醋劲上来，自己就再也别想出来上班了。

房子装修快一半的时候，石明让王小姐付他八成款。王小姐犹豫了一下，说你能不能再过几天。石明说，我们是小本生意，这装修房子要统一进料，而且要同时装修好几家，如果家家都不按时付款，他的资金链就要断了。那样，不但工人开工资是问题，房东按期入住也要往后拖。王小姐说，她不是不想付，前几日，老家的妹妹来信，说她奶奶住院了，可能是直肠癌，需要五万块钱押金。她从小是被奶奶带大的，感情很深，如今奶奶病了，她不能不管。石明信了王小姐的话，说，那就过几天，不过，不能再拖，下面有很多要花钱的地方呢。

　　王小姐把钱打给了妹妹。她说，等房子装修完她就回老家看奶奶。妹妹说，你不用那么急，奶奶的病也许没那么邪乎，说不定是良性的。王小姐给国外的老公发信，告诉他奶奶病了，她急需钱。老公没有回信。她又发信，说装修费不足，最好这几天打过来七八万。老公还是没回信。她有些焦急，就打了电话。但对方居然传来的是不在服务区。王小姐懵了，她不知道老公那边发生了什么。

　　一连几天，王小姐都没有来施工现场。石明虽然嘴上开始催王小姐尽快付款，可他让工人按进度该怎么干还怎么干。实话说，他并不急于用那笔钱，以他的经济实力，拖上两三个月也不会怎样。可是，在商言商，凡事都得讲规矩，如果都拖欠，那就真的会断掉资金链的。自从第一眼看到王小姐，石明就深深地被她的优雅气质给吸引住了。他隐约觉得，他应该得到这个女人。哪怕就抱上一会儿，也足以满足他的精神渴望。可是，这个瞬间的想法，马上在他脑海中消失了。他觉得自己实在太卑微了，他怎么能拥有这样的优雅女人呢！

　　石明给王小姐打电话，他没有催款，只问了问有关吸顶灯的位置、光度。王小姐也没有提装修费的事。她现在觉得自己很尴尬，一个优雅的女人，被一个包工头追问工程款，这实在难为情。她不好再到工地巡视。石明每天照常到施工现场，多则待一两个小时，少则一二十分钟。以前，王小姐在的时候，她不提出走，他是不会走的。他愿意多看一眼王小姐。王小姐或许没有察觉到，否则，她会很快走掉的。在一个优雅的女人看来，凭她的气场，虽然可以阻止某些色鬼于几米之外，但作为女性，还是防患于未然更稳妥一些。

一星期后，工程的进度已然完成三分之二。石明见王小姐还没有露面，他就下意识地给王小姐打了电话。王小姐说，你能不能不催啊！石明说，你怎么这么敏感，我还没说话呢？王小姐说，你放心，我是不会欠你款的，只是这几天实在没运转开。再过三天，就三天，行不行？石明说，三天就三天，如果三天还不打款，我就让工人停工。王小姐啪地把手机挂了。她不能容忍一个包工头对她如此强硬。她要尽快地让老公把钱打过来。这真的应了那句话，钱不是万能的，但没钱是万万不行的。

工程照常进行。石明见不得王小姐为了钱落魄的样子，一个优雅的女人因为钱被人挤兑无论如何是很悲催的事。王小姐恨不得飞到国外，她想找到老公问问究竟怎么回事，他是病了，还是想和她就此了断，或者是另有新欢？她一个人在床上，甚至在公园里、路上、商场里，胡乱地想象着。她做了最坏的打算，实在不行就找同学、亲属借钱，大不了把房子卖掉。

石明看出王小姐确实很着急，她也不是那种耍赖不给钱的主。房子装修完，她让王小姐来验收，王小姐里外看了一遍，无可挑剔，很是满意。石明说，你的尾款该给了吧。王小姐脸一红，说你再容我几天，我老公很快就会把钱打过来。石明问，你老公怎么一点消息都没有，我们老家有很多男人到国外做生意，说好去个一两年就回来，结果肉包子打狗根本不回头，我看，你老公再不联系，说不定当陈世美了。石明的话显然是刺痛了王小姐，她有心发作，又觉得他说的也有一定道理，就说，你不用担心装修费，我肯定少不了你的！至于我老公的事，你就别瞎操心了。

王小姐的老公终于来信了。他说，一天周末他和几个朋友去旅游，在一个酒吧，其中的一个朋友意外碰到曾经的生意人，吃完饭后,那个朋友说他有一批货物想请他们给带回所在的城市。既然都是朋友,他们也没多想,就让那人把货物塞到后备厢。哪想,几天后,在回来的路上,在通过检查站时,被警察查出了问题。那包货物里竟然夹杂着毒品。这样,他们几个人都被警察拘留了。到了警察局,他们与警察一直在解释说这货物不是他们的。警察开始是不信,后来让他们提供那个朋友的地址、电话。可是,他们没有人知道那个人的地址,只有他的电话。当他们打电话时,那个人的手机却关机了。无奈,他们只能在警局里候审,只有那个人被抓住,他们才能被释放。否则,他们就被视作同案犯。

  王小姐问老公那个罪犯是否抓住了?老公说,抓是抓住了,他现在身上分文没有。警局对罪犯除了要提起诉讼,对他们几个还要进行罚款。他们几个朋友,当时就他银行里还有点钱,结果,警察便通知银行暂时把他的钱冻结。他们人虽然出来了,但暂时不能离开那个国家,要随时接受警察的调查。王小姐说,我知道你那里难,可我这里也不好受,包工头成天逼着要工程款,再不给,人家就让工人搬进来住了。老公说,我现在也没什么办法,你自己想辙吧。王小姐说,我能有什么辙,我家的亲戚都很穷,我的同学也都刚参加工作,谁能拿出那么多的钱。你能不能找个银行的朋友借一点?老公说,我为你买这套房已经拿出几十万了,我现在不在上海,原来的同事没人愿意借,你还是自己想办法吧。

  老公的话,几乎让王小姐感到绝望。她真想骂他一句,你他妈的混蛋!可话到嘴边,她又咽了回去。老公毕竟遭此劫难,如果她再这样逼下去,结果只能分道扬镳。可是,不逼他,她自己又到哪去拿十几万的装修费呢?

  石明最初并不打算把王小姐逼死。但拖上两个月后,他从她的身上再也看不到当初的优雅。他甚至觉得王小姐有点可怜。两个月前,她对王小姐如果有什么想法,那纯粹是非分之想。现在,他成了债主,他觉得他可以对王小姐有点想法了。他相信,王小姐没有什么理由可以拒绝他。于是,在一次电话里,他试探性地对王小姐说,你如果没有好工作,不妨到我的装饰公司干吧。王小姐诧异地问,你是说让我到你的公司给你打工?石明说,怎么你觉得掉价吗?王小姐说,不不,你让我想想。石明说,你要是同意,我们见面谈谈,我请你喝咖啡。

通过几个月的接触,王小姐觉得石明这个小老板跟那些农民工还不一样,他骨子里还算个有为的知识青年。同她老公比起来,虽然石明在学历、外表、收入上要低一些,但在生活的态度上还是比较务实的。如果说,最初从老家考到上海,她的脑海里更多的是浪漫的超现实的东西,那么,通过这次装修和老公的劫难,她觉得人应该回到现实中来。当然,这种回到现实,并不是要她马上就做出决定要嫁给石明这种人。

然而,石明还是拥抱了王小姐。王小姐的房子装修后,简单通风几天就搬了进来。尽管装修房子时采用许多环保材料,但各种油漆、木料、塑胶散发出的味道还是很浓,王小姐睡觉时把窗户大开,结果,被冻感冒了。石明给她打电话时,她表现得有气无力。石明问,你生病了,我来看看你吧?王小姐说,不用了,你忙你的吧。石明说,听你说话有气无力的样子,很让人担心呢?不行,我陪你上医院吧?

石明到王小姐家,一连敲了几次门,王小姐才拖着疲惫的身体把门打开。石明搀扶着王小姐坐到沙发上,刚坐下,王小姐就觉得有点眩晕,石明赶忙把她扶到床上。王小姐躺下,一句话也懒得说。石明摸了摸王小姐的额头,感觉很烫,他知道,王小姐已经发烧了。他问王小姐吃药没有?王小姐没有回答,只是轻轻地摇摇头。石明有心把王小姐送到医院,又担心她实在没力气下楼。于是,他给公司的设计师打电话,说你放下手中的活儿,马上到附近医院,给请个大夫,我们出上门费,就说有个病人发烧重感冒,越快越好。

大夫到王小姐家,也就二十分钟的样子。大夫给王小姐试了试体温,听了听心肺,就说,没什么大问题,是受凉引起,吃点药出出汗就会好的。另外,家里如果有葱白、姜片、红糖,可以熬点水,喝完透透汗,会好得更快一些。石明到厨房看了看,这些生活必需品一无所有,他心里说,这真是个可怜的女人!无奈,他只好让设计师到超市去买。

经过大半天的折腾,快到傍晚时分,王小姐的身体逐渐恢复很多。她坐起身来,让石明扶着坐到沙发上,她感激地对石明说,谢谢你,如果没有你,不知会发生什么。石明玩笑道,我可得希望你好好的,不然我工程款找谁要去!王小姐一听,说,我要是死了,这房子就归你了。石明说,算了吧,到时我怕这里闹鬼。

石明从网上订了一份稀饭和两个素菜,他督促着王小姐吃完,这时天已经黑了。他说,我看你已经好的差不多了,我得走了。王小姐说,真不好意思,耽误你一天。就在石明站起身刚扭过身来要朝门走的瞬间,他的腰猛地被王小姐双手抱住,她喃喃地说,你能不能不走?石明双手不由攥住王小姐的手,此刻,那两只纤细的玉手已经不再发烫,似乎还有点凉,这种凉直刺石明的内心。他转过身来,紧紧地拥抱着王小姐。王小姐紧闭双眼,他们两个人疯狂的亲吻着,恨不得把对方融化了。

石明把王小姐抱到床上,王小姐双手死死地搂着他。她说,石明，你要了我吧。石明脸对脸看着王小姐，他觉得眼前这个女人此刻变得非常的孱弱，往常那种优雅高贵已然荡然无存。王小姐开始解他的腰带，他也不由自主地解王小姐的睡衣，如果继续下去，他们必将进行一番云雨大战。然而，就在这时，王小姐的手机响了。王小姐看了一眼，并不理会，她想继续进行。但是，手机叫了几声，一直不停，石明把手机拿给王小姐，说你还是接了吧。

给王小姐打来电话的是她老公的同事。同事说，她老公出了车祸，在医院昏迷不醒，希望她做好准备。王小姐问准备什么？对方说，一是有可能病危，或者成为残疾人，再者，可能还要帮助出一些医疗费。王小姐听罢，感觉到头大了，她赌气地把电话关了，说，让他去死吧。石明见王小姐已经没有了情绪，就站起身，把衣服穿好，说，既然事情已经出来了，就要很好地面对，急也没有用。王小姐说，我看他就是扫帚星，竟给我添堵！

石明离开了王小姐家。走在宽阔的大街上，他使劲地吸了几口空气，仿佛如释重负。他回忆着今天发生的一幕，他暗自庆幸，刚才他与王小姐没有继续发生什么。如果真的有了实质性发展，他的十几万工程款恐怕就得打水漂了。尽管如此，他再登临王小姐家要款，底气似乎远没有原来那么理直气壮了。但石明又不甘心，他想和王小姐发展成情人关系，起码他那十几万装修费可以跟她好上一年半载。

王小姐自从和老公分手了，就断绝了各种联系。她尝试着又开始找工作，她也努力地试着接受石明，她在某个周末，终于把自己全部交给了石明。她发现，在做爱方面，石明和她老公比较起来也没什么两样，无非是石明动作凶猛了点。但这种凶猛让她很享受。最初，他们一周聚会一次，后来他们聚三次。三个月后，石明提出，他们干脆结婚吧。王小姐说，她目前还没有这个想法。石明问为什么，王小

爱琴海　257

姐说，她的同学稍微有点姿色的都傍了大款，有好几个都出国了，她当初可是班花，到头来她不能随便找个包工头就算了。石明说，那我们这样算什么，王小姐，算我补偿你啊！石明说，照你这么说，你是每一次都算次数的。王小姐说，你说呢？

王小姐的话深深地刺痛了石明。他看着王小姐，他想到了一个字：鸡。从那以后，再见到王小姐，虽然他还有想干她的冲动，但一想到她在给他计算着次数，他的激情瞬间就没了。渐渐地，他们的关系开始疏远。即使再见面，谁也没有再拥抱的想法了。

人有时就是这样，越是在某件事情上自卑，他越想在某件事上翻身。石明离开了王小姐，他就再也不去洗浴中心、保健场所去找小姐了。他决定，如果以后再交往，一定找知识女性。不论是少妇还是大学生，他都愿意为此付出。当然，找女人不能像找鸡那样，最好能以朋友的方式较长时间的交往。至于能否同居，或者说是结婚，那就看事情发展的程度了。

石明在广告招商会上看到娜娜，他并没有像猎人那样发现猎物露出贪婪的目光。他只是觉得这女孩举止端庄大气，看着舒服，是可以交往备选的那一款。他把名片留给娜娜，更多的是一种礼貌，也可以看作是一种示好。招商会结束后，他有许多事要做，也包括有好多女孩要见，他并没在意娜娜是否关注他在乎他。

娜娜走进石明办公室的瞬间，石明一下竟然叫不出她的名字，他只说原来是你啊，娜娜微微地点了下头，礼貌地叫了一声；石总好！石明从老板桌后走出来，和娜娜坐在同一张沙发上。石明问娜娜，你今天怎么想起到我公司来了？娜娜说，她顺路看看。石明说，你放暑假不在家玩，怎么还在上海？娜娜说，她想找个地方实习，长点见识。石明问，你找好了吗？娜娜说，原来找了一家教育机构，回来晚了几天，让别人给顶了。石明喔了一声，他上下打量了一下娜娜，就说，既然如此，你哪儿都不要去了，就留在我们公司干吧。

石明的公司如今已经有三个项目部，娜娜给石明做总经理助理。不外出的时候，她帮助接个电话，送个文件，外出的时候，她则帮助石明提公文包，有时也煞有介事地装作文秘记录。这些，对于娜娜来说，并不是难事。娜娜最为惧怕的是生意场上的应酬，一是喝酒，另一是去KTV唱歌。石明对外称娜娜是她表妹，一般他都会为娜娜打圆场。

一天，有个广告客户和石明谈生意。晚间的时候，他们一起去红玫瑰酒吧。石明叫上四五个生意场的哥们儿作陪，对方则是老板和他的一个副总。红玫瑰酒吧距离娜娜的学校不太远，石明对娜娜说，人多热闹，不妨你叫几个同学过来，一起玩会儿。娜娜想，同学们都在实习，有几个一直炫耀他们的工作如何如何，她今天何不约上其中的几个过来凑个热闹。她打电话给苏陌、赵刚几个人。还好，他们几个都在学校。

苏陌和赵刚的关系同学间早已知晓。他们俩晚上是在学校食堂一起吃饭的，饭后，他们在操场散步聊天。这时，娜娜打来电话，问他们能否赏脸到红玫瑰酒吧玩会儿。苏陌问是什么活动，娜娜说，就是一些生意场上的朋友聚会，过来认识一下，说不定将来用得着。苏陌迟疑了几秒，说我们刚吃过饭。娜娜说，给我个面子，就过来放松一会儿，我还约了好几个同学呢。

红玫瑰酒吧消费很高。石明他们一走进酒吧，几名靓丽的女服务生就把他们围住，一个领班模样的人跟石明很熟，便喊着，明哥你好，欢迎光临，请问您需要什么服务？石明是这里的常客，对领班说，今天我自己带来一些客人，你们只管提供酒水就好了。服务小姐

爱琴海　　**259**

打扮得花枝招展,她们也不管这些人喝多少,用起子砰砰就打开几瓶法国红酒和十几瓶冰镇啤酒。石明连忙说,别急呀,客人还没到齐呢。

苏陌他们几个同学的到来,让石明和几个老板眼前一亮。以前,他们虽然经常到酒吧喝酒,见过很多浓妆艳抹的小姐,但一下和几个名牌大学的大学生一起喝酒,他们还是第一次。娜娜把苏陌、赵刚几个同学分别介绍给石明他们。石明很热情,张罗大家开心地玩。

音乐响起。石明和老板们分别起来,邀请娜娜和几个女同学跳舞。开始,苏陌还有点难为情,毕竟赵刚在场。可当他看到赵刚和一个老板的女助理已经跳上了,她也就半推半就地和石明结成一对。石明一边和苏陌跳舞,一边耳语,他告诉苏陌,他是娜娜的老板,他非常喜欢和大学生们来往。苏陌说,娜娜挺好的,她们俩算得上闺蜜。石明说,他听娜娜说过,说她的闺蜜苏陌如何优秀,今天一见,果然气质脱俗。他希望苏陌能够经常到公司来,他愿意提供一切方便。苏陌问,你能提供什么方便呢?石明没有回答,他只是用手掌摁了摁苏陌的腰。一切只可意会。

苏陌再和石明相见,是一个月后。学校快开学了。石明给苏陌打电话,说他们公司策划的一个选美大赛马上进行初赛,他问苏陌是想参赛呢,还是做初评委。苏陌问,娜娜做什么?石明说,娜娜作为工作人员,具体负责行政事务。苏陌说,那我还是不去为好,免得同学间闹误会。石明说,你不要多想,有些事机不可失,时不再来。你来吧,娜娜有什么想法,我跟她解释。

见石明如此诚恳,苏陌就默许了。她想,兴许娜娜没那么小心眼,自己可能多虑了。她这次连赵刚也没告诉,自从上次去了红玫瑰酒吧,赵刚对石明就开始有了敌意。苏陌说,石明是娜娜的老板,再说娜娜长得也很漂亮，石明要真喜欢，也应该是娜娜。赵刚说，我就是觉得那家伙看你的眼神不对，色色的。苏陌说，男人有几个不色的。赵刚对苏陌的话很不满意，他本来想说，那我们是什么，可他一看苏陌的脸色，又咽了回去。他怕苏陌说，我们什么关系都没有，就是简单的同学关系。

苏陌如期参加了选美大赛，在初赛中她一举夺魁，顺利进入复赛。娜娜对于苏陌的到来，心里很复杂，说不上高兴，也说不上不高兴。当苏陌的分数被打出来，得知获得第一名的成绩时，她还是跑上前拥抱了苏陌，并且献上了鲜花。苏陌很感激娜娜，如果没有娜娜，她不可能结识石明，不认识石明，她又怎会参加这选美大赛呢。通过这次选美大赛，让苏陌更加的自信。所不同的是，赵刚因此对苏陌产生了怨气，甚至有了和她疏远的想法。

石明终于向苏陌进攻了。他暗示苏陌，能否可以跟他关系更近一层，苏陌虽然是大学生，可她懂得，石明所说的进一层，无非就是情人关系，是情人就要上床同居的。苏陌对于婚前性行为，她是不能接受的。可她又舍不得选美大赛中被聚光灯照耀的快感。然而，情场如同商场、官场，总是有一定潜规则的。你可以不遵守，可以装糊涂，但不等于别人不这样做。苏陌陷入了两难之中。

这个时候，赵刚开始向苏陌表白了。虽然他一连犹豫了数日，但想想，还有一年大学就毕业了，如果这时候再不向苏陌直接表明态度，那可就过了这村就没这个店了。赵刚照例约苏陌一起去学校图书馆，在一次傍晚回来的路上，他鼓足勇气强吻了苏陌。起初苏陌还有些不情愿，但真的吻了起来，她很快就狠狠地拥抱了赵刚。赵刚明白，女人都是水做的，只要你想办法把她烧开了，她就会为你沸腾。

苏陌下决心不参加选美大赛复赛了。石明觉得很遗憾，娜娜似乎减少了不小的压力。她一直在琢磨，苏陌跟石明会不会真的发展成情人关系，石明不止一次向她打听苏陌的家庭、学习情况，特别问苏陌有没有男朋友。娜娜说，好像有，但又不好肯定。她同时担心，苏陌如果真的参加选美复赛，不论选的上选不上，她都会很尴尬。她更担心苏陌选上，如果苏陌选上，人们一定会说她和石明关系不一般。倘若真的那样，她和石明的关系也就被人们怀疑。现在这个社会，人们对捕风捉影的事是非常津津乐道的。还好，现在苏陌下决心不参加接下来的复赛了，这让娜娜很放松。

娜娜问苏陌，你和赵刚的关系确定下来了？苏陌说，就算吧。娜娜说，怎么叫就算呢，你难道还有点不情愿？如果你真的不情愿，千万别勉强，这婚姻可是一辈子的大事。苏陌说，先答应他吧，看他也怪可怜的。娜娜诡笑道，你们那个了没有？苏陌说，你瞎说什么呢，我可是很传统的呀！娜娜说，我只是一问，不过看你在选美T台上的风骚劲儿，我要是男人，早把你那个了！苏陌听罢，有些生气地追打娜娜，说你胡说什么呀！看来你准跟那个石明那个了。

苏陌嘴上虽然那么说，她才懒得关心娜娜和石明怎么样呢。大学马上就毕业了，大家都在四处找实习单位，甚至是找接收单位，当然，在男女方面，也有急于表态要结果的。大学谈恋爱，尽管浪漫美好，但真正的最后能有情人终成眷属的并不是很多。苏陌从小在江南水乡长大，她老家苏州的那个县级小城经济很发达，她毕业并不想留在上海，她在苏州某局当局长的姑父对她说，毕业后还是回苏州发展吧。年轻人，不要迷恋大城市，可以从乡镇干起。苏陌一直很崇拜姑父，姑父三十几岁就当上了局级干部。苏陌问赵刚，愿不愿意到苏州，赵刚说，他喜欢上海，如果上海实在待不住就回南京，他父母在南京社会关系多。对于苏陌选择回苏州，赵刚不支持也不反对，他心里想，如果他们将来能够结合，苏州到南京也不远，不论是迁户口还是调单位，都在一个省，不是什么难事。苏陌见赵刚对自己这么放松，也就把他们的关系拖了下来。她想再等上两年三年，刚参加工作，一切都是未知数。

丙村的拆迁确实很是令人头疼。如果不按期完成，政府就要赔偿开发商的损失。如果要搬迁顺利，必须符合老百姓的利益。现在的老百姓精明得很，里边的能人也很多。苏陌记得，到一个在别的乡镇当过几天科长的老干部家中走访，那老科长竟然把有关拆迁的法律条文背得滚瓜烂熟，说到激动处，竟然把市里关于这个地区的详细规划图复印件拿出来，一一质问商场、幼儿园、学校、医院、邮局、银行、汽车站的位置，弄得苏陌很是措手不及。

苏陌晚上给赵刚打电话，她说现在的基层工作难做。赵刚问怎么回事，苏陌就把白天遇到的丙村的种种事情讲给赵刚听。赵刚说，做基层工作必须软硬兼施，如果晓之以理不行，就要玩强硬的。苏陌说，我一个女孩子，能硬到哪里去，弄不好两头受气。赵刚说，以后村民谁再跟你要这条件那条件，你就往上边推。反正你记住，天塌下来有个头高的顶着呢。苏陌说，道理是这么个道理，但具体事可不能这么做。如果按你说的做了，我这芝麻官就别做了。

转过天来，苏陌刚到办公室，就接到丙村的村支书打来电话，说村民聚众，围着村办公室要拆迁款，有人还动手把窗玻璃给砸了，如果事态控制不了，这些人还要到县上市里去上访。苏陌跟乡长简单说了一下，就赶紧向丙村赶去。路上，苏陌一直在思考如何答复这些村民。等到了村办公室门口，村民呼啦啦围了过来，人们一股脑地把污言秽语都甩给了她。苏陌不敢打开车门，她就在车里待着，任凭他们在外边叫嚣。大约过了五分钟，人们没劲了，苏陌才走出车子。苏陌冲着村民大声解释，希望村民要克制，有什么诉求都可以向政府反映，最好选出几名代表，不能这么聚众闹事，坚决不允许有人借机寻衅滋事，毁坏公共财物，如果有人还继续闹下去，她将通过公安部门严肃处理。苏陌本想着晓之以理，通过法律武器来震慑一下这帮村民，哪想，村民们根本就不在乎，不知是谁喊了一句，别听她废话，给她轰回老家去！于是，众村民一起喊，对，滚回老家去！苏陌听罢，又气又恼，她不由说了句，你们有本事去堵高速公路去，跟我较什么劲！

　　本来，苏陌就是气得随便那么一说，谁料，有个别起哄之人借机发挥，冲着围观群众大喊，大家去高速公路啊，乡领导让咱们去的！结果，人们开着各种汽车、农用拖拉机、摩的、自行车呼啦啦涌向附近的高速公路，不到半个小时，这条通往南京的高速公路很快瘫痪了。于是，交通、公安、信访、农委、农办、市委、县委、电视台的电话一股脑都打向乡政府。乡政府的党委书记、乡长开始还不知所措，待查明情况后，他们不约而同地打电话责问苏陌，你他妈的是怎么搞的，就是抓几个人都可以，也不能鼓动老百姓上高速公路啊！苏陌说，她当时只是脑子一热，随口那么一说，哪想被坏人给利用了。乡长说，你不要说老百姓是坏人，我看这事弄不好，你就是最大的坏人。你就是死也给我死在高速公路上！

　　市里、县里的公安交通部门接到命令，很快就开来几十辆警车，那些警车鸣着警笛，警察各个全副武装，大有如临大敌的状态。一个局长模样的人举着大喇叭，向群众大声喊话，要老百姓尽快撤离，否则后果自负！老百姓一看情势不好，纷纷开着各种车辆离去。苏陌此时脑子一片空白，她不知道回去将怎么向党委交代。

　　县委组织部、纪委派人到乡里和村里调查后，认为这次群众围堵高速公路事件完全是人为造成的，主要责任是苏陌说话过于随意。经过县委常委会讨论，决定给予苏陌党内严重警告处分，免去其党委委员职务，停职反省三个月，至于以后工作怎么安置，待事情处理完再考虑。苏陌感到委屈，又无可奈何。她在家待了一周，百无聊赖，她想到外面走走。

苏陌到南京找到赵刚。对于苏陌的遭遇，赵刚在第一时间就知道了，他是听父母聊天时说的。父母知道赵刚和苏陌是同学，也知道他们的关系比较特殊。以前，他们希望儿子和苏陌能够尽快把婚姻确定下来，但每到关键时刻，赵刚都躲避父母。现在，苏陌被免职的消息，在省市间的干部群里几乎无人不知，人们都有点惴惴不安，生怕言多语失。本来，苏陌找赵刚，是把赵刚当作靠山当作希望的，可是，赵刚除了陪她吃了一次饭，游了一次莫愁湖就以最近公司繁忙而渐渐疏远了。苏陌感到很郁闷。她决定离开江苏，去上海或者去北京发展。

这年头到北京成为北漂的人很多。苏陌到北京，先投奔了一个大学同学，人家已经结婚两年，在一家外企公司上班。对苏陌的到来，同学倒是十分的热情，陪她旅游、吃饭，当然也还要帮她联系工作。苏陌在北京金宝街、中关村、国贸附近一连去应聘十几家公司，最后在CBD一家写字楼认识了一家外企公司的中方负责人胡戈。胡戈显然是个阅历丰富的人，她只在苏陌自己编印好的简历上简单扫了一眼，然后就跟苏陌漫谈起来。通过聊天，苏陌发现胡戈也曾在上海上学、工作过，这样，他们的谈资很快就丰富起来。

胡戈供职的是一家电子公司，销售手机、电脑等。初次见到苏陌，胡戈就觉得亲切。他让苏陌在办公室负责文秘工作，这样他就可以随时见到苏陌。苏陌毕竟在机关工作过几年，对办公室文件及部门

爱琴海　265

之间的管理工作还比较熟悉，干了不到一个月，胡戈就将苏陌升职为办公室主任。同胡戈接触多了，苏陌对这个快四十的男人也大致了解了许多。

胡戈在来北京之前，曾先后在美国和澳大利亚工作，他有过短暂婚姻，但没有孩子。他也不瞒苏陌，告诉她，他在上海曾经有过一个女友，他们同居了很长时间，他甚至为那个女友买房子交了首付款。后来，他在国外旅游途中，因为朋友的东西里藏了毒品，险些让他受了牢狱之灾。事情结束后，他有意考验了女友一把，就说他出了车祸，希望女友能帮助他。他本想，如果女友能够飞到他身边，或者肯为他去找钱，他就准备回上海和女友结婚。可是，这一切都没有，他等来的是女友的冷漠。于是，他下决心，再也不和这个女友联系。后来，他从别的朋友那里得知，他曾经的女友和为她家装修的一个包工头好上了。苏陌听到包工头，本能地问了句，那个包工头是不是姓石？胡戈一惊，说怎么你也认识那个包工头？苏陌连忙说，不，不，我有个同学的哥哥就是包工头，他也姓石，兴许不是一个人。

从CBD往北沿三环路七八里的地方，就是西坝河。这里是通往首都机场的必经之路。胡戈在西坝河北边的英特公寓租了一套房，里边装修比较讲究。双休日，胡戈喜欢到附近的爱琴海购物商场闲逛，或者看一场电影。来北京期间，有不少女孩向他示好，可他大都佯装不觉，自从有了上海王小姐的经历，他对女人似乎本能地有了防范意识。他明白，现在的女孩个个都很现实。

胡戈满脑子都是他的工作，对于当下流行的音乐、当红的影视明星，他不太关注。苏陌虽然在政府工作过几年，但毕竟是学中文的，对许多文学作品，包括影视戏剧，还是很感兴趣的。苏陌在苏州曾经看过宋佳版的电影《萧红》，尽管那是一部按时间顺序近乎纪实的表演，苏陌还是被萧红的命运所吸引。她没想到，时隔一年多，汤唯版的《黄金时代》再度重演，她真有点替导演捏一把汗，同样是写萧红，这一版和那一版究竟有什么不同？苏陌在苏州是一个人看的。这次，她还想一个人看。她总觉得，看这种艺术片一定要自己独自默默地感受。

苏陌没有想到，在爱琴海红太阳影城会遇到胡戈。苏陌是提前五分钟走进影院的，电影快开始时，灯光突然变得昏暗下来。这时，一个身影在服务员的引导下来到苏陌的左侧。本来，苏陌对旁边来个人并没有太在意，等那人坐下后，她本能地看了他一眼，这一看，简直让苏陌惊呆了。苏陌不由得叫道："怎么是你，胡总？"胡戈也没想到，苏陌此刻也会来看电影。他示意苏陌别出声，然后坐下来静静地等待电影的开始。

电影开演几分钟后，胡戈悄悄地问苏陌，你想喝点什么？苏陌说，她不渴。胡戈又问，要不要吃点什么？苏陌又说，她不饿。胡戈见苏陌很关注看电影，也只好关注起电影。电影演到一半，胡戈说，这个汤唯戏演得是不是有点过？苏陌说，她喜欢这一版的萧红，没想到导演用空间代替了时间，视觉效果很有冲击力。胡戈说，怎么你还看过另一版的？苏陌说，她去年看过宋佳版的，是另一种味道。

萧红的命运，显然让胡戈和苏陌进入了角色。不知不觉，他们的肩靠在一起，胡戈本能地将苏陌的手拉到自己的腿上。一切来得是那样自然。他们仿佛就是萧军和萧红。电影结束时，胡戈和苏陌都没有起来的意思。胡戈说，既然这么爱看，不妨我们再接着看下一场吧。苏陌说，可以啊。

晚场结束时，已是夜里十点多。他们两人走出爱琴海，胡戈问，你住哪里啊？苏陌说，我住太阳宫，离这三四站路。你呢？胡戈指了指马路斜对面的英特公寓,我就住那。在过街桥下,他们两个停住了脚步。按说,此时如果苏陌回家她应该不上桥,往前再左转就可以了。而胡戈呢,他则要上过街桥,才能到英特公寓。胡戈拉着苏陌的手,也没有松开的意思,他对苏陌说,你饿不饿?咱们到对面肯德基吃点东西吧。

苏陌本来晚上很少吃东西的,但今天连着看了两场电影,她确实感到有些疲惫,而且肚子已经咕噜噜叫唤了。见胡戈主动邀请,她也不推辞,就和胡戈去了肯德基。肯德基里的人不是很多,他们找了一个角落坐下。胡戈买来两杯奶茶、两个汉堡和一包薯条,说,随便吃点吧。

夜逐渐深了。胡戈与苏陌走出肯德基,街上行人已经很少。胡戈说,这么晚了,我打个的士送你回去吧。苏陌说,不用,我一个人回去就行。胡戈说,那怎么能行呢?天这么晚,我不放心。苏陌凝神看了看胡戈,胡戈似乎意识到什么,在白杨树下,他猛地抱住苏陌,嘴巴不停地在苏陌脸上狂吻。苏陌被胡戈突然的举动吓了一跳,开始被动,继而转向主动,她也疯狂的吻起胡戈。此刻,三环路的每一棵杨树似乎都要静止了。

苏陌很自然地和胡戈回到英特公寓。胡戈毕竟在国外生活多年,房间收拾得干干净净,让苏陌感到很舒适。进得屋来,他们似乎已经等不及了。胡戈把苏陌拥抱在宽松的沙发上,他们又是一阵狂吻。胡戈按捺不住,他不由去解苏陌的上衣。苏陌给制止了。她说,她不想就这么草率把第一次献给男人。胡戈说,我还以为你不是第一次了呢。苏陌说,你以为现在的女孩都那么现实那么贱吗?我又不是什么王小姐李小姐。

胡戈被苏陌的话给惊住了。他隐约觉得,这个女孩是他理想中的爱人。

从这个夜晚，胡戈和苏陌开始了柏拉图式的恋爱。白天，在公司里他们装作没事人似的，公事公办，只有到了夜晚来临，他们才在一起幽会。转眼过去半年多，胡戈越来越觉得苏陌就是上帝送给他的圣女，而苏陌也觉得胡戈变得越来越成熟稳重，他是个可以托付终身的人。终于，在初夏之夜，胡戈正式向苏陌求婚。苏陌答应了胡戈，他们有了真正的初夜。这期间，苏陌从大学同学圈里得知，娜娜和石明结婚了，他们还有了一个女儿。苏陌没有向娜娜和石明发出恭喜的信息，她知道，她的名字或许让他们俩很尴尬。

苏陌和胡戈商量，他们在北京简单地举办婚礼后，然后就去爱琴海度婚假。这个爱琴海，可不是家门口购物商城爱琴海，而是远在地中海的爱琴海。胡戈几次和房东商量，他想把英特公寓这套房买了。这套房子毕竟是他们爱情的见证啊。房东说，最近北京的房价一直看涨，他们有点拿不准。胡戈最后下决心，愿意让五个百分点。房东看胡戈真的诚心诚意要买，就答应了胡戈的要求。

本来，苏陌对自己，包括和胡戈的未来设计得很美好，可谁能想到，胡戈却意外地因病去世了呢。苏陌虽然和胡戈没有正式举行婚礼，但毕竟是领了结婚证。现在，面对已经隆起的肚子，她不知道这个孩子到底是要还是不要。每到周末，她都要去爱琴海看一场电影，不管是什么内容，她就那么一个人，默默地坐着，坐着。有时，看着看着，就睡着了。她真希望，这电影永远地演下去，演下去。

2018年12月13日西坝河

（原载2019年第2期《延安文学》）

红孩：大运河之畔的文学世界

白晓娜/任如玉

红孩初印象：三分书卷气源于温文尔雅，三分亲人感源自平易近人，还有着四分特立独行的"孩子气"。不刻意炫耀，不吝啬夸人，不屑于浮躁社会场，却也会肯定自己；不世俗，不波流苓靡，但也不缺少人间烟火的气息；言语中在诉说着自己，却也能通过言语让人看到他眼中的家与国。

"姑苏城外寒山寺，夜半钟声到客船""故人西辞黄鹤楼，烟花三月下扬州""运河转漕达都京，策马春风堤上行"……运河文学，似乎是由运河船载以入；可以说，运河文学，记录着运河之历史韵味，点缀了沿河城市的美丽。也因如此，运河温柔着、丰富了文学。

比肩继踵的庙会，饱经沧桑的古桥，闻名遐迩的寺庙，烟雨朦胧的故居……这运河的每一处痕迹都透露着它的独家记忆；品读大运河，"一梦于今朝"溢于言表；慢慢从它身旁走过，仿佛慢慢走进了它数千年的历史脉络中。而每一个读它的人，也在追寻中成长，在成长中渴望，在渴望中愈加丰富着它的文化。红孩亦是如此，故乡运河之畔，看他文化世界，读他古香文化，见他运河期许……

聊红孩老师：真性情的独行者

谈起红孩与大运河之间的缘分，那要从故乡之"缘"，文学之

"分"来说。

何谓故乡之"缘"呢？红孩出生于北京东郊双桥农场，通惠河、萧太后河两条漕运河流自京城一路向西穿境而过的地方。起初，他居住的叫做于家围的村子位于大运河通州张家湾码头到京城广渠门四十里大道的中间路段。小时候，红孩就是个特立独行的人。放学之后，年龄相仿的孩子都乐于游戏时，他却有两件事要做：去和农场的人聊天，去通州邮局买刊物、买报纸！后来搬到距大运河五、六里的梨园，再到京城东北三环的西坝河周围……虽然搬了几次家，但归根结底都没有离开过大运河。

"你还是上学时的那个样子，总是那么开心，乐观。"在散文《相思无因见》中，红孩老师听到许久不见的老同学这样的评价十分坦然，"生活就是这样，开心也一天，憋心也一天，人干嘛跟自己过不去呢？！"也便是这份真性情，让他在处于遍地荆棘、寸步难行之时依然能保持豁达的良好心态。1983年，红孩老师中考失败，虽然选择了由农场和中学联办的畜牧职业高中，但实际却可以说是"身在曹营心在汉"，他从未想过一辈子待在那个地方。从那时起，他开始考虑未来的出路，也是从那时起，他从文学刊物上知道了大运河之畔的刘绍棠先生，从此便踏上了他的文学创作之路。在高中开学后，他怀揣着截然不同的感情骑车去通州东关的大运河看了一遭，也正是这一遭，刷新了他对大运河的认识，正式开启了他的运河文学之渊。

何谓文学之"分"呢？红孩老师认为，"文章落于纸笔是个技术问题，而写作靠的是生活积累后的提炼，一个生活积累丰富的人，是不会在乎技巧的。"其实，农场这段经历在丰富了他年少生活的同时，于他而言更是一种生活上的积累。出生于运河之畔，生长于运河之畔，从小经历的是运河的故事，积累的是运河的素材，对身边的三条运河有着不同的心境，而这种心境也深深影响了作品，话剧《白鹭归来》就是其中的"佼佼者"。

"最近几年是'回归'，回归到通州，回归到大运河畔，回归到双桥农场，其实这也是我个人创作的归来。"《白鹭归来》情节跌宕曲折，引人入胜，人物形象丰满，个性鲜明，无论是立意还是手法都十分经典，但令人诧异的却是其并没有"反复易稿"。红孩骄傲地说，"我写的事件、人物都是我所经历的，它的创作只用了七天就一稿完成了。"《白鹭归来》作为围绕北京一城三带大运河之萧太后河创作的国内首部散文话剧，表现历史，但不还原历史，立足当代，展望未来，以海归女学生的视角看今天北京郊区的变化，淋漓展现了富裕起来后当代农民的精神风貌。

在长江黄河的治理之后，国家和相关部门将治理的重心指向大运河。恰逢巧合，不免有人认为《白鹭归来》是命题之作，其实不然。"是我自愿的，原来在这个地方工作过，有一定的感情。写完之后，朝阳区文联、宣传部正好对这个主题有意向，一拍即合，才有了后来的话剧《白鹭归来》。我把白鹭作为象征，既是环境保护的这样的一个题材，对人与自然和谐共生的呼唤，也是对精神的呼唤，对海外游子回国参与新时代中国特色社会主义建设、实现中华民族伟大复兴中国梦的呼唤。"

红孩很多作品中都有深深的运河烙印，这次的《白鹭归来》就属于典型的运河文学。其实受运河影响的作家很多，但绝大部分作者连自己本土的文章也难出精品。如果用万年不变的眼光去窥探神秘莫测的运河文学世界，就如同井底之蛙，这对于运河文学来说并不是一个好的现象。基于这番境地，红孩坚定地说，"我未曾想过跟着他们的思路走，另辟蹊径是肯定的。'不从众'的思维是我从小养成的习惯。"

当所有人都鼓掌，唯独你没有鼓掌，你可能成为众矢之的，但这世上的事情，有时候看似有利实则无利，看似劣势却是优势。打小，红孩就是个有想法的人，无论是在自己的文学上还是自己的生活上，都有一种"虽千万人吾往矣"的气魄，这种独特的性格也成就了他。

话剧《白鹭归来》的一次演出中曾出现了一个小小的插曲，一位77岁的老太太观看话剧时十分激动，从而导致身体不适，突然倒地，剧场经理赶忙拨打120报急救。老太太在医院醒来后表示：此剧让她想起了自己从前在农村插队的情景，才会如此激动。其实很多人都认为：现在的时代是互联网的时代，现在的文学是网文的时代，网文的发展似乎把纯文学、严肃文学等束之高阁，其实并不是，能让读者产生共鸣的作品就是时代的作品。以红孩的话剧为例，它并没有迎合现代"宫斗""权谋"等主流题材，而是以自己的经历另辟蹊径；也没有在演员上选择主流明星，反而从始至终都是以"适合"为目的，最终的结果是一票难求。自2018年9月10日公演，到去年年底，已经连演了四轮二十场，观众超过一万人次。第一场在世纪剧院的演出，一千五百个座位座无虚席，现场有许多人都回想起了话剧中的那段岁月，泪流满面。

聊文学：文学该有大担当

"所做文章者，可担当使命，可影响时代，可直击人心，方为大家。"

《白鹭归来》话剧成功之后，回到当下现状，纵观中国文坛，纯文学、严肃文学落落寡合，通俗文学喜闻乐见。随着时代的改变，未来的文学又将会面临怎样的变革呢？这是太多人心中的一个疑惑。

首先从整体的变革这方面来说，在传统的观念中，"变"即是"不确定"，无人可以预料"变"的最终结果有益还是有害，而"不确定"的背后就可能隐藏着"动乱"。对于"文学的变革"众说纷纭，各执己见，而红孩的看法依然独树一帜：他认为，变是常态，人是要思变的，但不能老变！总变也是问题，需要有原则地变。

由"变"到"变什么"再到"怎么变"，文学最终的探讨无疑是社会价值。物转星移，日新月异，现代文学作品承担着何种社会责任？

"在新中国解放之后，很多人对共产党、新中国都怀有浓厚的热爱之情，翻身解放的欢喜之情。在这样的大背景下，自然是发自内心的歌颂和赞扬。"文学随着时代改变，这是毋庸置疑的，基于现在的文学市场和文学接受度，红孩提出了他的文学主张："到了这代人，不应该都是千篇一律的歌颂，更多是思考和批判意识，而这种批判应有思辨色彩；我主张的文学不仅仅是记录社会问题，而是揭示社会，面向未来，影响国家的思想进步。其实归根结底无疑是四个字'国家意识'。"

作品是作者的产物，任何文学作品都带着作者的主观思想，产物的"思考"无疑是作者的"思考"。红孩认为，搞创作的人一要有生活，二要有理论。光低头干活，不抬头看路不行，整天空谈，没有实践经验也不行，两者相辅相成，缺一不可。在这个基础之上才能谈文学深度，他绘声绘色地将一些作品比作"小小的文人画"，缺少中国气魄，而与之相对的作品则是巨幅的中国画，风骨奇峻，大气磅礴。相较而下，两者之间，不啻天渊，格局立现。中华民族历史悠久，人才辈出，在历史的长河中自然不乏属于"后者"的作家，他觉得，毛主席的作品是其中"片石韩陵"的代表，那是意境开阔的北国风光，一目了然，与一些"靡靡之音"形成鲜明对比。

在明确文学变化中的社会责任之后，再把文学这个大范围聚焦到"散文"，散文既是宏观的也是微观的，曾经在微博上看到这样一种说法，"辞藻堆砌是散文，事件累积是散文，华而不实是散文，金絮其内败絮其外是散文。"这种说法反映了当代的状况，很多人对于散文所知甚少，如盲人摸象。

红孩作为中国散文学会常务副会长、散文家，自然避免不了时时刻刻与散文打交道，对散文也有截然不同的情怀。谈起散文，他娓娓道来，对于散文的见解也是入木三分：散文不承担论文和史学家的工作，它一定是艺术，可以给读者留下回味的。它解决的不是确定的，而是非确定的。

红孩认为，当今社会，很多散文创作者并没有入门，所谓的成品无非就是生活的记录。他将这些人的作品比作火车的路程，由始发站到终点站，确定的路线，这是一个"线段"；但真正的散文不应是"已经确定的"论述明白的"线段"，而是像"直线"，两边无限延伸，无限思考。

在当代的文学大环境下，作品变得商业化，也逐渐变成了迎合主流的工具。但在这样的环境下，红孩依然是可以保持"清醒"，不随波逐流，得过且过的"第三人"；也不做故步自封，盲目自信的"第二人"，而是要做自己文学的"第一人"。在他眼中可以被称为"文学"二字的并绝非简单地记录一个故事，写一段人生经历，表达自己的感受……更多的应该是"思考"，而"这份思考"于现在、于未来有什么作用，于社会、于国家有什么作用。

当如红孩一般有这种意识的作者从"少数"变成了"大多

数"，才是文学积极向上、蓬勃发展的好态势。一段文字也好，一篇文章、一本书也罢，表达的并不是"社会想听什么"，而是"社会需要听什么"，置于人们眼前时，不是"作家经历了什么"，而是"作家思考了什么"。文学的定义仁者见仁，但最终的落脚点终究还是"社会价值"，在红孩的眼中，社会价值中"国家意识"是极其重要的。

聊大运河：过去与现在之间，与时代握手言和

"完美复刻，亦非时代所需，不在发展中遗忘，方为正路。"

大运河不仅承担着古代水路运输的重要交通作用，更加承担了历史的厚重文化。大运河的存在见证了历史的变迁，朝代的更迭，同时也养育了"因运河而生、因运河而繁荣"的城市。

在红孩的回忆中，小时候的住所周围曾建有很多电镀厂、造纸场、铸造厂、印刷厂等乡镇企业，污染严重。不得不说，如今的大运河确实面临着自然环境污染严重，文化遗存毁损流失惊人，社会经济功能锐减、过度开发等让人担忧的处境。在工业生产过程中所产生的工业废水、工业垃圾、工业废气、生活污水和生活垃圾都能通过不同渗透方式造成水资源的污染。长期以来，由于工业生产污水直接外排而引起的环境事件屡见不鲜，给人类生产、生活带来极坏影响，大运河一直处于一个在不断治理的过程中。他认为，古代的大运河已经将江南的财富、粮食、丝绸都运到了北方，它的产业价值已经得到充分的利用。如今要做的并不是榨干"运河剩余的产业价值"，万事皆是有度。

针对大运河的现状，国家着手大力改善，在逐渐有些成效之

后,"通航"也成了很多人的心结。运河的交通运输作用被再次搬上现代舞台,让很多人心驰神往。红孩针对现在的情况分析了运河的形势,首先就提出了疑问,水从哪来?对于通航来说,水无疑是当务之急。本来北京的水量就不足,随着人口的增多,用水量也逐渐增多,打井的深度同样逐渐增加。面对现在的情况,要说一步到位,那便是天方夜谭。

基于此,红孩表示:河流恢复或许还需要漫长的时间,但历史文化绝不能割断。2018年10月,他给致公党北京市委写的《关于打通萧太后河、通惠河、坝河融入大运河文化产业带历史文化的提案》中也体现了这个观点。

京杭大运河是中国文化地位的象征之一,2014年大运河申遗成功后,已成为世界公认的文化符号。历史的运河与现实运河有效对接,让世界、让人们,看到源远流长的灿烂文明,知晓一个古老民族智慧的过往,了解中华民族生生不息的辉煌篇章。在他的观念里,"时光若白驹过隙,现代交通工具日新月异,运河的运输价值早已不复往昔。如今,于运河,过分强调产业价值、运输价值弊大于利,更加注重的应该是其文化价值:两岸的民俗、周边的风土人情、文物保护、生态保护……运河沿边的城市是确定的,而运河的文化是流动,在固定的地域上,如何让运河文化流动起来才是关键所在。"

谈起运河的未来,对于它的期许,红孩的态度一直是积极的。首先运河已经申遗成功,另外中央对于环境保护的力度越来越大,环境保护、文物保护等观念逐渐在老百姓心中扎根,这对大运河来说也是一种欣欣向荣的发展趋势。

"大运河是历史的,这一点无疑是确定的。但大运河又是未来的,我们现在即使还不能让它完整地流动起来,但所承载的文化和沿线的风土人情已在悄然复活，而且这种复活在不确定的奔腾中将激发出无限的活力。"

对于大运河来说，烟花三月下扬州，一路极致繁华，似乎很难再次复原。从北平到临安，从北京到杭州，从帝都风华到诗意江南，从典雅别致到风淡露浓，由琼岛春阴到九溪烟树……在古代已是极盛，如今更令人向往。但于现在并不是，"百舸之流，行水路，直达临江""皇家码头和水路都会""无数漕船停靠，景象繁华"……更多的是，文化，是长期创造形成的产物，社会历史的积淀物，民间习俗，城市百味，一园江南梦，一本史诗巨篇……

当然，我们在惋惜的同时也该接受这个现实：如今诗句中的景色已是难以再得，但大运河文化应该得到更多的重视。

写在最后

往日之事不可追，未来依然，可期，可待。

对于过去的时代，总有遗憾、怀念，但时代的发展也不是以"遗忘"为垫脚石，遗憾的同时并不代表遗忘。如红孩老师所说，变化是相对的，不变才是不可能的。在瞬息万变，高速发展的大背景下，在过去与现在之间，运河与这个时代"握手言和"。

文学世界变化的开始，变化的结束，是一个轮回。在这个文学的大轮回中，独行，回归，他依然是运河之畔的文学世界中那个初心未改，年轻依旧的模样。

红孩著作出版目录

1. 太阳真好.散文诗集,学苑出版社,1994年.
2. 月儿弯弯照九洲.长篇报告文学,北京出版社,1995年.
3. 阅读真实的年代.散文集,花山文艺出版社,2003年.
4. 爱情脊背.长篇小说,中国文联出版社,2006年.
5. 铁凝散文精品赏析.散文理论集,学林出版社,2006年.
6. 拍案文坛.文艺随笔集,学林出版社,2006年.
7. 笛声从芦苇中吹来.诗集,作家出版社,2009年.
8. 城市的海绵.小说集,敦煌文艺出版社,2013年.
9. 东渡 东渡.散文集,群言出版社,2016年.
10. 理想的云朵有多高.文艺随笔集,群言出版社,2016年.
11. 运河的桨声.散文集,大象出版社,2017年.
12. 红孩谈散文——散文是说我的世界.散文理论集,中国言实出版社,2019年.

建议配合二维码一起使用本书

三种阅读方式：简单了解式阅读？高效快速阅读？深入研究式阅读？由你选择！

免费获取专属于你的《风吹麦浪》阅读服务方案

本书具有让你时间花得少，阅读体验好的方法

本书可免费定制三大个性化阅读服务方案▼

1. 轻松阅读：提供随手易得的辅助阅读资料，每天读一点，看完即止；
2. 高效阅读：让阅读事半功倍，专攻本书的核心阅读脉络，快速阅读本书；
3. 深度阅读：提供更全面、更深度的拓展阅读资料，深入研究本书。

个性化阅读服务方案三大亮点

[时间管理]
根据你阅读本书的目的，为你制订一套完整的、具体的阅读计划。

[阅读资料]
精准匹配与阅读需求一致的本书辅助资料或拓展阅读资料。

[社群共读]
群里都是同读本书的读者，你可以和他们共享本书相关知识，交流阅读经验，分享阅读感悟，并获取本书不定期的活动信息。

微信扫码

免费阅读定制方案

不论你只是想对本书知识简单了解，还是想短期内快速提升，或者想在这个方向深入挖掘，都可以通过微信扫描【本页】的二维码，根据指引，选择你的阅读方式，免费获得专属于你的个性化读书方案。帮你时间花得少，阅读效果好。